Paul Lynch

A canção do profeta

Tradução

Rogerio W. Galindo

1ª edição

PREPARAÇÃO
Bia Nunes de Sousa

REVISÃO
Paula Queiroz
Laura Folgueira

EDITORA ASSISTENTE
Nataly Callai

DIAGRAMAÇÃO
Letícia Pestana

CAPA
© Design por Jack Smyth

Alameda Franca, 1050, cj 83
01422-001 — São Paulo — SP
www.dbaeditora.com.br

Dados Internacionais de Catalogação na Publicação (cip)
(Câmara Brasileira do Livro, sp, Brasil)

Lynch, Paul
A canção do profeta / Paul Lynch; tradução Rogerio W. Galindo.
1. ed. -- São Paulo: DBA Editora, 2025.
Título original: Prophet song.
ISBN 978-65-5826-110-0
1. Ficção irlandesa I. Título.
CDD-Ir823 25-268619

Índices para catálogo sistemático:
1. Ficção : Literatura irlandesa Ir823
Eliete Marques da Silva - Bibliotecária - CRB-8/9380

Para Anna, Amelie e Elliot

O que foi, isso é o que há de ser; e o que se fez, isso se fará;
e sendo assim nada há de novo sob o sol.
Eclesiastes 1:9

No tempo das trevas
também haverá quem cante?
Sim, haverá quem cante.
Sobre o tempo das trevas.
Bertolt Brecht

1

A noite chegou e ela não ouviu a batida na porta, parada diante da janela olhando para o jardim. Como a escuridão reúne sem ruído as cerejeiras. Reúne as folhas derradeiras e as folhas não resistem à escuridão e a aceitam aos sussurros. Cansada a esta altura, o dia quase encerrado, ficar imóvel assim é necessário antes de ir para a cama, com as crianças sossegadas na sala de estar, essa sensação de descansar por um instante encostada no vidro. Observando o jardim que escurece e o desejo de se fundir a essa escuridão, de sair e se deitar com ela, de se deitar com as folhas caídas e deixar a noite passar por cima de si, de acordar depois com o sol nascente e se erguer renovada com a manhã que chega. Mas a batida na porta. Ela ouve a batida invadir seus pensamentos, as pancadas secas, insistentes, a pessoa que bate tendo posse tão absoluta de cada batida que ela começa a franzir a testa. E aí Bailey também começa a bater na porta de vidro da cozinha, chamando por ela, mãe, apontando para o corredor de entrada sem tirar os olhos da tela. Eilish percebe seu corpo se mover com o bebê nos braços, abre a porta da frente e dois homens estão ali diante da varanda de vidro quase sem rosto na escuridão. Ela acende a luz da varanda, e é possível saber quem são os homens num instante pela postura deles, o ar frio da noite parecendo suspirar enquanto ela abre a porta deslizante que dá para o pátio, o silêncio suburbano, a chuva caindo quase tácita na rua St. Laurence, sobre o carro preto estacionado em frente à casa. O jeito dos homens, que parecem carregar a sensação da noite. Ela olha para os dois a partir de sua própria sensação protetora, o jovem à esquerda pergunta se o marido dela está em casa e há algo no modo com que ele a encara, olhos distantes, porém escrutinadores que dão a impressão de que ele tenta apreender algo dentro dela. Num piscar de olhos ela vasculhou a rua de um lado a outro, vendo um andarilho solitário com um cachorro debaixo de um guarda-chuva, os salgueiros acenando para a chuva, a imagem estroboscópica de uma TV grande na casa dos Zajac do outro lado da rua. Ela examina a si mesma em seguida, quase rindo, esse reflexo universal de culpa quando a polícia bate à porta. Ben começa a se contorcer nos braços dela, e o policial à paisana à direita está olhando para a criança, o rosto dele parece se suavizar e por isso é com ele que ela fala. Eilish sabe que ele também é pai, isso sempre dá pra saber, o outro é jovem demais, elegante e durão demais, ela começa a falar consciente de uma súbita hesitação na voz. Ele vai chegar daqui a pouco, mais ou menos em uma hora, quer que eu ligue para ele? Não, não precisa, sra. Stack, a senhora pode pedir que ele ligue para a gente assim que puder, tome aqui o meu cartão. Pode me chamar de Eilish, posso ajudar em alguma coisa? Não, acho que não, sra. Stack, o assunto é com o seu marido. O homem mais velho à paisana está com um sorriso largo para a criança e por um momento ela observa as rugas em torno da boca, é um rosto feito para parecer solene, o tipo errado de rosto para a profissão. Não tem nada para se preocupar, sra. Stack. Por que eu iria ficar preocupada, seu guarda? Sim, verdade, sra. Stack, não queremos mais tomar seu tempo e já estamos encharcados o bastante das visitas de hoje, vai ser difícil nos secarmos com o aquecedor do carro. Ela fecha a porta do pátio segurando o cartão, vê os dois homens voltarem para o carro, observa o carro seguir pela rua, parar na esquina e as luzes traseiras se intensificam assumindo a aparência de dois olhos cintilantes. Ela olha mais uma vez para a rua agora devolvida à quietude da noite, o calor do corredor enquanto ela volta para dentro e fecha a porta da frente e depois fica parada por um momento examinando o cartão e se dá conta de que estava contendo a respiração. Essa sensação agora de que algo entrou em casa, ela quer largar o bebê, quer ficar parada e pensar, olhando aquilo que estava ali com os dois homens e depois passou pelo corredor por conta própria, algo amorfo, mas que dava para sentir. Ela sente aquilo se escondendo a seu lado enquanto passa pela sala onde estão as crianças, Molly segurando o controle remoto sobre a cabeça de Bailey, as mãos dele agitando no ar, ele se vira na direção dela com um olhar pidão. Mãe, pede pra ela colocar de novo no meu programa. Eilish fecha a porta da cozinha e põe o bebê no bercinho, começa a tirar da mesa o laptop e a agenda, mas para e fecha os olhos. Essa sensação de que algo entrou na casa permaneceu. Ela olha para o celular, pega-o e, a mão hesitante, envia uma mensagem para Larry, se dá conta de que está de novo perto da janela olhando para fora. Agora já não há como fazer um pedido ao jardim que escurece, pois algo daquela escuridão entrou na casa.

Larry Stack anda pela sala de estar segurando o cartão. Ele olha para o cartão com a testa franzida e depois o coloca na mesa de centro e sacode a cabeça, desaba na poltrona, a mão agarrando a barba enquanto ela olha em silêncio para ele, julgando o marido daquele modo familiar, depois de uma certa idade o homem deixa crescer a barba não para entrar na vida adulta, mas para colocar uma barreira em torno de sua juventude, ela mal consegue se lembrar dele sem a barba. Vendo seus pés em busca dos chinelos, o rosto se suavizando quando ele descansa na poltrona, ao que parece ele está pensando em outra coisa até que as sobrancelhas ficam tensas e uma carranca se espalha pelo rosto. Ele se inclina para frente e pega de novo o cartão. Provavelmente não é nada, ele diz. Ela nina a criança no colo observando o marido com atenção. Me diz, Larry, como é que isso pode não ser nada? Ele suspira e passa as costas da mão pela boca, se levantando da poltrona, ele começa a procurar algo na mesa. Onde você colocou o jornal? Ele anda pela sala procurando sem achar, o jornal pode já estar esquecido, ele está procurando algo dentro da sombra dos próprios pensamentos e não consegue perceber o que é. Ele se vira e estuda a esposa enquanto ela amamenta o bebê e a visão o conforta, uma sensação de vida condensada numa imagem tão contrária a qualquer maldade que sua mente começa a relaxar. Larry anda na direção da mulher e estende a mão, porém a recolhe quando os olhos dela se voltam para ele. O Serviço da Guarda Nacional, ela diz, não é o pessoal de sempre, um detetive na porta de casa, o que eles querem com você? Larry aponta para o teto, será que dá para você falar mais baixo? Ele vai para a cozinha rangendo os dentes, vira para cima um copo que estava no escorredor e liga a torneira, olhando a escuridão para além do seu reflexo no vidro, as cerejeiras são velhas e logo vão começar a apodrecer, talvez seja preciso cortá-las na primavera. Ele toma um longo gole depois vai para a sala de estar. Escuta, ele diz, quase vendo sua voz à medida que ela se reduz a um sussurro. Não vai ser nada, tenho quase certeza. Enquanto fala ele sente sua convicção esmorecer como se tivesse servido a água em suas próprias mãos. Eilish observa enquanto ele se entrega de novo à poltrona, o corpo maleável, a mão automatizada zapeando pelos canais da TV. Ele se descobre aprisionado por um olhar, puxa a barba como se quisesse tirá-la do rosto. Olha, Eilish, você sabe como eles funcionam, o que eles estão procurando, eles coletam informações, são muito discretos, e imagino que você tenha que contar o que eles querem de um jeito ou de outro, é evidente que estão investigando um professor e aí faz todo sentido que queiram falar comigo, que queiram avisar a gente, talvez antes de prenderem alguém, olha, vou ligar para eles amanhã ou depois de amanhã e ver o que eles querem. Ela está olhando para o rosto do marido consciente de um vazio no centro de seu ser, a mente e o corpo em busca da supremacia do sono, daqui a um momento ela vai para o andar de cima e vai vestir sua camisola, contando as horas até que o bebê acorde para mamar. Larry, ela diz, vendo o marido se encolher como se ela tivesse dado um choque na mão dele. Eles disseram para ligar assim que você pudesse, ligue já, o número está no cartão, mostre pra eles que você não tem nada a esconder. Ele está franzindo a testa e depois inspira lentamente como se estivesse medindo algo que cresce diante de seus olhos, depois se vira e encara a mulher, os olhos semicerrados de raiva. Como assim, mostre pra eles que você não tem nada a esconder? Você entendeu o que eu quis dizer, olha, é só jeito de falar, Larry, por favor, liga pra eles já. Por que você tem que ser sempre tão difícil, ele diz, olha, não vou ligar pra eles a esta hora. Larry, liga agora, por favor, não quero que a Guarda Nacional apareça na nossa porta de novo, você sabe o que andam falando, o tipo de coisa que dizem que anda acontecendo nesses últimos meses. Larry se inclina para a frente na poltrona parecendo não ter a habilidade de ficar de pé, franze a testa e em seguida está andando na direção da mulher, pega o bebê dos braços dela. Eilish, por favor, me escuta um minuto, o respeito é uma via de mão dupla, eles sabem que eu sou uma pessoa ocupada, sou o vice-secretário-geral do Sindicato dos Professores da Irlanda, não pulo, deito e rolo cada vez que eles dão uma ordem. Muito bem, Larry, mas por que eles vieram aqui em casa a essa hora em vez de ir no seu escritório durante o horário comercial, me diz, por favor. Olha, meu amor, vou ligar amanhã ou depois de amanhã, agora, podemos deixar isso pra lá pelo resto da noite? O corpo dele continua parado de pé diante dela embora os olhos tenham se virado para a TV. São nove da noite, ele diz, quero ouvir o que tem no noticiário, por que o Mark não está em casa ainda? Ela está olhando na direção da porta, a mão do sono contornando sua cintura, ela anda na direção de Larry e pega o bebê do colo dele. Não sei, ela diz, desisti de ficar correndo atrás dele, ele tem treino de futebol hoje à noite e provavelmente foi jantar na casa de um amigo, ou vai ver foi na casa da Samantha, os dois andam grudados, não consigo entender o que ele vê nela.

Dirigindo pela cidade, ele começou a se irritar consigo mesmo, com como sua mente vaga à deriva, esbarrando em algo que ele procura mas de que ainda sente a necessidade de se afastar. A voz no telefone foi tão indiferente, quase educada, peço desculpas pela hora, sr. Stack, não vamos tomar muito o seu tempo. Ele estaciona numa alameda perto da esquina da Estação da Guarda Nacional da rua Kevin, lembrando como a via principal era antes à noite, com certeza era mais movimentada, esta cidade nos últimos tempos ficou silenciosa demais. Ele se pega rangendo os dentes enquanto anda até a recepção e libera sua boca para sorrir, pensando nas crianças, claro que Bailey vai saber que ele saiu, aquela criança ouve tudo. Ele observa a mão pálida com sardas de um oficial de plantão que conversa de modo inaudível no telefone. Quem o recebe é um jovem detetive magro e agitado de camisa e gravata, o rosto de cera, correto, a voz combinando com a da pessoa que falou com ele mais cedo. Obrigado por ter vindo, sr. Stack, por favor, me acompanhe, vamos fazer o possível para não tomar muito do seu tempo. Ele sobe uma escada de metal e depois segue por um corredor de portas fechadas antes de lhe indicarem uma sala de interrogatório com cadeiras cinza e paredes com painéis cinza e tudo parece novo, a porta é fechada e ele fica sozinho. Ele se senta e olha para as mãos. Lê algo no celular e depois se levanta e anda pela sala, pensando que o colocaram numa situação desvantajosa, que não mostraram respeito, já passam bem das dez da noite. Quando eles entram na sala ele descruza os braços e lentamente puxa uma cadeira e se senta, observando o mesmo oficial magrelo e outro da mesma idade que está engordando, uma caneca na mão do sujeito coberta por uma película de respingos de café. O sujeito olha para Larry Stack com o vestígio de um sorriso ou quem sabe seja mera simpatia despontando nos vincos da boca. Boa noite, sr. Stack, sou o detetive inspetor Stamp e esse é o detetive Burke, posso lhe oferecer chá ou café? Larry olha para a caneca suja e faz que não com a mão, se pega estudando o rosto do homem que está falando, em busca de uma imagem que ele sente ser familiar. A gente já se encontrou, ele diz, um jogo de futebol em Dublin não foi, você jogou no meio de campo da UCD, vocês iam jogar contra a gente, eu jogava pelo Gaels, a gente tinha um timaço na época, foi nesse ano que a gente acabou com vocês. O detetive inspetor olha para o rosto dele, as rugas em torno da boca se desmancharam, o olhar se tornou opaco, um silêncio inescrutável preenche a sala. Ele fala sem sacudir a cabeça. Não sei do que você está falando. Larry agora percebe a própria voz, consegue ouvir quando fala como se ele também estivesse na sala observando a conversa, pode se enxergar como se estivesse do outro lado da mesa, consegue se ver observando pelo olho mágico na porta, não existe outro jeito de olhar para dentro, nem mesmo o espelho unidirecional que você vê na TV. Ele percebe que sua voz se tornou falsa, um pouco tagarela demais, talvez. Era você com certeza, você jogava no meio campo da UCD, nunca esqueço um adversário. O policial toma um gole da caneca e enxagua a boca e os dentes com o café, encara Larry até Larry sem querer se dar conta de que está olhando para baixo, para a mesa, ele passa um dedo numa falha do verniz, depois volta a erguer os olhos e a olhar para o detetive inspetor. Os ossos no rosto dele se tornaram mais robustos, sem dúvida, a estrutura ficou maior, mas aquilo que os olhos dizem jamais muda. Olha, ele diz, quero resolver isso, eu devia estar em casa com a minha família me preparando para dormir, me digam, no que posso ajudar? O detetive Burke faz um gesto com a mão aberta. Sr. Stack, sabemos que o senhor é um homem ocupado e por isso estamos felizes pela oportunidade de conversar com o senhor, recebemos uma acusação da maior importância, trata-se de uma acusação que tem a ver diretamente com o senhor. Larry Stack observa o olhar dos dois homens e sente a boca ficar seca. Algo está se movendo na sala, agora ele consegue perceber isso, por um momento permanece congelado e depois ergue os olhos e vê a luminária em forma de globo no teto onde uma mariposa ficou presa e bate as asas furiosamente contra o vidro, a cúpula cor de âmbar suja e cheia de corpos de mariposas antepassadas. O detetive Burke abriu uma pasta e Larry Stack vê diante de si as mãos exangues de um sacerdote, vê depositada sobre a mesa entre eles uma folha de papel impressa. Larry começa a ler a folha de papel, pisca lentamente e depois cerra os dentes. Ouvem-se passos no longo corredor que são absolvidos por uma porta que se fecha, ele ouve o bater abafado das asas da mariposa, por um instante toma consciência de que algo dentro de si começa a murchar. Ergue a cabeça e vê o detetive Burke olhando para ele do outro lado da mesa, olhos que o encaram como se tivessem o poder de vagar livremente dentro de sua mente, tentando libertar algo dentro dele que nem está lá. Larry olha para o detetive inspetor que agora o lê com uma expressão franca, e ele pigarreia e tenta sorrir para os dois. Senhores, imagino que isso seja uma brincadeira, não? Ele observa os dois enquanto eles sentem o sorriso escorrendo de sua boca, se pega erguendo a folha de papel e a agitando no ar. Mas isso aqui é uma loucura, ele diz, espera só até a secretária geral ficar sabendo disso, ela vai falar com o ministro pessoalmente, garanto. O jovem detetive tosse rapidamente no punho depois olha para o detetive inspetor, que sorri e começa a falar. Como o senhor deve saber, sr. Stack, o país passa por momentos difíceis, temos ordens de levar a sério toda acusação que for feita... Do que vocês estão falando?, Larry diz, isso aqui não é uma acusação, não faz o menor sentido, vocês estão distorcendo alguma coisa, pegando uma coisa e transformando em outra, dá impressão de que foram vocês mesmos que escreveram isso. Sr. Stack, sem dúvida o senhor sabe que a Lei dos Poderes Emergenciais entrou em vigência em setembro como resposta à crise enfrentada atualmente pelo país, uma lei que dá poderes extraordinários à Guarda Nacional para a manutenção da ordem pública, portanto o senhor deve compreender a impressão que isso passa, o seu comportamento lembra a conduta de alguém que está incitando ódio contra o Estado, alguém que está semeando a discórdia e a cizânia — quando as consequências de uma ação afetam a estabilidade no nível do Estado, há duas possibilidades, uma é de que a pessoa seja um agente trabalhando contra os interesses do país, a outra é de que se trate de uma pessoa que ignora suas ações e que age sem a intenção de fazê-lo, mas seja como for, sr. Stack, o resultado em ambos os casos é o mesmo, a pessoa está a serviço de inimigos do Estado, e sendo assim, sr. Stack, insistimos que o senhor examine a sua consciência para ter certeza de que não é o caso. Larry Stack fica um bom tempo em silêncio, ele está olhando para a folha sem vê-la e depois pigarreia e esfrega as mãos. Deixa eu ver se entendi bem, ele diz, você está pedindo para eu provar que meu comportamento não é subversivo? Sim, correto, sr. Stack. Mas como posso provar que o que estou fazendo não é subversivo se estou meramente fazendo o meu trabalho como sindicalista, exercendo o meu direito constitucional? Isso é com o senhor, sr. Stack, a não ser que a Guarda Nacional decida que isso exige uma investigação mais profunda, nesse caso não se trata mais de uma decisão sua e somos nós que decidimos. Larry se pega levantando-se da cadeira com os nós dos dedos pressionados contra a mesa. O que ele vê no rosto é arbítrio e consegue perceber que foi levado até ali para ser submetido por esse arbítrio, esse arbítrio não passando de uma sanção de algum absoluto que tem o poder de transformar um sim em não e um não em sim. Quero deixar bem claro, ele diz, o ministro vai saber disso e a coisa vai ficar feia, vocês não podem ameaçar um sindicalista num cargo importante por fazer o trabalho dele, os professores deste país têm o direito de negociar para conseguir melhores condições de trabalho e de participar de manifestações pacíficas que não têm nada a ver com essa tal crise que o país enfrenta, agora, se vocês não se importam, eu vou para casa. O segundo detetive lentamente abre a boca e Larry tem quase certeza do que viu, ele pensa nisso enquanto volta para o carro e fica ali sentado por um bom tempo vendo as mãos tremendo sobre o colo. A mariposa pareceu sair voando livre da boca do policial.

Molly descendo pela porta do passageiro da Touran com fones de ouvido enquanto Bailey bate a porta, Eilish olhando por cima do ombro enquanto a imagem pontilhista dele através do vidro puxa o capuz da jaqueta. Ela está saindo para a rua quando uma mão bate na janela, Molly grita para a mãe parar, a porta abre e Molly pega a mochila da academia que está no chão do carro e vai embora. Essa luz de inverno, um borrão frio de novembro, ela está se movendo em meio ao tráfego sentindo suas emoções exauridas, seus movimentos no automático, descansando no sinal vermelho ela não vê o dia que tem pela frente e sim que o dia vai passar sem deixar marcas, mais um dia esquecido e absorvido pela soma silenciosa dos dias, vendo a si mesma no trabalho e o quanto ela não pensa mais em seu trabalho como uma carreira — o verdadeiro trabalho de uma microbiologista é ficar em uma bancada por horas e horas em busca de provas, testando hipóteses contra a realidade, contra qualquer coisa em que um indivíduo possa querer acreditar, a resposta verdadeiro ou falso é encontrada no resultado. Agora ela passa os dias escrevendo e-mails ou falando no telefone, uma especialista transformada em generalista sem jaleco branco, gerindo pessoas, distraída em reuniões, fazendo as perguntas erradas. Ela se senta diante de sua mesa e olha a caixa de e-mails e remarca uma ligação para as cinco e meia. Depois pega o telefone e liga para Larry. Você preencheu os formulários do passaporte que eu pedi?, ela diz. Escuta, meu amor, ainda estou meio incomodado, não consigo tirar isso da cabeça. Ele fala como se o ar tivesse ido embora de seu corpo enquanto ele dormia, como se tivesse acordado desinflado, sentado na beira da cama olhando para o chão. Você contou pro pessoal no trabalho?, ela diz. Ouve o marido falando com um colega por um momento com a mão cobrindo o celular. Deixei na escrivaninha do andar de cima. Deixou o que na escrivaninha do andar de cima? Os formulários do passaporte. Larry, você devia ligar para o Sean Wallace e falar com ele, mesmo com poderes emergenciais ainda existem direitos constitucionais neste país. Quero levar isso direto para a secretária-geral, mas ela está de atestado hoje por causa de uma virose. Me diz, o Sean continua andando por aí com aquela menina novinha? O Sean Wallace no momento está atolado até o pescoço com o julgamento daquele caso Fitzgerald, não quero incomodar o sujeito, me diz, quem vai fazer o jantar hoje? Ainda acho que você devia ligar pra ele, é seu dia de cozinhar. Beleza, tenho uma reunião marcada para as seis e meia, mas vou desmarcar, não estou no clima. Larry. Que foi, meu amor? Ah, nada, comprei carne moída ontem, dá pra você fazer hambúrguer, olha, tenho que ir. Ela desliga, mas fica sentada por um momento com o celular na mão consciente de alguma sensação ruim, seguindo sua voz rumo ao celular de Larry, o sinal precisa ser transmitido para chegar ao telefone dele, é capturado e transmitido por uma rede. De repente escuta a própria voz como se estivesse se ouvindo falar em outra sala. Fale com ele, mesmo com poderes emergenciais ainda existem direitos constitucionais neste país. De repente fica com frio, se levanta abruptamente da cadeira e vai na direção da cozinha do escritório, pensando, em outros países, sim, mas nós não temos esse tipo de histórico por aqui, a Guarda Nacional, o Estado, ninguém tem permissão para ouvir telefonemas, isso seria um absurdo. Ela pensa no carro estacionado na noite anterior em frente à casa, pensa na Guarda Nacional e nas coisas sussurradas que ouviu sobre o que dizem que estaria acontecendo, indo agora rumo à cozinha ela sente por um momento como se não conhecesse o lugar. Paul Felsner, o novo executivo global de contas, está parado na máquina de café arregaçando a manga da camisa. A máquina para de zumbir com um suave som agudo e ele faz meia-volta e sorri sem que o sorriso chegue aos olhos. Oi, Eilish, queria mesmo falar com você, você não respondeu minha mensagem de voz, eles tiveram que remarcar aquela ligação por vídeo com o pessoal da Asakuki para as seis da tarde. Há algo falso no rosto dele, ela pensa, os olhos dele deveriam ser escuros, mas são verdes e ela percebe que seus olhos são atraídos para o broche da Aliança Nacional na lapela dele, a AN, esse novo brasão de armas do país. Ela baixa os olhos mais além para as mãos dele e vê que são um pouco pequenas demais. Ah, eu não vi, ela diz, que pena, acho que não vou conseguir participar dessa reunião, mas obrigada por me avisar.

Tem um cavalo azul na praia e ele vai na direção dela, cavalgando agora ao lado da água, e ela agora é atemporal, cavalgando na luz, o celular tocando no andar de baixo no vestíbulo, ela cavalga para fora do sonho e entra na sala, Larry está sentado na beira da cama esfregando os olhos. Pelo amor de Deus, ela murmura, são quinze pra uma da manhã, quem liga a uma hora dessas? Acho bom não ser a sua irmã, ele diz. Ele se inclina para frente depois vai na direção da porta estendendo a mão para pegar uma sombra que se desdobra num roupão. O acolchoamento dos pés calçados com chinelos pisando nos degraus, enquanto ela ouve a respiração de Ben na cama, uma tosse abafada dos meninos no quarto ao lado. As palavras que Larry diz em voz baixa chegam ao andar de cima e entram amorfas no quarto e ela se pergunta de quem pode ser a ligação, pensando na irmã, Áine, em Toronto, aconteceu uma vez faz anos, ah meu Deus, mil desculpas, maninha, me confundi com o fuso horário, bebi um pouco. Ela fecha os olhos e procura o cavalo azul na praia, procurando na memória, quantos anos você tinha? É inverno, o céu baixo sobre o mar, tocando nos flancos com os calcanhares a trêmula vitalidade abaixo dela, o peso de Larry afundando no colchão ao lado dela. Eu estava quase dormindo de novo, ela diz. Ele não fala, mas fica encarando a parede e parece inerte, respirando com dificuldade, ela estende a mão e agarra o braço dele. Que foi, Larry? Ela acende o abajur e se senta, vendo o marido como uma criança pela carícia da luz, o rosto com a testa franzida, um olhar intrigado enquanto ele se vira e pigarreia. Era a Carole Sexton, esposa do Jim, ela estava à beira da histeria no telefone, o Jim saiu do escritório ontem e não voltou pra casa. É só isso, Larry, por um instante fiquei com medo de que você fosse me dizer que alguém morreu. Escuta, Eilish, ela disse que levaram ele. Quem levou ele? Quem você acha, a Guarda Nacional. A Guarda Nacional? Sim, foi o que ela disse. Mas isso não faz o menor sentido, Larry. O que ela quer dizer com "levaram ele"? Preso, imagino, detido, por acaso alguém viu ele sendo colocado na parte de trás de um carro, mas não pensou em avisar ninguém, ela descobriu depois quando começou a ligar para os outros. Jim Sexton, aquele relações-públicas tagarela, o que ele pode ter feito? O fato, Eilish, é que ninguém soube mais nada dele desde então. Mas ele ligou pro advogado do sindicato, como é o nome mesmo daquele sujeito? Michael Given, não, nada, não ligou nem pra esposa. Mas não se pode simplesmente prender alguém assim sem oferecer um advogado, essas coisas têm regras. A Carole disse que o Michael está lá agora na rua Kevin, mas estão enrolando e ele decidiu que vai voltar pra casa pra dormir, aparentemente não tem nem como falar com a Guarda Nacional, ninguém diz qual é o telefone de lá, não entendo por que ninguém me ligou no sindicato, isso está parecendo uma bagunça completa. Isso não é verdade. O que não é verdade? Tem um número no cartão daquele detetive inspetor que veio aqui aquela noite, um número de celular, você mesmo ligou pra ele, me diz, Larry, o que está acontecendo? Eu não sei, meu amor, parece que ele está puto. Quem está puto? O Michael Given. Não esquece de entregar o cartão pra ele. Verdade, não tinha pensado nisso, vou pegar o cartão, onde você deixou? Pus em cima da lareira na sala, depois escondi embaixo do relógio. Escuta, Eilish, a Carole disse que levaram ele pra delegacia semana passada, disseram que tinham recebido uma acusação contra ele e ela disse que ele riu, você conhece o Jim, ao que parece quando ele perguntou se estava preso e disseram que não, ele recitou o Artigo 40.6.1, inciso terceiro bem ali na cara deles, o direito de cidadãos se reunirem em associações e sindicatos, você sabe isso de cor, e ele trazendo metade dos professores de Ensino Médio de Leinster de ônibus para a cidade se a greve for em frente. A mão dela tateia procurando a mesinha de cabeceira, ela pega um copo com água e toma um gole. Larry, até onde eles podem suspender os direitos constitucionais usando esses poderes emergenciais? Não sei, mas não podem ir tão longe assim, não podem fazer isso, o poder de prender alguém continua sendo regulado pela lei, mas qual lei está valendo se esse tipo de coisa está acontecendo, olha só, vamos manter isso entre nós por enquanto e não conte nada para as crianças. Larry, não tem nada que você possa fazer a uma hora dessas, por favor, volta pra cama.

Ela está de pé olhando para o jardim do pai. Velhas memórias estampadas em folhas úmidas, um balanço de corda, brincadeiras nos arbustos, vozes vindas do passado, prontos ou não, lá vou eu. Olhando o freixo que ele plantou no aniversário de dez anos dela, enorme agora no terreno estreito. Bailey fazendo farfalhar a grama alta que atravessa chutando as folhas enquanto Molly fotografa as plantas protegidas para o inverno. Eilish, que estava de frente para a mesa onde seu pai está sentado com o nariz enfiado num jornal, se vira, Ben dormindo na cadeirinha de carro ao lado dos pés dela. Ela ergue duas canecas e olha dentro delas, seus dedos percorrem as bordas com ruído. Pai, olha essas canecas, por que você não usa a máquina de lavar louça, você realmente precisa usar os óculos quando lava a louça. Simon não tira os olhos do jornal. Estou de óculos, ele diz. Eu sei, mas você precisa usar os óculos enquanto lava a louça, essas canecas estão com mancha de chá. A culpa é daquela inútil que vem aqui limpar, nunca teve uma xícara suja aqui em casa enquanto a sua mãe era viva. Olhando agora para o pai, ela sente que volta à infância, vendo o pai como ele era, o nariz aquilino e os olhos vivos, perscrutadores, a imagem que agora se encolhe na cadeira, as costas vergando sob o casaquinho de lã, os ossinhos finos dos dedos aparecendo sob a pele de papel. Ele dobra o jornal e serve chá e começa a batucar com os dedos na mesa. Não sei por que continuo lendo esse troço, ele diz, a única coisa que tem aqui é essa farsa. Ela pega o jornal e começa a entalhar as palavras cruzadas com uma caneta. Os dedos dele pararam de batucar, sem olhar ela percebe que está sendo examinada pelo pai, mas quando ela ergue o olhar ele está com a testa franzida. Quem é aquele no jardim com a Eilish?, ele diz. Por um instante ela olha para fora depois se vira para o pai, pega a mão dele. Pai, é o Bailey que está lá fora com a Molly, eu estou bem aqui. Um olhar intrigado passa pelo rosto dele e depois ele pisca e desdenha dela com um gesto de mão, afasta a cadeira. Claro, claro, ele diz, mas ela fica se escondendo igual você fazia, nunca alegre como a sua irmã. Ela olha para o pai com um sorriso triste. Então nós duas somos iguaizinhas a você, ela diz. Ela olha para Molly lá fora, vendo a si mesma no mesmo corpo, o relógio de carrilhão na entrada da casa soa três vezes direto da infância dela. Não tem nada de errado com a menina, ela diz, ela tem catorze anos, só isso, é uma idade difícil, me lembro bem. O olhar dela volta para as palavras cruzadas. Emblemas profissionais, ela diz, oito letras, vertical, a quinta letra é um G. Simon deixa escapar a palavra insígnia como se ela estivesse o tempo todo esperando em sua boca. Ela olha para o rosto do pai satisfeita com ele, vendo os vincos que contornam o pescoço, os olhos se escondendo atrás das pálpebras que se dobram sobre si mesmas, e no entanto a mente vai se apagando. Ela serve chá, pensando, não conte nada para ele ainda, vendo Bailey com seus ossos delicados ao passo que Mark é forte como o pai. Ela ergue o olhar e diz, Larry está com uns problemas no sindicato, o governo não quer que os professores entrem em greve, levaram ele pra delegacia, pai, e meio que fizeram uma ameaça, dá pra acreditar nisso? Quem levou ele? A Guarda Nacional. Simon se vira e olha para a filha sem falar, depois sacode a cabeça e baixa os olhos para os dedos. Melhor o Larry tomar cuidado com esses caras, a Guarda Nacional, assim que assumiu o poder, a Aliança Nacional colocou esse pessoal no lugar da Unidade de Investigações Especiais, teve umas reclamações por uma semana e depois o assunto morreu, claro que abafaram, a gente nunca teve uma polícia secreta no país antes. Pai, eles prenderam o diretor do sindicato em Leinster, não ligaram para ninguém, sem advogado, estão mantendo ele preso, o sindicato está fazendo barulho, mas a Guarda

Nacional está quieta. Quando foi isso? Terça à noite. Molly grita lá fora e eles se viram e veem a menina se contorcendo e agitando os braços enquanto Bailey está pendurado na corda velha segurando a irmã com as pernas. Um olhar súbito, veloz do pai. Me diz uma coisa, ele diz, você acredita na realidade? Como assim, pai? É uma pergunta simples, você tem diploma, você entende o que isso quer dizer. Quando você fala desse jeito, claro que eu sei o que você quer dizer, mas me poupe do sermão. Ele afasta o olhar por um momento na direção do aparador com uma pilha de jornais amarelados, revistas semanais com orelhas marcando páginas, o velho sorriso arreganhando e revelando os dentes. Nós dois somos cientistas, Eilish, nós pertencemos a uma tradição, mas tradição nada mais é do que algo com que todo mundo consegue concordar — os cientistas, os professores, as instituições, se você muda os donos das instituições, você muda os donos dos fatos, você pode alterar a estrutura da crença, aquilo com que as pessoas concordam, é isso que eles estão fazendo, Eilish, na verdade é bem simples, a Aliança Nacional está tentando mudar aquilo que você e eu chamamos de realidade, eles querem turvar isso como se fosse água, se você diz que uma coisa é outra coisa e diz isso vezes suficientes, então tem que ser isso mesmo, e se você continuar dizendo isso muitas e muitas vezes, as pessoas aceitam aquilo como se fosse verdade — a ideia é velha, claro, não tem nada de novo nisso, mas você está vendo acontecer na época em que vive, e não em um livro. Ela observa os olhos dele percorrerem algum pensamento distante, tentando enxergar dentro da mente dele, a mão manchada que pega um lenço amarrotado do bolso das calças, ele assoa o nariz depois guarda o lenço de novo. Mais cedo ou mais tarde, claro, a realidade se revela, ele diz, você pode pegar um empréstimo no banco da realidade e ficar com aquilo por um tempo, mas a realidade está sempre à espera, paciente, silenciosa, para cobrar o preço e ficar quite… Ben acorda cuspindo e olha à sua volta. O bebê começa a berrar e Eilish afasta a cadeira em que está sentada, pega o bebê e o coloca no peito debaixo de uma echarpe. Eilish quer aquilo que sempre a consolou, quer chamar as crianças e reunir todos à sua volta, mas em vez disso ela depara com uma sensação de escuro, uma zona de sombras que busca crescer. Ela respira e suspira e tenta sorrir. Acabamos de marcar nossa viagem de Páscoa, vamos passar uns dias com a Áine e o pessoal dela e depois passear por lá por uma semana, as Cataratas do Niágara se der certo, mais uns lugares perto de Toronto, para as crianças vai ser uma farra. Os olhos de Simon estão à deriva diante dela, e ela não tem certeza se ele ouviu ou não. Ele tira as mãos da mesa e olha para elas, depois pousa novamente as mãos e ergue o olhar. Talvez, ele diz, vocês devessem pensar em ficar no Canadá. Ela se pega tirando a criança do peito, se levanta da cadeira e olha para o pai. Pai, o que você quer dizer com isso? Quero dizer que eu estou velho demais para fazer alguma coisa, mas as crianças ainda são novas, se adaptam fácil, ainda dá tempo de começar do zero, elas aprendem o sotaque rapidinho. Pelo amor de Deus, pai, você se deu conta do que está falando, você não acha que está exagerando, e como fica a minha carreira, e o emprego do Larry, e a escola das crianças, e tem o hóquei da Molly, elas vão ganhar o campeonato escolar de Leinster este ano, já estão com nove pontos de vantagem, e o Mark acabou de entrar no Ensino Médio, quem vai cuidar de você se você não consegue nem manter as xícaras limpas, a sra. Taft só vem uma vez por semana, e se você cai e me quebra o quadril, me diz, como é que fica?

A chuva de outubro cai exuberante e fria, os dias dormentes em meio à chuva que parece mascarar a passagem do tempo, cada dia cedendo seu lugar a outro dia igualmente indistinguível até que o inverno chegue a seu ápice. Um ar estranho, instável tomou conta da casa. Esse ar chegou junto com os dois homens que bateram à porta e foi abrindo caminho pela casa adentro, essa sensação que agora parece ser a de que alguma unidade familiar começou a se dissolver. Larry trabalhando até tarde da noite e pela manhã ele fica irritadiço e retraído, parecendo ter dentro de si uma silenciosa selvageria, suas mãos tensas, suas mãos parecendo se cerrar como se estivessem sob a enorme pressão de parafusos. Há muitas noites ele agora chega tarde em casa, Eilish olhando pelas frestas das persianas e em seguida soltando-as para não ser vista, como uma solteirona velha, ela pensa, uma bisbilhoteira, esperando por ele no vestíbulo quando ele entra pela porta. Você devia ter levado a Molly no treino, Larry, tive que cancelar outra reunião com nossos parceiros, acabei de voltar da licença-maternidade, o que você acha que as pessoas vão pensar? Ele fica parado perto da porta com um pé que ainda não descalçou completamente a bota e depois baixa os olhos como um cachorro abjeto que apanhou, sacode a cabeça e olha bem nos olhos dela e ela vê a mudança tomar conta dele, a voz dele um sussurro cheio de raiva. Eles estão tentando criar o caos, Eilish, estão espalhando mentiras dentro do sindicato, você não vai acreditar no que eu escutei hoje... A voz dele falha diante dos olhos semicerrados da mulher e os olhos dele voltam a procurar o chão. Olha, ele diz, compreendo o que você está dizendo, e lamento. Mostra a ela um celular pré-pago, um telefone descartável, como ele chama. Mesmo se eles quisessem grampear, não iam saber o número. Ela olha para ele e pensa nas crianças ouvindo os dois sussurrando no corredor. Você está se comportando como um criminoso, Larry, escute, parece que o Bailey está com alguma virose, ele está lá em cima... Larry ergue a mão e a interrompe. Não sou exatamente um criminoso, são eles que estão tentando destruir o sindicato, prender membros da nossa organização sem mandado, eles não vão parar com isso. Ele passa por ela rumo à sala de estar e vai para cozinha, fechando a porta. Ela olha Larry pelo vidro quando ele deixa a pasta numa cadeira e vai até a pia e lava as mãos, se apoia na mesa olhando para fora. Ela quer ir até ele, em busca da mente dentro do corpo, o homem bom, orgulhoso dentro da mente cheio de senso de urgência e moral e comprometimento, a guerra dentro dele crescendo contra essa coisa que eles não têm como medir. Pensando como ultimamente ele quer ficar sozinho, no fim das contas, todo homem busca o mesmo isolamento, ela viu uma vez isso num grafite num muro. Ela abre a porta e enfia a cabeça na cozinha. Quer jantar?, ela diz. Não, não precisa, almocei tarde, numa dessas como alguma coisa mais tarde, Molly entra na cozinha usando uma máscara. Ela andou desinfetando maçanetas de porta, torneiras e válvulas de descarga, criou um cordão sanitário do lado de fora do quarto dos meninos usando fita adesiva e se recusa a comer na mesa. Ela não dá ouvidos a Eilish, que explica que é quase impossível deter o vírus, vendo em sua cabeça o vírus invadir a célula hospedeira e se replicar, uma fábrica silenciosa dentro do corpo, o vírus se fazendo transportar invisível no ar que se respira. No dia seguinte Molly e Mark caem de cama e depois Larry também, ela fica feliz de todos estarem em casa, chega a parecer que Larry voltou a ser o mesmo de sempre, rindo ao ver que ela e o bebê são imunes, tirando sarro de Mark quando ele passa pela porta com os cabelos cobrindo os olhos e assoando o nariz num lenço de papel. Olha o estado do garoto, Larry diz, se eu passasse por você na rua era capaz de nem te reconhecer. Alguém além do pai quer café?, Mark diz. Eles se juntam para ver um filme e Mark volta trazendo bebidas, ela está olhando o corpo longo, robusto, ele vai fazer dezessete anos e está quase da altura do pai. Chega mais pra lá, Mark diz, sentando-se ao lado dela, ele passa o braço por cima do ombro dela e ela nem consegue se lembrar quando foi a última vez que todos estiveram em casa assim, Molly enroladinha ao lado dela, Bailey num pufe tomando sorvete de colher, Larry na frente da TV, Ben dormindo no colo dela. Ah, não, Mark diz, quantas vezes a gente já viu essa bobagem sentimental? Eu gosto, Bailey diz. É, eu também, diz Molly, é superfofo, conta de novo pra mim, mãe, como vocês dois se conheceram? Larry ri e Mark resmunga e diz, quantas vezes a gente já ouviu isso antes, você não sabe que o pai é super-romântico e que precisou correr atrás da mãe por meses com uma redinha? Isso não é verdade, Eilish diz, sorrindo para Larry. Bom, tem uma parte que é verdade, Larry diz, é claro que eu sou super-romântico e quanto ao resto, na verdade, o que eu usei foi um saco de batatas. Quando Ben acorda no colo ela olha para o rosto do bebê tentando ver o homem que ele vai se tornar, tanto Mark quanto Bailey provaram que esse tipo de raciocínio não funciona, uma macieira pode dar uma laranja e Ben com certeza vai se transformar em alguém diferente de todo mundo. E no entanto ela procura na criança algo que lembre Larry, torcendo para que ele puxe ao pai, sabendo como as coisas acontecem, que todo menino cresce e sai de casa para piorar o mundo enquanto finge que o está melhorando, a natureza decreta que seja assim.

A criança acorda com um susto gritando como se estivesse perplexa por acordar e quando se dá conta ela já está se levantando do sono até que seu sono fica para trás na cama estilhaçado no quarto escuro. Eilish desliza um pé na direção de Larry, mas o lado dele da cama está frio. Ela ergue o bebê do moisés e o põe no peito, a boquinha ofegante e devoradora, a mãozinha como garra na carne dela. Ela dá o dedo para o bebê e ele segura aquilo com uma forcinha minúscula que a deixa perceber seu terror inato, a criança se agarrando como se sua vida dependesse daquilo, como se nada além da mãe a mantivesse ligada à vida. Os pássaros da aurora já sonorizam o silêncio quando ela coloca o roupão e carrega Ben para o andar de baixo. Lá está Larry sentado à mesa em meio à escuridão, seu rosto iluminado pelo laptop. Ele não ouviu a mulher chegando e por isso ela o observa livremente, o rosto triste e carregado, a preocupação que nem pisca. Ela vai até a parede e acende as luzes e ele tira os olhos da tela e suspira e depois sorri, estende os braços na direção da criança, faz com que o bebê fique em pé sobre seu colo, deixando que o menino dê conta do próprio peso. Ele dormiu a noite toda?, ele diz, não ouvi ele acordar, por que você levantou tão cedo? Eu podia te perguntar a mesma coisa, Larry, você está com cara de que nem foi pra cama. Larry ergue a criança para encostar seu nariz no do bebê. Olha só você, garotão, primeiro você pega a gente de surpresa e logo, logo já vai estar desmamando. Ela fica em frente à cafeteira com os braços cruzados depois se vira e olha para Larry intensamente a ponto de o rosto dele parecer desconhecido, os olhos injetados pela falta de sono e os cabelos desgrenhados, o casaco surrado por cima do suéter de lã, comparando a si mesma com ele por um momento, ele começou a envelhecer mais rápido, isso é verdade, a barba meio grisalha. É aí que ela percebe que não consegue lembrar como era a aparência dele antes, a renovação das células é a um só tempo rápida e lenta, você começa com um corpo e ao longo do tempo ele se torna outro, ele é o mesmo e no entanto é diferente, apenas os olhos continuam iguais. Ela pega Ben dos braços dele e olha para o marido. Ainda não é tarde demais, ela diz. Ele está olhando para ela e começa a franzir a testa. Tarde demais pra quê? Esse joguinho que você está jogando com o governo, ainda dá tempo de parar. Ele fica em silêncio por um instante e depois suspira e fecha o laptop, coloca-o dentro de uma bolsa de couro e se levanta. Pelo amor de Deus, Eilish, as engrenagens estão rodando, não tem como simplesmente se retirar de uma coisa desse tipo, seria um constrangimento imenso para a organização, a gente ia ter uma fuga em massa de professores, a marcha tem que seguir em frente. Sim, Larry, mas a Alison O'Reilly não voltou a trabalhar ainda, o que você acha que aconteceu? O marido diz que ela está com gripe. Essa gripe já está durando três semanas. É, eu sei, parece meio estranho mesmo, olha só, tenho que chegar cedo no trabalho, tem uma reunião de briefing para ver o que a gente vai falar com a imprensa antes de... Ela tinha dado as costas, olhando para o jardim úmido e escuro lá fora, tudo suspenso em umidade, as árvores se curvando perante o frio. Sem se virar ela consegue medir a força da vontade dele comparada com a dela, ambas as vontades se confrontando silenciosamente, cada uma dando voltas em torno da outra, e depois se atracando antes de recuar machucadas e doloridas. Larry está indo na direção da sala de estar quando para e diz, a mãe da Mary O'Connor morreu ontem de noite, recebi uma mensagem quase meia-noite, estava com noventa e quatro anos, a última dos titãs. Eilish sacode a cabeça e coloca Ben na cadeirinha de balanço. Essa foi corajosa na época dela, quando é o funeral? Sábado de manhã na Igreja dos Três Patronos. Eilish está andando na direção de Larry desejando que fosse uma manhã diferente, ela coloca a mão no pulso dele e aperta-o. Larry, a Alison O'Reilly não está gripada e você sabe disso. Eilish, você não tem como provar isso. Não dá pra brincar com a Guarda Nacional, se você abrir essa porta, Larry, não tem como saber o que vai encontrar do outro lado. Eilish, escuta, você precisa relaxar. A Guarda Nacional não é a Stasi, eles só estão fazendo um pouco de pressão, nada além disso, estão perturbando e assediando um pouco pra fazer a gente recuar, nós somos quinze mil pessoas e o governo está nervoso, mas eles não têm como impedir uma marcha democrática, espere e você vai ver. Ela agora está perto o suficiente para ver as sardas em torno dos olhos dele, os tons silenciosos de vermelho e âmbar, nenhum olho tem uma cor uníssona. Me conta, Larry, onde está o Jim Sexton agora? Ele pisca, franzindo a testa, e se afasta. Sério, Eilish... Ele sacode a cabeça e pega a pasta, vai para a sala de estar, mas não na direção da porta. Ela consegue ouvir o marido parado de pé e depois com um longo suspiro ele se senta. Por um instante ela se sente subjugada, olhando de novo pela janela ela vê as árvores cintilando no dia plúmbeo, pensando, como a aurora passa rápido, a fresca luz cinzenta sobre as folhas, sobre as árvores as formas das sombras são de pegas esvoaçantes. Essa sensação de urgência nas mãos dela quando ela entra na sala de estar, vendo Larry absolutamente imóvel na poltrona como se estivesse vendo alguma ideia se revelar diante dele. Ele ergue os olhos e sacode a cabeça e diz, talvez você tenha razão, Eilish, não é um bom momento, é loucura ir em frente, vou ligar pra eles, dizer que estou doente. Ela anda na direção dele sentindo a vitória, olhando-o de cima para baixo. Ela vai falar, mas algo se liberta dentro dela, uma pega trapaceira levantando voo, e ela para diante dele sacudindo a cabeça. Não, ela diz, isso tem que ser feito, não se trata mais de você ou de mim, a Aliança Nacional parece achar que está acima da lei, todo mundo sabe que essas leis emergenciais são só um jeito de conquistar o poder, quem mais vai protestar pra garantir nossos direitos constitucionais se os professores não jogarem duro com eles? Ela repara que ele se senta com o corpo largado, fazendo peso sobre os ossos, um menino segurando a mente de um adulto nas mãos e depois em um instante ele se levanta e assume o velho aspecto inabalável. Tem razão, meu bem, é um dia de merda pra uma marcha, vou com eles até o bar depois, mas não vou beber, então consigo buscar a Molly no treino. Ela se apoia na porta observando enquanto ele calça as botas verdes de caminhada no vestíbulo. Ele pega a capa de chuva e tenta vestir por cima do casaco, a manga da capa de chuva está do avesso e por um instante ele fica preso na soleira da porta se debatendo contra a manga, ela acha que ele continua inseguro, ele ergue o rosto e o olhar dos dois se encontra. Vai, ela diz com um sorriso, vai lá e faz o que você tem que fazer.

Ela entra no escritório depois do almoço gestando um pensamento oblíquo. Há algo que está oculto e que no entanto insiste em questionar, a mente inquieta pousando em outras coisas, a muda de roupas do Ben que ela se esqueceu de mandar para a creche, os formulários de renovação do passaporte que ela devia enviar. É aí que ela pensa no telefone celular deixado para trás sobre a mesa dela. Ela pega o aparelho esperando encontrar chamadas perdidas, mas não tem nada, não é típico do Larry não ligar durante uma marcha. Ela vai na direção da copa e os olhos de Rohit Singh a interceptam por cima da tela dele, ele está falando ao telefone e no entanto com os olhos conta algo a ela, é um olhar que ela não sabe ler e por isso dá de ombros e crispa o lábio inferior numa expressão universal de simulação de tristeza. É nesse momento que ela ouve seu nome ser chamado e se vira e vê Alice Dealy saindo da sala dela com um olhar de hesitação. Eilish, você não está vendo o noticiário? Não, acabei de voltar do almoço. Assim que fala ela sabe o que o rosto de Alice está dizendo, indo agora na direção da sala e por um instante sente sua velocidade diminuir como se agora estivesse nadando de pé, avançando lentamente em meio à água, inalando um bocado de ar ao entrar, vendo as pessoas reunidas em torno da tela grande de Alice. O que ela vê no noticiário é a imagem cortante de bruscos cavalos galopando numa rua transformada num escuro inferno esfumaçado. Ela vê a polícia com cassetetes, eles batem nos manifestantes, transformando--os em formas rastejantes, batem neles empurrando-os para as esquinas da rua, gás lacrimogêneo encobrindo-os em câmera lenta enquanto fora dali repetem-se as cenas de manifestantes em fuga. Eles se encolhem na soleira da porta das casas com a gola da blusa cobrindo o nariz ao mesmo tempo que a TV repete a imagem de um professor sendo arrastado por policiais à paisana para um carro descaracterizado. Ela depara com uma sensação de desamparo, se vê em sua mesa com o telefone no ouvido, o celular tocando, tocando, Paul Felsner está olhando por entre as persianas do escritório. Ela se senta na frente de seu monitor tentando vê-lo em sua mente, Larry, mas em vez disso o que vê é o olhar detido e inquisidor de Felsner, ela se vê trinta minutos antes comendo um sanduíche quando o tempo já estava em marcha, quando o tempo já tinha passado por ela. Ela precisa ir até ele, sentindo o marido agora, com uma obscura sensação de culpa. Ela joga o crachá e seus pertences na bolsa, anda pelo escritório só com uma manga do casaco vestida, a escada reverberando com os passos de seus sapatos e logo ela está parada na rua com o celular no ouvido, Larry não atende o celular e quando ela liga de novo o telefone está desligado. É aí que ela ergue o olhar e parece que o dia agora está sob um céu estrangeiro, com uma sensação de desintegração, a chuva lentamente caindo sobre seu rosto.

2

Rumo ao carro com o bebê no colo, Eilish incitando as crianças a se apressarem, incitando a si mesma a ir em frente num desejo silencioso. Ela se vira e vê Molly irritada com duas sacolas de compras, Bailey brincando com o carrinho de bebê enquanto ela o chama de volta. Eilish prende a cadeirinha do bebê no lugar e ele olha para ela com um sorriso sonolento enquanto Molly deixa as sacolas no porta-malas e depois se senta no banco da frente cobrindo os ouvidos com fones. Eilish quer contato, quer tocar, falar, Bailey correndo com os braços estendidos na direção do carro. Ele sobe no banco de trás e fecha a porta com força depois se inclina entre os dois assentos e avalia a mãe pelo retrovisor. Manhê, ele diz, quando o pai vem pra casa? A longa queda do coração dela corpo abaixo e ele continua despencando. Ela busca as palavras que não virão, se pega desviando o olhar do filho, percebendo que Molly também olha para ela. Por um momento ela olha para a rua que escurece, um grupo de adolescentes passando, ela entende até a medula daqueles ossos imprudentes quem eles são, vendo a Molly do futuro que ela vai perder, talvez já tenha perdido. Eilish se volta para Bailey respirando lentamente, busca o olhar dele no retrovisor e se fixa nele. Eu já te disse, meu amor, ele teve que viajar a trabalho, volta assim que puder. Ela vê a mentira ganhando corpo ao sair de sua boca, a mentira despercebida fazendo o seu trabalho, vê Bailey se recostar no assento bufando, vendo que ele aceita como fato qualquer coisa que ela diga. Bailey estende o braço e puxa o cinto de segurança de Molly, aprisionando a irmã até que ela se vira e tenta dar um tapa na mão dele. O olhar que ela dá para a mãe é cortante e Eilish olha para o outro lado pensando que Molly deve ter se tocado de que algo estava errado quando ninguém foi buscá-la no hóquei, ela não conseguia falar com os pais pelo telefone, parada do lado de fora do clube vendo as colegas de time irem embora uma a uma no crepúsculo até que a srta. Dune a levou para casa. A cara dela quando chegou em casa roxa de raiva e mais tarde o silêncio dela, o que precisava ser dito para Mark e Molly naquela noite, que haviam detido pessoas importantes do sindicato, que estamos vivendo uma fase difícil, eles vão ter que soltar seu pai logo, lembrem que o pai de vocês não fez nada de errado, o governo está tentando intimidar ele, mas vocês dois precisam tomar cuidado, não falem disso fora de casa e nem uma palavra pra ninguém na escola. Vendo o terror no rosto de Molly implorando para que eles não contassem para o Bailey, ele é muito novo pra entender. A raiva da menina se reduzindo a um silêncio, a porta do quarto fechada a chave, Eilish parada do lado de fora com medo de bater na porta. Mark recebendo a notícia com uma estranha reserva, uma única pergunta feita, por que não permitem que ele tenha acesso a um advogado? Ela gira a chave na ignição com medo agora de quais mentiras precisarão se seguir, as mentiras crescendo cada vez mais em sua boca, vendo que uma única mentira contada a uma criança é um ultraje, que não existe meio de desdizer aquilo e que uma vez conhecida a mentira vai continuar saindo cada vez maior da boca como uma espécie de flor venenosa. Ela dirige em meio a um trânsito pesado, as crianças quietas no carro, eles estão quase em casa quando o celular toca na bolsa dela perto dos pés de Molly. Ela pede o telefone e, quando pede outra vez, do nada grita com Molly e joga o carro para o acostamento, estende o braço na direção da bolsa e tira o fone de ouvido da cabeça de Molly, a menina olhando aterrorizada para a mãe. A chamada perdida é de um número desconhecido, ela olha e decide retornar a ligação. Alô, sim, aqui é a Eilish Stack, perdi uma ligação deste número. É Carole Sexton que quer conversar. Olha, Carole, não consigo falar agora, estou no carro, posso te ligar de noite? Bailey olhando ranzinza no espelho. Por que não posso ligar pro papai, mamãe, vocês vão se divorciar, o que está acontecendo? Quando estaciona na entrada da garagem de casa, ela abre a porta e vai descer, mas hesita como se um abismo tivesse se aberto no chão diante dela. Um passo exploratório se segue a outro passo exploratório, percebendo o quanto será longa a noite que se aproxima.

Michael Given vai de casa em casa, não é seguro conversar sobre essas coisas por telefone, é preciso sempre desconfiar que alguém pode estar ouvindo. Ela olha quando ele entra de cabeça baixa na cozinha com modos que parecem quase de alguém pedindo desculpas, as juntas dos dedos amareladas quando ele se senta, observando quando ele abre o celular e tira a bateria e a coloca sobre a mesa. Ela coloca Ben na cadeirinha de balanço e continua a examinar Michael Given, vendo que ele fuma até passar da tosse e chegar à dor. Você parece cansado, Michael, posso fazer alguma coisa pra você comer? Ele dispensa a oferta com um gesto de sua longa mão, mas mesmo assim ela põe biscoitos num prato diante dele e ele pega um e o gira nos dedos sem comer. Escuta, Eilish, o boato é que vão transferir o pessoal. Eilish estava distraída olhando a água escorrer para dentro da boca da chaleira, contendo a respiração, ela desliga a torneira e solta a chaleira. Transferir pra onde? Dizem que para campos de concentração perto de Curragh, é só um boato, mas não dá pra imaginar que vão manter todo mundo na cidade depois de prender tanta gente, eles mantiveram gente lá durante a guerra, em Curragh, pessoas que eram vistas pelo Estado como um risco para a segurança. Como assim, Michael, o Larry agora é um risco para a segurança? Ela vê Michael Given se render com as mãos para cima. Claro que não, Eilish, é só jeito de falar, é a expressão que eles estão usando. O Larry está detido por motivos políticos, Michael, não quero ouvir esse tipo de coisa nesta casa, Michael Given morde os lábios, os olhos esbugalhando como os de uma criança surpresa, ele faz que sim com a cabeça na direção da pia. Não é bom deixar essa coisa aí, ele diz. Ela se vira e vê a chaleira elétrica na pia. Eu não sou uma idiota?, ela diz, sacudindo a cabeça. Ela seca a chaleira e a coloca no balcão, olha novamente para Michael Given em busca da fonte de sua raiva, vendo-o como um inseto amarelo a ser atacado. Estão prendendo gente em toda parte agora, ele diz, você ouviu falar que prenderam o jornalista Philip Brophy, um jornalista, puta que pariu, a Aliança Nacional está cada vez mais ousada, está em todo lugar na imprensa internacional, mas nem uma palavra aqui, estão controlando as redações agora, embora as mídias sociais estejam falando disso a todo vapor. Ela observa Michael Given enquanto ele fala, pensando que ele parece balançar devagarinho na cadeira, um cansaço maleável atravessando seu corpo como se ele estivesse debaixo d'água. Maridos e esposas, mães e pais afundando debaixo d'água. Filhos e filhas, irmãs e irmãos desaparecendo, sumindo na fresta que se abre no solo sob seus pés. Ela percebe que está sem ar tentando subir para respirar, indo na direção da sala de estar, buscando algo em sua mente enquanto pega o controle remoto e encontra um canal de notícias e põe no mudo. Essa sensação de que agora ela está vivendo em outro país, essa sensação de que um caos está se abrindo, que esse caos está chamando a todos eles para sua boca. Ela entra na cozinha sentindo a sua ira depois apertando o ar com as mãos como se tivesse conseguido colocar as mãos em volta do pescoço do problema. Michael, ela diz, o fato de você não ter permissão para se encontrar com ele, é isso que não consigo entender, fui ver a lei, os tratados, é uma clara violação da lei internacional, então me diz, por que eles têm permissão pra fazer o que quiserem, por que ninguém gritou pra eles pararem? As palavras dela fustigam o silêncio de Michael Given e ela avalia o rosto que parece a um só tempo triste e perplexo, um cão atônito perante um exótico ultimato, ele ergue as mãos e vai falar, mas ela está outra vez no ataque. O Estado deveria deixar as pessoas em paz, Michael, e não entrar na casa da gente como um ogro, agarrar um pai de família e devorá-lo, como é que eu vou explicar isso para as crianças, que o governo do país onde eles moram virou um monstro? Tudo isso vai passar, Eilish, a Aliança Nacional vai ter que recuar mais cedo ou mais tarde, a Europa toda está indignada... Então por que a Guarda Nacional está prendendo cada vez mais gente todo dia, Michael, dizendo que esse é um momento de emergência nacional, os policiais à paisana que foram no nosso escritório na terça e arrancaram um rapaz que estava na mesa dele, o Eamon Doyle, um estatístico, o tipo de cara que jamais poderia causar problema, e você sabe o que ele disse quando pegou o casaco, ele pediu pra alguém ligar pra mãe dele, e isso faltando duas semanas para o Natal. Ela se senta e serve café da cafeteira francesa com um movimento agressivo. Ela saiu do próprio corpo e o corpo precisa seguir em frente, parando novamente diante da TV enquanto finge assistir ao noticiário, ela tenta conter o choro. Michael Given está falando de rumores de protestos em Cork e Galway que foram reprimidos, mas Eilish não ouve, ela pensa nas crianças que dormem no andar de cima, pensa em Mark, que a qualquer momento vai colocar a chave na porta e passar com a bicicleta pela casa até o pátio lá atrás, não tem nada que ela possa dizer a ele. Michael Given dirige a voz para a sala de estar para que ela o ouça. Eles foram longe demais agora, Eilish, o clima de revolta está crescendo na população por mais que os jornais não falem disso, a Aliança Nacional quer transformar este país em Estado policialesco e eles já disseram que vão começar a recrutar para as Forças Armadas, dá pra imaginar uma coisa dessas neste país, só se fala disso nas ruas, as pessoas querem acabar com isso imediatamente, é o que estou escutando... Ela se pega parada diante dele com os dentes cerrados. Se só se fala disso no país, quem é que está passando entre essas pessoas e escutando? Ela observa Michael até que ele contorce os lábios numa expressão pesarosa e desvia o olhar. Vocês mesmos, olha só, ela diz, os sindicatos de cabeça baixa e quietos, e pelo menos metade do país apoiando essa loucura e achando que os professores são os vilões. Algo que ainda está em um estágio rudimentar dentro dela se manifestou e ela tem medo, agora ela é capaz de ouvir isso e o pronuncia em silêncio para si mesma. A vida toda você esteve dormindo, todos nós dormindo e agora começa o grande despertar. A sensação de uma noite assombrada que não larga dela, pensando em Larry hesitante na porta, Larry calçando as botas verdes e depois se debatendo para vestir a capa de chuva. Ele sabia o que eles estavam enfrentando e deu a você o poder de dizer não, ele se sentou naquela poltrona e se entregou completamente a você. As noites agora são longas, era isso que ela gostaria de dizer, olhando as mãos pálidas apoiadas sobre a mesa. Dormir na cama fria com o cheiro de Larry de pijama ao lado dela no travesseiro. Ela se vira outra vez para Michael Given e suspira e se senta e não sabe o que fazer com as mãos. Eu vou perder o meu emprego se isso continuar, ela diz. Você contou pra eles?, ele diz. Olha, você sabe como são essas coisas, na empresa tem uns caras ligados ao partido tentando chegar a cargos mais altos, você tem que ter cuidado, tem um cara lá dentro que parece que pode fazer o que bem quiser. Você pode pedir uma licença de um ano, Eilish, sempre tem essa possibilidade. Não posso tirar uma licença depois de seis meses de licença-maternidade. Sim, mas são circunstâncias extraordinárias, em todo caso, o sindicato tem fundos que podem ser usados caso precise, é só pedir. Sim, Michael, mas quem vai sobrar no sindicato para pagar isso? Ele fica em silêncio por um tempo observando os longos dedos amarelados solicitando que a boca fume. Ela percebe que suas mãos estão inquietas sobre as pernas, levanta-se de novo da cadeira e olha para baixo sentindo o poder que exerce sobre ele. Michael, eu quero meu marido de volta. Olha, Eilish, estamos fazendo o que podemos... Você não está entendendo, eu quero que você leve meu marido pra ser ouvido por um juiz, um juiz vai devolver ele para os filhos. Eilish, se fosse em qualquer outro momento nós teríamos entrado com uma queixa na Suprema Corte por detenção ilegal, íamos tirar ele da cadeia, mas as leis nacionais de emergência suspenderam o habeas corpus, na prática, o Estado tem poderes especiais e silenciou o Judiciário. Michael, quero que você me ouça, quero fazer algo acontecer, quero meu marido de volta. Olha, Eilish, você não está sendo razoável, isso não tem precedentes, tem um clima de histeria no país, não tem como você simplesmente estalar os dedos e esperar que o Estado faça o que você quer... Mentalmente ela está indo na direção da garganta dele com as mãos, agarrou Michael pela laringe e abre a boca dele à força, põe a mão lá dentro e puxa aquela língua covarde, segura por um momento e depois a arranca pela raiz. Observa como ele abre as mãos sobre a mesa, as mãos dóceis destituídas de cigarro e quase se expressando por si mesmas, como se falassem a verdade abrindo mão do controle dele. Ele ergue o rosto e ela vê os olhos de um homem que não dormiu e sente pena dele, por aquilo que se pode saber pelo que contam as mãos, percebendo que o homem foi treinado para as regras do jogo, mas o jogo mudou e sendo assim o que é o homem agora? A costura que mantinha a raiva dentro dela arrebenta. Quero que você vá lá e me traga ele de volta, Eilish diz, e se você não for, eu mesma vou e trago ele, é isso que eu vou fazer, prefiro morrer do que ver a ausência dele desfilando o dia todo diante dos olhos das crianças. Michael Given se levanta e põe seus olhos no nível dos olhos dela e fita o rosto de Eilish por um longo tempo como se estivesse se decidindo. Eilish, você precisa ouvir o que vou te dizer agora, eu não queria te contar isso, mas receio que precise contar, a própria Guarda Nacional informou que se a gente continuar a fazer pressão com isso, se continuarmos pedindo um habeas corpus, nós também vamos ser presos. A boca de Eilish se abre, mas não sai som nenhum, ela foi libertada de seu corpo e se tornou um único pensamento sombrio, o pensamento se intensificando, se expandindo até ter engolido toda a matéria. Quando ela volta ao corpo um murmúrio sai de seus lábios. Michael Given está se afastando da mesa, vai até a pia e lava as mãos. Dizem que tem uma tempestade chegando, ele diz, Tempestade Bella, foi o nome que deram, tome cuidado nos próximos dias. Ela se vira para ele percebendo o desejo de se deixar enlouquecer, mas em vez disso ela vai rumo à janela olhando para fora. As cerejeiras ainda retinham o orvalho da manhã quando ela acordou, mas agora as árvores em sua inconsciente conspiração acenam para as sombras.

Ela desperta no meio da noite no lado da cama onde Larry dorme. Em algum lugar no escuro do corpo dela uma vela queima por ele, mas quando ela procura a vela para iluminar o passado só encontra escuridão. Eilish ouviu durante o sono o vento chamando e agora ele ressoa em torno da casa como se a porta da frente estivesse aberta. Ela vai até a janela e olha para fora, nuvens de um laranja fluido correm pelo céu, olhando de cima a cidade que é alvo de seus desejos. Ela anda pela casa que está com as luzes apagadas sentindo os pés esfriarem, sentindo ter se tornado um fantasma de seu passado. Parando na frente dos quartos das crianças ouvindo o sono deles enquanto o vento sopra lá fora. O que pode ser mais inocente do que o sono de uma criança, deixe as crianças dormirem e quando ele voltar vamos seguir a vida. Eilish se deita e esfrega os pés e acorda sob a luz arisca, ouvindo um grito rouco do vento, a janela atingida por pedriscos molhados. Ela segue sonolenta até a janela com a sensação de que a casa alçou voo, a casa virando com o vento. Do outro lado da rua o latão de lixo verde dos Zajac está caído de lado, papéis e latas e caixas de pizza se espalhando pela calçada, um punhado de chuva é agarrado pelo vento e atirado sobre os salgueiros nus. E aí ela vê, uma solitária pega encolhida numa árvore, observando por um tempo que a ave agita as asas, mas continua presa ao galho enquanto ele se curva com o vento, percebendo agora que quem precisa ter firmeza não é ela, mas Larry, ele precisa se manter firme e enfrentar o que quer que esteja enfrentando, sentindo a força dele agora e a reconhecendo, entrando em sua força e apertando-a em seu corpo.

Quando chega a manhã ela está diante da porta da casa dizendo para Bailey descer. São quase oito e vinte, ela diz, a Molly vai se atrasar para a escola e você também. Mark leva a bicicleta na direção da rua depois para e olha o céu. Ela segue o olhar dele sentindo uma calma no ar turvo, vendo o filho passar a perna por cima do banco enquanto impulsiona a bicicleta num movimento fluido sem dizer tchau. Ela estuda o rosto de Mark quando ele se vira para olhar na direção dela, uma só sobrancelha erguida sob os cabelos castanhos cacheados. Ela não sabe o que deseja dizer, ela não quer dizer nada, quer só olhar para ele. O seu cabelo está comprido, ela diz, quero você em casa na hora do jantar, você mal tem parado em casa. Mark revira os olhos depois sorri e diz, também te amo, mãe, ele se vira e pedala até a rua. Ela se pega atravessando a rua, onde vira à direita no latão dos Zajac e estuda a casa, as luzes deviam estar acesas, a porta da frente devia estar aberta, Anna Zajac devia estar enfiando as crianças no Nissan, mas o que ela vê em vez disso são persianas fechadas e uma casa que parece vazia embora o carro esteja estacionado em frente. Ela encontra Molly saindo da casa. Onde está o seu irmão?, ela pergunta, vamos atrasar pra escola, me diz uma coisa, os Zajac já foram pra cidade deles passar o Natal? Molly dá de ombros, como é que eu vou saber, acho que o Bailey nem saiu do quarto ainda, ele não desceu pra tomar café. Eilish prende a cadeirinha de bebê no carro e pede a Molly que espere com Ben. Entra na casa e fica ali chamando Bailey, se vira e vê sua verdadeira imagem no espelho, o rosto pálido e cansado cedendo aos olhos fundos, os olhos fazendo a pergunta e quase rindo disso, espelho, espelho meu. Por um instante ela vê o passado no olhar franco do espelho como se o espelho contivesse tudo que já viu, vendo a si mesma andando como sonâmbula diante do espelho, passando de um lado para o outro distraída ao longo dos anos, vendo a si mesma levando as crianças para o carro, e elas têm todas as idades possíveis nas imagens que vê e Mark perdeu outro tênis e Molly está se recusando a vestir o casaco e Larry pergunta se eles pegaram as mochilas e ela vê que a felicidade se esconde em meio à confusão, que está nas idas e vindas do cotidiano, como se a felicidade fosse algo que não deve ser visto, como se fosse uma nota que não se pode ouvir até que venha soando de algum lugar no passado, vendo seus infinitos reflexos vaidosos e satisfeitos de si diante do espelho enquanto Larry espera impaciente no carro, ele está no vestíbulo tirando a capa de chuva, grita pedindo os chinelos enquanto tira as botas verdes. Ela chama Bailey e sobe para o outro andar e vê que ele trancou a porta. Eilish gira a maçaneta e bate com o punho na porta. Desde quando você tem a chave desta porta, abre já essa porta, você vai se atrasar pra escola. Quando a chave gira na fechadura ela abre e vê o filho na penumbra causada pela cortina voltando para a cama. Ela tira a chave da fechadura e a coloca no bolso, vai até a cama e puxa o edredom, fica parada ao lado dele com as mãos nos quadris. Certo, rapazinho, você tem dois minutos pra se vestir e entrar no carro. É aí que percebe o cheiro vindo da cama, Bailey encolhendo as pernas na direção da barriga e ela vê que as calças do pijama estão encharcadas. Eilish fica em silêncio, vai até a janela e segura a cortina, a luz turva desmascarando o quarto. Ela se abaixa para pegar as roupas sujas do chão e fala sem olhar para o menino. Vai tirar essa roupa e se lava rapidinho, você está atrasando todo mundo. Bailey vai na direção da porta e ela começa a tirar o lençol da cama, se perguntando quantas vezes isso aconteceu desde que Larry desapareceu, ele nunca tinha molhado a cama antes disso. Ela se vira e vê Bailey parado na porta com um olhar de aguda maldade, o menino grita com ela, você mandou ele embora, não foi, foi isso que você fez, você é uma velha insuportável mesmo. Eilish se vê travada com mãos que gaguejam, a boca trêmula, ela embola o lençol molhado e quando percebe está descendo os degraus. Vai tirar a maldade do olhar dele como quem espreme uma espinha, vai trancar a porta da frente e entrar no carro e deixar que ele fique sozinho no quarto pensando no que disse. Ela não se mexeu, os olhos baixaram para ver os próprios pés quando ouve aquilo escapar de sua boca, a verdade sobre o pai dele, ela está explicando a detenção e a prisão ilegal, os esforços que estão fazendo para que ele seja levado a um juiz, o fato de que nada vai acontecer antes do Natal. O coração dela se aperta vendo o menino franzir a testa descrente, o olhar escorregadio dele, o crispar da boca e depois ele se senta em silêncio no chão com os braços em torno dos joelhos. O que ela vê é uma ideia de ordem que se desfaz, o mundo se transformando em um mar escuro e desconhecido. Ela o abraça, tentando em seus sussurros reconstruir para o filho o antigo mundo de leis que está estilhaçado diante dos pés dele, pois para uma criança o que é o mundo quando um pai pode sumir sem dizer uma só palavra. O mundo dá lugar ao caos, o chão em que você pisa voa pelos ares e o sol brilha escuro sobre a sua cabeça. Molly está encostada no batente da porta. O que está acontecendo?, ela diz, estamos esperando no carro, a gente tem que ir pra escola. Bailey se erguendo, passa pela porta esbarrando na irmã e entra no banheiro.

Passa de nove da noite quando ela ouve uma batida de leve na porta. Ela olha em meio às persianas e vê um carro pequeno estacionado em frente à casa, luzes de Natal piscando debaixo dos telhados e velas elétricas bruxuleantes nas janelas embora a casa dos Zajac esteja escura, Mark e Samantha estão desabados no sofá de mãos dadas, suas mentes entrelaçadas com a tela, eles mal erguem os olhos quando Carole Sexton passa abatida por eles com um sorriso hesitante, parecendo alta demais em seus sapatos sem salto enquanto segue Eilish na direção da cozinha, Eilish olha mais uma vez disfarçadamente para o relógio de parede, Bailey e Molly acabam de subir para dormir, assim que a Carole for embora ela vai mandar Samantha para casa. Carole enfia a mão numa sacola e tira três latas de biscoito. As longas horas noturnas estão em seus olhos e quando ela fala a voz é carregada. Desculpa o incômodo, Eilish, mas eu precisava te ver. Ela vasculha o cômodo com os olhos, examinando os balcões, nunca entrou ali antes, Eilish vendo a própria cozinha como se fosse a primeira vez, a desordem de xícaras e pratos na pia, a lava-louça meio cheia com a porta aberta, o cesto com roupas sujas esperando ser lavadas, se a Carole tivesse avisado que vinha ela teria dado uma arrumada. Que árvore linda essa sua, Eilish, queria ter uma árvore de Natal assim, este ano nem pus árvore nenhuma em casa, pareceu que ia ficar, sei lá, pareceu que... Ela vai voltar a falar, mas faz um gesto com a mão. Então, enfim, deixa te dizer, ontem de noite eu estava com vontade de pão de soda, nem sei se gosto de pão de soda, sabe, aquele tradicional, mas de uma hora pra outra passei a gostar, o primeiro ficou bom, o segundo ficou bem melhor, e eu tinha comprado tanto ovo, sabe, depois que você começa a cozinhar é difícil parar mesmo que você não entenda muito da coisa, eu não fazia pão desde a aula de economia doméstica na escola, mas ontem à noite fiquei com tanta vontade que pensei em fazer uns bolinhos de aveia também, o cheiro dos bolinhos recém-assados no forno, meu Deus, e uns bolinhos de frutas também, e aí eu cheguei num bolo de frutas, uma receita antiga que peguei do meu livro de receitas de mãe, e foi aí que me toquei que no ano passado não me dei ao trabalho de comprar um bolo de Natal, eu estava tão atarefada, sabe, e ele fez um comentário, o Jim, ele disse que ia ter gostado de um bolo de Natal, então ontem à noite fiz um desses também, mas enfim, quando acabei fiquei rindo da ideia de ter feito tanta comida sendo que eu só queria comer pão, e nem tenho apetite enquanto você tem tanta boca pra alimentar, então olha, trouxe um pouco pra você e aqui também tem uma coisa pra você, um bolo de Natal, também tem uns bolinhos e uma cuca também... O cheiro de bolo assado faz Mark ir até a porta de vidro, ele observa com o nariz, os olhos perguntando se pode entrar. Eilish faz que não com a cabeça, mas Carole faz um gesto para que ele entre, estudando o garoto enquanto ele pega um prato e o enche de bolo. Leve um pouco para a sua namorada também, você ficou tão alto, ela diz, ombros largos igualzinho ao seu pai... Uma súbita sombra parece avançar pelo rosto dela enquanto Mark murmura um agradecimento e sai pela porta enfiando bolo na boca. Carole se volta para Eilish abrindo as mãos. Desculpa, ela disse, falei sem pensar. Eilish observa o desconforto da outra e por um momento fica contente vendo o cabelo despenteado dela, as raízes mostrando uns dois centímetros de grisalho, se lembra de Carole em uma reunião faz uns anos com uns saltos que a deixavam mais alta do que os homens, a boca sensual entregue a provocações e gargalhadas, a mão dela lentamente se apossando do pulso de Larry e continuando ali enquanto ela falava com ele, sempre foi bem difícil gostar dela. Daqui a pouco ela vai entrar no carro e seguir para uma casa sem crianças, silenciosa. Eilish estende a mão e pega a mão de Carole. Não tem problema, ela diz, ele não está irritado com você, está irritado comigo, com o mundo, meu outro filho daqui a pouco não vai nem olhar mais pra mim, tentei falar com o Mark sobre o que está acontecendo, mas a única coisa que recebo de volta é esse silêncio enervante, ele sabe, veja bem, ele entende superbem o que está acontecendo com o país, ele quer seguir a vida e estudar medicina, sabe, acho que vai ser um bom médico. Eilish serve chá para Carole e deixa que ela fale sem olhar para o relógio, percebendo o quanto as palavras daquela mulher ficaram por tempo demais abrigadas no silêncio, percebendo que é por meio da fala que ela compreende a si mesma, as palavras saem da boca e a mente vai atrás das palavras e em algum nível uma compreensão surge. Ela ouve pensando no que gostaria de falar, mas não pode, pensando que também ela tentou se esconder de parentes e amigos, dizendo a si mesma que devia se entregar ao trabalho, desejando as horas destinadas a preencher seu corpo oco, tentando esquecer de si mesma ao pensar nas crianças, embora sejam as crianças que a façam pensar no pai delas. Carole toma um longo gole de chá e depois olha para o vazio. Nem sei te dizer quantas pessoas deixaram de falar comigo depois que o Jim foi preso, é como se eu tivesse alguma culpa, por que estão fazendo a gente se sentir culpada quando se trata de um mal que fizeram para a gente? Eilish se pega olhando para o relógio, ela se levanta, sacudindo a cabeça. Não é hora de falar, ela diz, é hora de ficar em silêncio, todo mundo está com medo, nossos maridos foram tirados de nós e colocados nesse silêncio, tem horas, de noite, em que ouço esse silêncio alto como a morte, mas não é a morte, é só detenção e prisão arbitrária, você tem que ficar dizendo isso pra si mesma o tempo todo. Ela se pega de pé sem nada para fazer, vai até a pia e começa a arrumar as coisas. Nossa viagem de férias está marcada para a Páscoa, ela diz, ainda acredito que a gente vai. Quando se vira, ela vê Carole inclinada para a frente na cadeira olhando para além de seu reflexo no vidro, olhando para o jardim, seus olhos ardentes como se tentassem perceber algum augúrio na escuridão. O que é aquilo lá fora, Eilish, aquilo branco na árvore? Fitas, Carole, são fitas brancas, toda semana desde que o pai sumiu, Molly pega uma cadeira e leva pra fora e amarra uma fita branca na árvore. Elas ficam em silêncio por um tempo olhando as fitas que balançam nos galhos mais baixos. Tenho a sensação, Eilish, de que, mais cedo ou mais tarde, vou tentar resolver isso por conta própria. Eilish desvia o olhar da janela e analisa o rosto imóvel como uma máscara. O que você quer dizer? Carole continua em silêncio e depois balança a cabeça como se libertando de algum sonho, ela junta as migalhas da mesa dentro da própria mão e se levanta, jogando tudo no lixo. O médico me deu comprimidos para dormir, não durmo a noite toda desde que ele sumiu, uma noite dessas encontrei meu vestido de noiva numa caixa no sótão e levei para baixo, você acredita que ainda cabe em mim depois de todo esse tempo?

Ela saiu do escritório quarenta minutos antes da hora do almoço se envolvendo com a roupa para se proteger contra a brisa cortante, andando rápido, a luz de inverno incerta, uma sensação de neve no ar. Um entregador de bicicleta freia perto do sinal vermelho e se equilibra sem colocar os pés no chão e ela olha por um instante, deparada com a sensação de que a cidade parou e de que o tempo congelou a não ser por uma sombra que escurece o outro lado da rua e então o ciclista desperta e se curva rumo ao sinal verde. Ela dobra na rua Nassau pensando em seus sapatos que começam a incomodar, ergue os olhos e vê Rory O'Connor de mãos dadas com uma criança. Ela vai atravessar a rua, mas ele chama Eilish pelo nome e ela se vira fingindo surpresa. Você deixou o cabelo crescer de novo, Eilish, quase nem te reconheci. Rory, ela diz, vendo as compras de Natal em uma mão e o menino na outra. É seu filho?, ela diz, não sabia que você tinha um filho. Ela sorri para o garoto vendo o pai no rosto roliço e fresco, a cabeça com os mesmos cabelos avermelhados que Rory tinha anos antes, vendo agora as mechas mirradas numa mescla de vermelho e grisalho, ele podia ser um homem de meia-idade qualquer. Um raro dia de folga pra gente, não é, Fintan, você parece bem, Eilish, quanto tempo! Fintan, ela diz devagar, pensando se o nome combina com o rosto. Quanto tempo, Rory, deve fazer uns dez anos ou mais? Ele sem demora fala sobre os velhos tempos e ela observa o rosto dele apressando-o com os olhos, um ônibus para expelindo fumaça quente de diesel e Rory recua, o cachecol dele se mexendo e revelando o broche do partido na lapela do casaco. Ela recuou um passo, engole em seco e fecha os olhos, Rory sorrindo com os dentes. E como está o Larry, o mesmo de sempre, imagino? Eilish não consegue tirar os olhos do broche do partido, ela olha para o outro lado da rua e discretamente dá uma olhadela no relógio. Ah, o Larry está ótimo, ela diz, atolado de trabalho, não tem um momento de sossego, agora ele não dá mais aula na Mount Temple, sabe, ele está trabalhando em tempo integral agora para o... olha só, foi ótimo encontrar você, mas tenho que correr, e você também, Fintan, seu menino lindo, estou morrendo de pressa, tenho que ir até o serviço de emissão de passaporte, vamos passar a Páscoa com as crianças no Canadá... Ela se meteu na frente de um furgão e corre para a calçada do outro lado sentindo os sapatos apertados, vendo a si mesma pelos olhos de Rory enquanto continua uma corridinha desajeitada como se para provar que estava com pressa. Uma sensação oca enquanto dobra na rua Kildare, vendo diante dela o Rory O'Connor que ela conhecia de outros tempos, o jovem de faces ruborizadas, superficial, que andava por aí com Larry, uma sensação crescente de velocidade como se a vida dela estivesse se desdobrando duplamente em trajetórias paralelas.

Uma rajada de ar quente sai da porta quando ela entra no serviço de emissão de passaportes na rua Molesworth e pega uma senha numerada, parando perto de uma árvore de Natal, desenrolando seu cachecol, esperando que uma cadeira fique livre. Eilish tem tanto a fazer, ela faz uma lista em um caderno e vê um sujeito obeso com cabeça em forma de ovo se arrastar até o guichê treze, ela pega o lugar dele e vê quando ele volta olhando para um formulário com os olhos pequeninos que piscam. Ela vai guardar tudo isso para mais tarde, vendo o rosto de Larry do outro lado da mesa, o desgosto dele quando ela conta sobre Rory O'Connor, ele sempre foi um idiota irresponsável, Larry vai dizer. Ela precisa ligar para o trabalho e avisar que vai se atrasar. Passam quatro minutos das três quando seu número surge na tela e ela é recebida por uma mulher que mal se pode dizer que tenha um rosto. Recebi isso ontem, Eilish diz, deve ter algum erro. Uma mão faz um gesto para ver a carta, depois dedos começam a digitar. Posso ver sua identidade? Eilish passa a carteira de motorista por baixo do vidro e a mulher a pega e depois gira sua cadeira e sai. Eilish morde a parte interna do lábio, fala para si mesma as palavras que vai dizer quando a mulher voltar, ela ergue os olhos e vê um homem se aproximar. Ele se senta com elegância na cadeira e encara Eilish com um olhar sem cor. Bem, ele diz, sra. Eilish Stack, pode pegar de volta. Ele passa a identidade de Eilish por baixo do vidro e continua a olhar para ela abertamente a ponto de Eilish ser forçada a desviar o olhar. Então, sra. Stack, a senhora tem planos de deixar o país, correto? Sim, vamos viajar de férias. De férias. Sim, para visitar a minha irmã no Canadá na Páscoa, já compramos as passagens. Já compraram as passagens. Sim, foi o que eu disse, desculpe, mas não entendo que diferença isso faz para vocês, só estou solicitando uma renovação para meu filho mais velho e pedindo um passaporte para meu bebê. Ela sente um leve cheiro de cigarro mentolado vindo do outro lado do guichê. O procedimento mudou, sra. Stack, agora a senhora precisa passar por uma avaliação de antecedentes e de segurança antes da solicitação. Ela se pega olhando tão intensamente o rosto a ponto de deparar com a sensação de uma existência inapelavelmente separada da dela, consegue sentir seu sorriso se dissociando de seu rosto, o sorriso deslizando para além do queixo rumo ao chão. Ela gagueja por um momento depois pigarreia. Desculpe, ela diz, não consigo entender do que você está falando, nunca ouvi falar de nada desse tipo, só estou solicitando um passaporte como já fiz antes. Sim, mas a senhora não cumpriu o pré-requisito necessário, sra. Stack, a senhora agora precisa passar por uma checagem completa de antecedentes e segurança no Departamento de Justiça antes de fazer a solicitação, tudo isso está amparado pela Legislação de Poderes Especiais aprovada neste ano. Ela vê o homem pegar algo enquanto ela se inclina na direção do vidro. Então o que você está dizendo é que eu preciso passar por uma checagem de antecedentes e de segurança para conseguir um passaporte para meu bebê e para meu filho adolescente? O funcionário deixa escapar um sorriso sutil. Correto. Eu leio os jornais, ela diz, não li nada sobre isso em lugar nenhum, quero falar com o seu supervisor. O homem passa um formulário pela janela. Sra. Stack, eu sou o supervisor aqui, meu nome é Dermot Connolly e represento o Departamento de Justiça, este é o formulário de que a senhora precisa, o F107, a senhora só precisa preencher e solicitar uma entrevista, vai levar umas semanas na melhor das hipóteses, tem mais alguma coisa que eu possa fazer para ajudar a senhora? Ela se pega encarando um rosto que não sai de sua expressão única, os olhos sem cor, a boca e aquilo que ela diz embora a boca não diga nada — o seu marido está preso, sra. Stack, a senhora é considerada um risco de segurança. É nesse momento que Eilish é atingida pela sensação de que algum animal selvagem entrou atrás dela e está andando pela sala, ela pega o formulário e lentamente o dobra, coloca-o na bolsa, vendo o supervisor deixar a cadeira, ouvindo os passos silenciosos do animal, sentindo a respiração fétida em sua nuca, ela tem medo de se virar. Os rostos silentes, sentados olhando para o celular.

No dia de Natal ela anda com as crianças pela praia, céu e água cor de cimento, a brisa do leste soprando gelada sobre a Ilha Bull refrescando a mente e permitindo pensar. Ben preso ao peito dela enquanto as crianças se espalham, sentindo a raiva no coração delas, reconhecendo cada uma pela forma de caminhar, Molly sozinha e cuidadosa com os pés como se sondasse algo dentro de seu corpo, Mark com as mãos nos bolsos do casaco atento e distante até pegar uma fita de algas, sair chicoteando atrás de Bailey e bater na bunda dele. Olhando para as outras famílias na praia, as pegadas dela solitárias na areia, procurando nos rostos de quem passa aquilo que ela mesma sente. Observando a luz sobre a praia, pensando, esse momento de luzes, o dia fica acumulando luz e depois libera, luz na noite, e a gente pode tentar, mas nunca tem como tocar nem pegar aquilo que passa, aquilo que parece passar, o sonho do tempo. E apesar disso esses dias nos deram os flocos de neve para que floresçam. Ela viu um floco de neve isolado e sozinho no estacionamento imprimindo o ar com brancura e se inclinou para examiná-lo, e deparou naquele instante com uma imagem de tudo aquilo que Larry perdeu. Contar para ele como foi quando ela se virou e viu Ben sentadinho sem ajuda, e no outro dia as mãos gordinhas se segurando com força para que conseguisse ficar de pé. A fronte cada vez mais escura e a altura cada vez maior de Bailey, que agora está quase do tamanho da irmã. Quanto tempo passou sem Larry e ela se vê sem fazer nada, sem capacidade para nada, mas não tem nada que se possa fazer, uma voz baixinha diz, odiando aquela voz, o que você acha que pode mudar? Michael Given parou de retornar as ligações dela. Ela escreveu para o ministério, para o chefe da Guarda Nacional, para instituições de direitos humanos sabendo que sua voz permanece em silêncio. Logo os flocos de neve terão entrado na terra e haverá outras flores. Ela volta de carro para a cidade onde as casas dão de frente para o mar, observando cada carro que passa, procurando os rostos detrás dos vidros que parecem líquidos. Essas pessoas são os anônimos que fizeram o presente se tornar real, e no entanto o que ela vê são rostos como os dela, rostos que passam como sempre passaram nesta cidade, que respira e exala incessante até que a noite se torne dia.

Ela anda na direção da varanda da frente da casa do pai com as chaves na mão e na porta é recebida com um rosnado. Eilish para e fica inerte incerta enquanto o rosnado continua atrás da porta e se transforma num latido alto. Ela olha para trás na direção do carro como se pedisse ajuda e vê Molly olhando para o telefone. Algo dá um passo adiante na sua mente pedindo para ser lembrado, ela não sabe o que é, tem algo a ver com o Mark, ela se aproxima da porta e toca a campainha, bate alto na janela enquanto os latidos continuam, a voz de Simon dizendo, já vai, já vai, ele grita para que o cachorro fique em silêncio. Quando abre a porta ele está segurando um cachorro forte de pelo escuro pela coleira, ela acha que é um boxer malhado, as mãos de Simon com luvas de jardinagem, os cabelos úmidos da chuva que caiu mais cedo. Sim?, ele diz, franzindo a testa, o que você quer? Sim?, ela diz, abrindo passagem até o corredor, encarando o cachorro. Quer dizer que agora vou ser atacada quando vier ver meu próprio pai, o que você está fazendo com esse cachorro? Ela se abaixa e pega as cartas do chão, cheiro de cachorro molhado no vestíbulo, e quando se vira ela vê no pai um olhar de vítrea perplexidade. Pai, eu disse que vinha, a gente ia sair pra fazer compras, a gente combinou isso na semana passada. Num instante ele tirou a correspondência das mãos dela e parece ser ele mesmo. Por que você não está no trabalho?, ele diz. Pai, hoje é sábado, de quem é esse cachorro? Simon manda o boxer para a cozinha com uma batida de pé e o cachorro se vira e lambe seus lábios escuros, parando perto da porta, medindo Eilish com um olhar faminto. Achei que era outra pessoa, ele diz, outro dia tive problemas aqui na porta. Problemas, ela diz, que tipo de problema? Não sei dizer exatamente, três sujeitos apareceram na porta e não gostei da cara deles, disseram que eram do partido, pareciam bandidos, disseram que não estou registrado e queriam saber se eu ia me registrar... Qual partido, pai, você está falando da Aliança Nacional, quem é essa gente? Eu disse pra não voltarem, mas eles bateram na porta uns dias depois e bateram na janela, deu pra ouvir um deles rindo antes de irem embora. Ela está olhando para o focinho escuro do cão, algo murmurado sombriamente enquanto ele olha para ela. Por que você não me contou, pai? Eu contei pro Spencer, ele diz, fazendo um gesto de cabeça para o cachorro enquanto ele espirra duas vezes e abaixa a cabeça entre as patinhas. Spencer, ela diz, sacudindo a cabeça, esse cachorro é adulto, quem te deu ele, me diz, como é que você vai dar conta de cuidar dele sozinho? Simon pega o casaco do cabideiro. Rapidinho elas tomaram conta do jardim, ele diz. Ela se vira para olhar da porta. O que tomou conta do jardim? As rosas, estou podando as roseiras sozinho, já que ninguém se ofereceu pra ajudar. Vamos, ela diz, a gente não tem o dia todo, logo vai começar a chover, por que você não pede pro Mark ajudar, ele veio no verão passado e fez um monte de coisas pra você. Não quero incomodar, ele diz, eu faço sozinho.

O asfalto escurece antes do aguaceiro enquanto ela avança pelo estacionamento, os corpos ligeiros e curvados na chuva enquanto quem está com guarda-chuva segue com calma. Ela diminui a velocidade e faz sinal para entrar em uma vaga, olhando para uma mulher quase calva parada toda encurvada debaixo da chuva enquanto põe suas coisas no porta-malas e depois entra no carro segurando as lapelas do casaco. Eilish manda Molly pegar um carrinho e Bailey sai pela porta sem dizer uma palavra erguendo o capuz da jaqueta. Ele vai correndo atrás da irmã com os calcanhares altos enquanto Molly corre com os cotovelos encolhidos. Contratei aquela advogada nova, Eilish diz, Sean Wallace me indicou, Anne Devlin, parece que ela é especialista em casos como esse, não somos os únicos, sabe, ela anda bem ocupada. Os dedos de Simon começam a batucar no painel. Ela já peticionou?, ele diz. Ela faz as reuniões ao ar livre, Eilish diz, tive que deixar meu celular no carro, ela é superágil, a petição é o próximo passo. Ela vai encher o bolso com a sua grana, mas o resultado vai ser o mesmo daquele enganador do sindicato. Pai, ela está trabalhando de graça, diz que o governo passou a controlar o Judiciário colocando gente deles lá dentro, esse é o cerne do problema, depois que você coloca as pessoas que quer do lado de dentro, pode fazer o que bem entender. A chuva se torna estrondosa em volume e os dois olham para fora quando a água começa a ferver sobre o asfalto. Eilish vê Molly disputando com Bailey o controle do carrinho, depois Molly afasta o irmão com um empurrão e ele joga os braços para o ar em desespero, lança um olhar de fúria na direção do Touran. Ela diz, foi difícil fazer a Molly sair da cama hoje de manhã, esse é o segundo sábado seguido que ela não vai para o treino, ela é uma das melhores jogadoras do time, mas não vai ser a melhor por muito tempo se continuar assim. Ela está observando o céu certa de que a chuva vai dar uma trégua e então ela cessa instantaneamente. Eilish vai abrir a porta porém Simon segura o pulso dela, lágrimas de pânico em seus olhos. Vão eleger esses caras, Eilish, é inconcebível para um país como o nosso... Ela observa o pai sem emoção, dizendo a si mesma que não é verdade, o rosto cedendo ainda mais à gravidade, os músculos elevadores perdendo força à medida que os olhos continuam a afundar, a pele escorrendo pelos ossos numa tranquila avalanche rumo ao fim, levando a reboque a mente confusa do lado de dentro. Ela suspira e sacode a cabeça. Pai, eles chegaram ao poder faz dois anos. Simon está franzindo a testa, ele se vira para olhar lá fora e depois sacode a cabeça. Sim, sim, claro, eu sei, o que eu quis dizer foi... Ela vê a mão do pai ir na direção da porta. Pai, espera um minuto, eu tenho um guarda-chuva no porta-malas. Simon saiu do carro e passa diante do Touran com seu tweed e uma meia de cada cor, os pés calçados com sapatos de jardinagem, o corpo dele se movendo em meio à chuva com punhos que balançam e ele não parece estar com frio nem molhado e agora nem parece velho, ela vê nele o olhar que em outros tempos governava todos eles.

Ela vaga pelos corredores do supermercado olhando para os sapatos de jardinagem do pai, barro e grama ressecados presos nos calcanhares enquanto ele anda à frente dela e pega uma lata de pêssegos, Ben no assento do carrinho de compras roendo um mordedor. Ela está diante do balcão da peixaria quando Molly surge com ar de urgência e corada, alertando a mãe com um olhar. Mãe, ela sussurra, você tem que vir aqui. Que foi? Eu disse que você tem que vir, vem. Ela segue atrás da filha pensando em Bailey, o que será que ele fez agora, ontem ele espirrou ketchup no cabelo da Molly e depois saiu correndo da sala. Molly puxa a mãe pela manga depois para e faz um gesto em direção ao final do corredor. Não deixa ele ver que você está olhando. Não deixa quem ver, você está falando do Bailey? Não, ele, é ele, não é? Ela segue o dedo que aponta para algum lugar além de uma senhorinha que murmura itens de uma lista, para além dos detergentes e dos rolos de papel higiênico, parando em uma mulher roliça de calça jeans e um homem ao lado dela parado com um carrinho. Ela sabe quem Molly acha que é, mas não é ele, o sujeito não é robusto o suficiente, está usando o tipo errado de roupa, uma camisa de futebol de Dublin por baixo de uma capa de chuva de quem faz caminhadas, ela abaixa os olhos até os pés dele e vê sapatos de corrida baratos. É apenas outro homem qualquer que não tem nada para fazer, seguindo sua esposa distraidamente, ela quer perguntar para Molly como ela viu o homem que não é este homem, ela deve ter visto o sujeito da janela da frente de casa na noite em que eles ficaram ali na porta. É aí que o homem se vira e ela sabe que é ele, o detetive inspetor, ela desvia o olhar pensando em seu outro rosto, o rosto do policial parado à porta, parece um homem completamente diferente. Ela se pega andando na direção dele sem saber o que vai fazer, ela vai falar com ele, sim, o que ela tem a perder, o que ele é se não um homem comum, vai pedir para falar discretamente com ele em frente à esposa. O detetive inspetor olha e depara com o olhar dela e há um momento entre os dois em que ele parece intrigado com ela e depois ele sorri e é o sorriso de alguém que você conhece a ponto de dizer olá na rua, um marido, um pai, um voluntário da comunidade, e no entanto por trás daquele sorriso jaz a sombra do Estado. Ela muda abruptamente de direção e pega uma garrafa de água sanitária, para por um momento fingindo que lê o rótulo, volta pelo corredor esfregando o próprio corpo.

Eilish tem trabalho acumulado e está distraída diante das crianças. Depois de informar ao chefe que tem um compromisso, ela atravessa a cidade de carro, à procura da alameda Bird, e estaciona duas casas para baixo da casa do detetive inspetor, foi fácil descobrir onde ele mora. Ela vê o relógio no painel e se dá conta de que está ali faz quase dez minutos, logo ela tem que voltar para o trabalho. Esfrega as mãos confirmando de novo que a garagem está vazia, essa sensação de estar observando um sonho, uma sensação parecida com a de estar andando na beira de um precipício qualquer com medo de ser a pessoa que olha para baixo. Ela se maquia no retrovisor e penteia os cabelos. Olhando a luz agora enquanto sobe a rua pensando, uma lenta pulsação que dá lugar a uma repentina clareza e depois esmaece, pensando no que está oculto, vendo que o que se revela na suave luz fluorescente são os eventos cotidianos, o centro do meio carregado de coisas ordinárias, as sempre-vivas e os rododendros, os caminhos projetados para carrinhos elétricos, o cimento marcado por pés em crescimento, os grupos caminhando para a escola, os SUVs orbitando incessantes, velhinhos encurvados atrás de cachorros e parando para conversar, os corvos pousados na fiação olhando para baixo, o grande desfile anual em que todos eles marcham rumo a um glorioso verão debaixo das folhas que formam um estandarte. Quando atravessa a rua ela não se move dentro do próprio corpo, mas olha a si mesma como se estivesse vendo da janela da casa, pensando em si mesma, ela começa a perceber o caminho para voltar a seu corpo, a medida do corpo no ar, a mão batendo na porta. O rosto da mulher que a cumprimenta não é o rosto que ela lembra do supermercado, mas agora está mais velho, mais simples e sem maquiagem. Queria saber se eu podia trocar uma palavrinha, sra. Stamp, é um assunto particular, não vou tomar muito seu tempo. As paredes caiadas e o rosto cândido diante dela se crispam. É sobre o Sean?, ela diz, o que aquele menino aprontou agora? Parada na cozinha ela vê que o cômodo foi feito para ser aconchegante em dias de chuva, o rádio falando no fundo, uma lançadeira perto do fogão em meio a um halo de pó de carvão. Eilish puxa uma cadeira e se senta à mesa e quer parar de respirar até ter terminado de falar, olhando para fora por um momento e vendo o quintal, potinhos para os pássaros se alimentarem em macieiras que vão amadurecendo, um pintassilgo se exibe por um momento e logo some. Ela olha para as próprias mãos enquanto fala sobre o marido, os dedos se entretecendo e se cruzando, as mãos como se espremessem dor, colocando a dor sobre a mesa como uma oferenda. O semblante da sra. Stamp parece estar à deriva diante dela como se os traços da mulher fossem um quebra-cabeça de luzes, os olhos que ela pensou serem brilhantes se tornam escuros, as mãos da mulher crescendo de tamanho. Eilish vê o rosto que ouve se transformar numa carranca, a repentina compressão dos lábios. A sra. Stamp se levanta da cadeira e vai até o balcão e pega um maço de cigarros. Você não se importa?, ela diz. Eilish faz que não com a cabeça enquanto a mulher acende o cigarro e recua até a porta dos fundos e dá uma longa tragada, depois solta a fumaça e se vira e olha Eilish, de cima a baixo na cadeira. Como você disse que se chamava mesmo?, ela diz. Eilish observa os ombros largos, mas não diz seu nome. Por favor, ela diz, estou só pedindo que a senhora interceda, tenho certeza de que a senhora ia fazer o mesmo se estivesse no meu lugar. A mulher está franzindo a testa agora, ela começa a sacudir a cabeça, traga o cigarro com força. Sério, ela diz, é muito absurdo isso, você fala comigo como se o meu marido tivesse feito alguma coisa errada, um detetive inspetor da Guarda, num momento como esse. Eu só queria falar com a senhora como esposa, como mãe... Teria sido melhor se você não tivesse falado nada. Os olhos das duas se encontram e o rancor é exibido às claras e Eilish se ouve falando, as palavras caindo de sua boca e a levando a olhar para baixo na direção delas horrorizada depois de tê-las pronunciado. Então eu devia ficar quieta, encolhida e destruída como todo mundo neste país? Um caminhão de lixo vem gemendo pela rua e Eilish desvia o olhar, depois faz um gesto com a cabeça na direção do jardim. As macieiras parecem boas, dão muita fruta? A sra. Stamp se vira, o feitiço de seu raciocínio quebrado, ela olha para as árvores lá fora sem as ver e depois faz um gesto com a mão como se dizendo que isso não importa. São bem recentes, são daquela variedade Kerry Pippin, o John trouxe da chácara da família. Sra. Stamp, meu marido é só um sujeito comum, é pai, professor, sindicalista, ele devia estar em casa com os filhos. Ela está sendo avaliada por olhos semicerrados, depois a sra. Stamp umedece os lábios e murmura algo na direção da janela. Desculpa, Eilish diz, o que a senhora disse? A sra. Stamp se vira com ar irônico. Escória, ela diz, é isso que vocês são, você e esse seu sindicalista, vir aqui na minha casa e insultar o meu marido, um homem condecorado que dedicou vinte e cinco anos de vida ao Estado, o seu marido está onde está porque é um baderneiro, um agitador que incita as pessoas contra o Estado em um momento de grande ameaça para este país, vocês não têm a menor ideia do que está acontecendo lá fora no mundo, do que está por vir, este devia ser um momento de todo mundo se unir pelo nosso país, mas em vez disso tem agitação em toda parte e a gente tem que conviver com gente igual a vocês, vai embora da minha casa já. Eilish vê no rosto da mulher o olhar superior do partido, quando percebe está de pé querendo deixar que suas mãos façam aquilo que desejam fazer. Dá para imaginar a mulher falando com o marido, o sujeito investigando um pouco e tornando as coisas piores para Larry. Ela vai na direção da porta com a sensação de ter falhado com o marido, os dedos tateando o trinco, vendo o Touran estacionado do outro lado da rua enquanto a mulher vem atrás dela, ela se vira e anda na direção contrária.

Ela acorda sabendo que alguém entrou no quarto, sem nem conseguir abrir os olhos direito, se ergue sobre as mãos, dá para ouvir a respiração de um vulto sentado na cadeira de vime, deve ser o Mark, ela se pergunta o que ele quer a uma hora desta, no meio da noite. A cadeira reclama quando o vulto se inclina para a frente e a luz do corredor encontra o rosto. É o detetive inspetor, John Stamp, ela não consegue encontrar sua voz, olha com medo para o bebê no moisés e tenta ouvir sua respiração. Como você entrou?, ela sussurra, as portas estão todas trancadas, você não tem o direito de entrar nesta casa. A voz sorrindo no escuro. Não tenho direito de entrar nesta casa. Isso. Mas isso que você está dizendo é só uma crença. Não é uma crença, é um fato perante a lei. Um fato. Sim, existe o Estado de Direito, você não pode violar nossos direitos assim. O Estado de Direito. Foi o que eu disse. Você fala essa palavra "direitos" como se entendesse a palavra "direitos", me mostre quais direitos nascem com o homem, me mostre a tábua em que eles estão escritos, onde foi que a natureza decretou que seja assim. Eilish vai falar, mas ele está se levantando da cadeira na direção dela e ela tem medo de olhar nos olhos dele, é impedida pelo fedor dele, a mescla de comida e cigarros e de algo malcheiroso que vem de baixo da pele, ela sabe do que se trata, esse fedor que liberta o terror dentro dela. Você se diz cientista, mas acredita em direitos que não existem, os direitos de que você fala não podem ser verificados, são uma ficção decretada pelo Estado, cabe ao Estado decidir no que acredita e no que não acredita de acordo com suas necessidades, sem dúvidas você entende isso. A mão dele está se arrastando pelo edredom, ela observa a mão com medo do que poderá acontecer caso ela o detenha, a mão deslizando na direção da garganta dela, ela agarra o pulso e tenta gritar, arranca a mão da garganta, agora está gritando, eu quero acordar, e ele diz, mas você está acordada… Ela abre os olhos e vê o quarto, luz fria azul vindo da janela e sobre a cadeira as roupas dobradas.

Eilish se senta olhando fixamente para a cadeira dizendo a si mesma que o quarto é real e não o sonho, sentindo o próprio alívio e no entanto em seu peito, em sua garganta, permanece um nó de medo, olhando para a porta como se ela não acreditasse plenamente. Ela se deita por um momento sonolenta, procurando o retorno de algum sono cego e inexpressivo, mas o resíduo do sonho continua a infectá-la, aquele homem e seu fedor, as palavras que ele falou a deixaram com medo, ouvindo as crianças lá embaixo, uma explosão de gargalhadas e depois Bailey gritando fininho junto com o barulho da TV da manhã de domingo.

3

Molly está perto da pia com shorts de ginástica e um casaco passando um copo debaixo da água quando a mão dela recua bruscamente, ela faz um som de nojo e derruba o copo na pia. Mãe, ela diz, a água está marrom. Eilish sente os olhos da filha em suas costas, mas decide não olhar. Ela se inclina para frente dando colheradas de purê de maçã na boca de Ben, pensando, é o pai que ela quer, o não que é um sim, o sim jamais sendo um não. Na noite anterior em um sonho eles falaram sobre Molly, algo que ele disse e que pareceu confuso intrigou Eilish ao acordar. Ela pega um tantinho de comida com a colher, vendo por um instante algo longínquo e subterrâneo, um fragmento de tubulação corroída se soltando e entrando na adutora, vem sendo erodido pela água, a água se tornando suja por causa da ferrugem e dos contaminantes à base de chumbo, a água correndo escura pelos canos até chegar nas casas, empresas e escolas da cidade, saindo por torneiras e entrando em chaleiras, copos e xícaras, passando para a boca deles, o chumbo sendo absorvido pelo trato gastrointestinal, se acumulando nos tecidos e ossos, na aorta e no fígado, nas glândulas adrenais e na tireoide, o veneno fazendo seu trabalho invisível até se deixar perceber no laboratório em meio à urina e ao sangue. Ela se vira e estuda a água que escorre da torneira e diz, só deixe a água correr um pouco. O ruído de uma chave na porta da frente. Molly diz, por que a gente não tem água mineral em casa? Ela pega uma maçã da fruteira e sai batendo os pés para a sala de estar onde Eilish levantou os olhos e está ouvindo atenta, esperando ouvir os passos conhecidos, a pancada do guarda-chuva no cesto, o suspiro e o casaco sendo retirado, a voz pedindo os chinelos perdidos. Mark atravessa o corredor e a cozinha levando a bicicleta ao lado, passa sem dizer uma única palavra pela porta dupla de vidro e deixa a bicicleta no deque. Ela olha para Ben no cadeirão e pensa no filho mais velho, o processo silencioso do crescimento, a cartilagem se estendendo e se convertendo em osso, os ossos se solidificando, dando sustentação para a criança rumo a um futuro desconhecido e no entanto esse futuro deve conter em si a soma total de todas as possibilidades. Ainda ontem Mark estava engatinhando no chão e ela se vira para ver o filho enquanto ele entra na sala de estar, o futuro feito instante. Ela ouve a fala abafada, Molly erguendo a voz, você tem que contar pra ela, ela diz. Eilish pergunta em voz alta, contar pra quem, o que está acontecendo? Molly fica parada na porta e empurra Mark para a cozinha e ele vai na direção da mãe segurando uma carta. Ela manda Molly fechar a torneira, pega a carta das mãos de Mark e alcança os óculos. Não percebe que ficou de pé. Lê a carta lentamente mais uma vez como se não conseguisse entender, o sentido por trás das palavras se tornou incerto, o texto preto ininteligível. Eilish olha nos olhos do filho e vê a criança que desapareceu. Não pode ser, ela sussurra, procurando com a mão a cadeira, mas é incapaz de se sentar. Ela fecha os olhos e vê o escuro cintilante de suas pálpebras. Mas você só tem dezesseis anos, ela diz, você vai fazer o exame final do Ensino Médio no ano que vem, eles não podem fazer isso agora... Mark pendura a jaqueta na cadeira e fica parado por um momento suscetível num silêncio solene. A data do alistamento é uma semana depois do meu aniversário no mês que vem, ele diz. Ela não vê Mark quando ele vai até a pia, abre a torneira e enche um copo e começa a beber. É Molly quem tira o copo da mão dele, não toma essa porcaria, ela diz, a água está marrom, diz pra mãe comprar água mineral e conta pra ela o que eles fizeram, conta que eles foram na escola, Mark, diz pra ela. Quem foi na escola? Ela está olhando para o filho, vendo Mark distintamente perto da pia, a testa franzida pesando sobre o semblante, os cabelos sombrios, o queixo forçando uma expressão no rapaz. Eu não ia te contar, ele diz, era um médico e uma mulher, uma oficiala do exército, mandaram todos os meninos do meu ano saírem de sala e a gente teve que ir pro ginásio, eles olharam a gente um por um sem dizer pra que era aquilo, tive que ficar de cueca atrás de um biombo enquanto o médico me mediu e examinou meus pés e meus dentes, perguntou se eu tinha alguma alergia... A súbita sensação de pressão dentro do corpo, começou dentro do coração dela como se algo tivesse subido até ali e começado a inchar, aquilo estava se dilatando, forçando nos pulmões a sensação de um grito. Ela se pega se sentando na cadeira rapidamente com fadiga, sussurrando agora, deve ser algum erro, você só vai ter dezessete anos. As mãos dela se estendendo na direção do filho para cuidar dele agora, para trazer o menino para perto do rosto, para lavá-lo com o bálsamo de sua fúria. Quero que você escute, ela diz, pegando a mão dele, vendo que ele não está escutando e que está olhando para o jardim lá fora. Você não vai sair desta casa, está me escutando, você não vai sair da escola, eles não podem te convocar para o serviço militar assim. Ele se afasta com um olhar triste. E como você vai impedir que eles façam isso, eles podem fazer o que bem quiserem, o que você pôde fazer para impedir que eles levassem o pai? É Molly quem se vira para o irmão, empurra Mark de volta na direção da pia. Não fala assim com a mãe. Cala a boca você, ele diz. Ela encara o irmão com um olhar venenoso, um barulho chato de um martelo batendo ali perto, e aí Ben derruba a colher. Eilish se abaixa para pegá-la e a leva até a pia. Pelo menos a água da torneira está limpa, ela diz. O que está acontecendo?, Bailey diz, entrando na sala. Mark pega a carta da mesa e sai de casa e fecha a porta pegando um isqueiro do bolso. Ela observa pela janela o filho liberando o gás, mas sem conseguir acender a chama, olha e não sente necessidade de impedi-lo, de perguntar onde ele conseguiu o isqueiro, o isqueiro acende uma chama âmbar que prova o canto do papel e depois forma uma fenda negra, vendo a carta virar fumaça em sua mão e quando ele a deixa cair ele volta e olha pelo vidro com os mais negros olhos de fúria.

Ela está distraída no trabalho, andando de um lado para o outro, vendo diante de si um obstáculo envolto em sombras e procurando um caminho para controlá-lo, dizendo para si mesma várias e várias vezes, eles não vão levar o meu filho. Há boatos na empresa de uma demissão em massa, de uma redução gradual, nada disso pode ser verdade. Eles são chamados para a sala de reunião onde anunciam que o diretor Stephen

Stoker se demitiu, ele não veio trabalhar hoje de manhã, eles são informados que Paul Felsner será seu substituto. Ele aparece diante de todos puxando as pontinhas dos dedos com sua mão pequena e mal consegue esconder sua satisfação. Ela olha ao redor na sala enquanto ele fala vendo quem são os apoiadores dele pelas palmas e pelos sorrisos, vendo o animal selvagem entre eles, vendo que ele aboliu a dissimulação e o fingimento, que agora se move às claras quando Paul Felsner ergue a mão em gestos hieráticos falando não a língua da empresa, mas sim o jargão do partido, sobre uma era de mudanças e reforma, uma evolução do espírito nacional, de autoridade levando à expansão, uma mulher atravessa a sala e abre uma janela. Eilish se pega saindo do elevador no térreo. Ela atravessa a rua e vai à banca de jornal, aponta para um maço de cigarros. Faz muito tempo, ela pensa, parada sozinha do lado de fora do prédio onde fica o escritório, tirando um cigarro do maço, afagando o cilindro de papel, passando o aroma sob o nariz. O sabor algodoado do acetato de celulose quando ela acende e traga a fumaça quente para a boca, relembrando o dia em que ela parou de fumar pela última vez, essa sensação de ser uma versão mais nova de si mesma, talvez Larry estivesse junto, ela não sabe. A memória mente, joga seus próprios joguinhos, empilha imagens umas sobre as outras que podem ou não ser verdade, ao longo do tempo as camadas se dissolvem e se tornam algo como uma fumaça, olhando a fumaça que sai de sua boca sumir no ar do dia. Olhando a rua como se ela pertencesse a alguma outra cidade, pensando que a vida parece existir fora dos acontecimentos, a vida passando sem necessidade de testemunhas, o trânsito congestionado fumegando no ar escuro, as pessoas passando estressadas e preocupadas, presas no delírio do indivíduo, esse desejo de que agora ela precisa escapar, observando até ter sido levada totalmente para fora de si, a luz mudando de tom aos poucos até se tornar um brilho reluzente na rua, os pássaros bicando a comida numa sarjeta têm a parte de baixo das asas escurecidas quando saem do trajeto de um caminhão. Tudo certo. Colm Perry está parado ao lado dela batendo num cigarro ainda na caixa. Não sabia que você fumava, Eilish. Ela aperta os olhos como se tentasse enxergar a resposta para uma pergunta que não lhe foi feita e depois sacode a cabeça. Na verdade não fumo. Colm Perry acende um cigarro e exala lentamente. Eu também não. Ela traga a brasa escura para dentro de seu corpo e deseja um pouco mais a brasa, avaliando a camisa amassada de Colm Perry, reconhecendo o rosto vermelho de quem bebe, o olhar dissimulado que congela no olhar de alguém que entendeu muito bem a piada, rindo deles embora esteja por fora. Ele olha para trás na direção da porta automática. A pachorra do cara, ele diz, vai ter um expurgo logo, logo, eles gostam de quem é igual a eles então melhor manter a cabeça baixa, só vou te dizer isso. Ele olha de novo por cima do ombro e saca o celular. Soube da última? O que ela vê no celular são imagens de grafite em janelas e paredes denunciando a Guarda Nacional, as forças de segurança e o Estado, rabiscos triunfantes em tinta vermelha de spray. A escrita parece sangue, o prédio parece uma escola. St. Joseph, em Fairview, ele diz, dizem que o diretor chamou a Guarda Nacional que apareceu e prendeu quatro garotos, eles ainda não foram soltos, aconteceu faz uns dias, mas a história só chegou na internet agora, tem pais e alunos se reunindo em frente à sede da Guarda na rua Store esperando que os meninos sejam libertados. Meu filho foi convocado para o serviço militar, ele tem que se apresentar na semana que completa dezessete anos, ele ainda é só um menino que está na escola, e isso depois de levarem o pai dele. Colm Perry olha para ela e depois meneia a cabeça. Cretinos, ele diz. Ele leva a mão em forma de copo à boca e pensa longamente enquanto traga e depois apaga o cigarro. Você vai ter que tirar ele do país, ele diz. E ir pra onde? Ela vê Colm Perry dar de ombros e abrir as mãos e depois colocá-las nos bolsos da calça jeans. Ele está olhando para uma banca de jornal do outro lado da rua. Neste exato instante, o que eu queria mesmo era um sorvete, uma casquinha à moda antiga, queria estar numa praia congelando, queria que meus pais ainda estivessem vivos, olha, Eilish, eu não sei, Inglaterra, Canadá, Estados Unidos, é só uma sugestão, mas você vai ter que tirar ele do país, bom, preciso voltar.

Ela vê on-line o protesto crescer, pais e filhos vestidos de branco diante da sede da Guarda. Seguram velas brancas e não falam, esperando o retorno dos garotos. O número de pessoas cresce o dia todo. Na manhã seguinte já são mais de duzentas pessoas, dizem que todos são da escola, um grupo de forças de segurança de preto diante do prédio. Ela conhece o lugar onde acontece o protesto, uma praça pavimentada com plataformas de granito para se sentar, uma pirâmide dupla octogonal de aço inoxidável no centro que simboliza algo ou talvez nada. Em um tempo não muito distante essa praça foi projetada para ser um espaço aberto e iluminado, para as pessoas se sentarem ou para passar o tempo, essa sensação agora de que o protesto forçou a abertura de uma porta, a luz chegando a um quarto escuro. Ela consegue ver o rosto de Larry olhando para cima como se estivesse numa expectativa, se os meninos forem soltos logo, ela diz, outras coisas devem se seguir. Na manhã de sábado, Molly entra na cozinha vestida de branco. Olha, ela diz, você viu isso? Mensagens virais sendo enviadas de celular para celular, uma mensagem diz que uma amiga de um amigo próximo falou que os meninos logo vão ser libertados, outra mensagem diz que os meninos foram soltos faz dias e que estão com a família, o protesto é uma conspiração, uma trama para difamar o Estado. Sim, ela diz, também recebi isso, nada disso é verdade, esqueci de te avisar, o casamento da Saoirse é sábado que vem, já disse pro Mark que ele tem que ficar em casa até eu voltar. Não preciso que o Mark cuide de mim. Sei disso, mas é melhor ter vocês dois em casa para cuidar dos dois meninos. Molly pega uma cadeira e leva para fora e coloca na grama sob a árvore. Eilish observa Molly subir na cadeira e puxar um galho para perto, ela amarra uma fita branca e a vê pendurada, as fitas como longos dedos vazios tocando a música silenciosa da árvore, Eilish não quer contar quantas são. Catorze semanas, Molly diz, passando pela porta com a cadeira, que ela põe no lugar antes de ir até a pia e abrir a torneira, se debruçar e examinar a água com olhos semicerrados, encher um copo e beber. Ela larga o copo meio cheio e seca a boca com a manga. Vou sair, ela diz. Vai aonde? Vou pra cidade. Eilish olha para a filha por um momento, a jaqueta jeans branca, o cachecol branco enrolado no pescoço. Se você vai pra cidade, ela diz, pode tirar isso agora mesmo. Molly olha para o próprio corpo com falsa surpresa. Tirar o quê? Você sabe do que estou falando. Como é que vou saber do que você está falando, como é que vou saber do que as pessoas estão falando ou no que estão pensando se ninguém diz nada, se nunca ninguém fala nada nesta casa? Eilish se vira para a mesa e pega uma revista que solta logo em seguida. Pelo amor de Deus, ela diz, onde estão meus óculos? Estão na sua testa. Olha só, ela diz, eu não sou uma tonta? Quando ela se vira, Molly está olhando para ela de um jeito estranho e depois a boca se crispa como se ela fosse chorar. Quero meu pai de volta, ela diz, só quero ele de volta, por que você não está fazendo alguma coisa? Eilish olha nos olhos dela procurando algo, ela não sabe o quê, algo da antiga Molly em que ela possa se agarrar, algum senso de elasticidade, mas em vez disso Molly está afastando a mãe, puxando alguma alavanca. E você acha que sair assim vai trazer seu pai de volta? O rosto de Molly é tomado por uma sombra, ela se vira e pega o copo e lentamente derrama a água no chão. Certo, Eilish diz, faça o que achar melhor, derrame água no chão, saia na rua vestida assim, pode ser que você chegue até o ponto de ônibus sem ninguém fazer um comentário sobre você ou sem ninguém fazer uma anotação para relatar mais tarde às autoridades, pode ser que você desça do ônibus sem ser vista pela pessoa errada, ou pode ser que você seja vista, pode ser que tenha dois caras num carro e que um deles não goste da sua aparência, pode ser que você esteja vestindo branco só porque gosta da cor ou pode ser que você esteja tentando dizer alguma coisa, alguma provocação, alguma coisa de que o sujeito não goste, pode ser que ele pare e saia do carro e anote o seu nome e o seu endereço e crie um arquivo com o seu nome, pode ser que você fique quieta ou pode ser que você diga a coisa errada e em vez de anotar seu nome e endereço ele pegue você, te ponha no carro, e para onde esse carro está indo, Molly, pense nisso, pode ser que ele esteja indo para onde todos os carros vão, os carros descaracterizados que param silenciosamente à beira da calçada e pegam pessoas que estão na rua por causa disso ou daquilo, as pessoas que não voltam mais pra casa, você acha que só porque tem catorze anos pode fazer o que bem entender, que o Estado não se interessa por você, mas eles prenderam aqueles meninos e aqueles meninos ainda não foram soltos e eles têm a sua idade, você acha que não estou fazendo nada, que estou só aqui esperando o seu pai voltar, mas o que estou fazendo é manter esta família unida porque neste exato momento essa é a tarefa mais difícil num mundo que parece ter sido projetado para separar a gente, às vezes não fazer algo é o melhor jeito de conseguir o que a gente quer, às vezes a gente tem que ficar quieta e manter a cabeça baixa, às vezes quando você acorda de manhã o melhor seria passar mais tempo escolhendo qual cor vai vestir.

Eilish anda pelo quarto do pai procurando uma gravata. O carpete verde de flor-de-lis com uma pilha de jornais e revistas amarelados, roupas amontoadas em duas cadeiras colocadas lado a lado na parede, xícaras e pratos sujos sobre a cômoda. Ela remexe uma gaveta e depara com o odor de mofo, camisas brancas descoloridas, uma maçaroca de gravatas velhas. Depois de escolher uma rosa, ela a aproxima do nariz sentindo o peso do passado que há naquele objeto e que no entanto se tornou obscuro, se levanta e se vira e dá de cara com a mãe atingida pelo vento numa foto, a jovem mulher tentando segurar os cabelos, a promessa do rosto da filha um segredo que pode ser lido em seu próprio rosto. Eilish coloca as xícaras e os pratos no chão e organiza as fotos. Jean está encostada em Simon e enxuga os olhos numa praia fria. Ela é um salgueiro em um vestido de noiva segurando o braço de Simon, mas não vê o fotógrafo. O olhar dela se aguça para a câmera quando se senta em uma cadeira com as duas meninas no colo. Eilish fecha os olhos buscando a mãe quando ela era assim, andando pela primeira casa deles, ela anda pelos quartos sombreados relembrando, os dedos percorrendo o corrimão da escada e passando na subida pela cadeira em frente à janela, na direção de seu antigo quarto, cada passo ressoando nas tábuas, tentando encontrar o vasto teto. Agora ela consegue ouvir a voz da mãe, que em sua lembrança não é um som, mas um sentimento que jamais declinou em sua memória cada vez mais frágil. O que ela consegue ver da antiga cama, a janela que se abre para o céu, o guarda-roupa aberto pronunciando a escuridão que convida a criança adormecida a ter pesadelos. A boca de Jean azeda em uma foto e os cabelos recuam dos ombros às orelhas. Ela fica mais grisalha em uma cadeira de jardim enquanto as roseiras florescem. Se apoia magra sobre uma bengala perto de uma cachoeira em Powerscourt e parece pega de surpresa, se afastando uma última vez da câmera. Eilish leva as xícaras e os pratos sujos para baixo e coloca tudo na lava-louça enquanto Simon se senta à mesa pegando bacon e ovos com o garfo, a camisa aberta até o umbigo, o peito branco e sem pelos. Ele pega o saleiro pela parte mais estreita e o chacoalha sobre os ovos e depois olha rancoroso para a filha. Eu sei o que você estava fazendo lá em cima. Ela fecha a porta da lava-louça com os quadris. Pai, o seu quarto está um chiqueiro, o tanto de prato e xícara que tive que trazer aqui pra baixo, abotoe esta camisa e coloque esta gravata, escolhi uma que combina com a sua camisa. Você acha que não te ouvi lá em cima, pode olhar o quanto você quiser, mas não vai encontrar nada. Ela para irritada diante dele, começa a encher a chaleira embora não haja tempo para tomar chá. Pai, por favor, a gente vai se atrasar, a cerimônia começa daqui a uma hora. Ele arruma a faca e o garfo sobre o prato, que empurra para longe com a palma das mãos e vira o rosto na direção dela, o canto da boca amarelo da gema. Você acha que deixo tudo empilhado no meu quarto, nenhum de vocês vai ganhar um centavo. Eilish olha para o rosto dele horrorizada e depois sente medo, buscando além do rosto o que está mudando dentro do pai, vendo o interior dele como se fosse uma chama respirando no escuro, a chama nunca inerte, a chama inflada se afunilando até se tornar sua versão mais estreita. Ele é mas não é, isso é o que ela pensa, e no entanto ele parece ser mais uma vez o que era, enquanto se move na direção do espelho e ela fica atrás enquanto ele analisa o próprio rosto, a pele rósea barbeada, uma bolhinha de espuma de barbear atrás da orelha, ela tira com o polegar. Eilish faz o pai se virar pelos ombros e abotoa a camisa e passa a gravata em torno do pescoço. Está um dia lindo para um casamento, você não acha, eles deram sorte com o clima. Ele olha com desdém para a filha e ela sabe que aquele é ele de volta. Aquela sua prima, ele diz, não consigo ver ela na cama na noite de núpcias. Pai, você não pode falar esse tipo de coisa, a Saoirse é sua sobrinha. A Saoirse é uma mulher de meia-idade que logo vai ter quarenta anos e o pai dela é um jumento, minha irmã sempre teve mau gosto. Certo, ok, antes tarde do que nunca, você não acha? Ela fica ali dando nó na gravata e depois dá um tapinha no ombro dele e ergue os olhos e algo no modo de ele olhar para ela faz Eilish acreditar que ele pensa estar olhando para a esposa. Ela desvia o olhar, vendo o jardim lá fora onde sua mãe ficava, as roseiras agora despedaçadas e maltratadas no muro.

Os convidados da festa de casamento saem da igreja da universidade e vão rumo ao Parque St. Stephen's Green. Ela pega o braço do pai quando eles atravessam para chegar ao parque, as mulheres passeando com seus saltos sonoros iluminados por chapéus coloridos com plumas, a sensação abafada das árvores. Perto do lago a noiva e o noivo se unem para fotos enquanto um dos padrinhos do noivo afrouxa a gravata. Eles saem do parque rumo a uma edificação georgiana espargida por heras, o cheiro de frésias chegando para cumprimentá-los enquanto são levados para dentro rumo a um salão de eventos com janelas altas que exibem a vegetação. Eilish olha o pai, que do outro lado do salão conversa com tia Marie, vê a mulher disfarçar um bocejo atrás das unhas postiças, os olhos dela circulando pelo entorno até capturarem Eilish com uma convocação. Ah, é você, Simon diz, estou falando para a Marie sobre esse projeto de lei que a Aliança Nacional quer aprovar, eles querem assumir o controle da universidade, querem colocar o pessoal deles lá dentro, Marie, assumir o Conselho Universitário, parece que ninguém tem como fazer nada, é simplesmente grotesco, inacreditável... Marie está apertando o próprio braço e se afasta do irmão como se quisesse falar sozinha com Eilish. O seu pai não falou nada sobre o bebê, ela diz, achei que você fosse trazer o menino, deve ter sido uma surpresa linda na sua idade. Eilish sorri diante do rosto empoado, vendo os lábios róseos tornados macios pela saliva e depois sente seu espírito ruir, percebendo agora o que não foi dito, percebendo que as pessoas mantêm a conversa sobre as crianças ou sobre o que ela está fazendo no trabalho, ninguém quer falar sobre Larry. Ela olha para o rosto da tia e vê a determinação de que o dia de hoje deve ser de absoluta felicidade. Ela sorri e diz, o Larry teria adorado vir, você me dá licença? Ela atravessa o salão procurando outra pessoa com quem conversar, tem tão pouca gente aqui da geração dela, os primos do pai entrando encurvados na terceira idade e no entanto a diferença entre eles nem é tão grande em anos, o que são vinte e cinco ou trinta anos, ela pede uma bebida, pensando como essa fase da vida dela vai passar, já está passando, já é passado, a luz ao atravessar as janelas altas dando a todos eles este momento, o mundo reduzido a um murmúrio, a noiva em branca bem-aventurança. Quando soa o sino eles levam suas taças para o salão onde será servido o jantar, o noivo de pé como se fosse discursar, porém em vez disso ele ergue a mão até a altura do peito e começa a cantar o hino nacional. Pássaros tatuados em suas mãos, símbolos arcanos desenhados em seu pescoço. Cadeiras são afastadas e pessoas se levantam e começam a cantar e alguém puxa Eilish pela manga, é o primo do pai dela, Niamh Lyons, sussurrando no ouvido dela com lábios enrugados, levante, Eilish, pelo amor de Deus. Ela olha para o lugar onde seu pai deveria estar, mas a cadeira está vazia, ele foi até o bar pegar mais um drinque, se perdeu de novo a caminho do banheiro, ela está olhando para cima na direção dos rostos que mexem a boca e vê os olhos se abaixando e sente a boca seca, Niamh Lyons puxando sua manga outra vez, mas ela não se levanta nem canta com os outros, ela não vai cantar essa mentira. Sem se dar conta, ela começa a arrumar o guardanapo que está diante dela e quando volta a erguer os olhos ela vê o rosto do noivo e aquilo que está sendo exibido, aquilo que está escancarado no rosto do padrinho e daqueles que estão de pé em torno dele, o desprezo sem máscara do partido. A noiva fechou os olhos e o noivo é aplaudido embora nem todo mundo no salão esteja batendo palmas. Uma velhinha pálida com mãos magras direciona um rápido olhar benevolente para Eilish que desaparece no momento em que ela olha. Eilish remexendo na bolsa, pegando uma echarpe branca de chiffon e enrolando no pescoço, levanta quando os outros se sentam. Vou ter que pedir licença por um momento, preciso ir procurar meu pai.

O alarme do forno começa a soar e ela chama as crianças, coloca conchas de ensopado sobre pratos cheios de arroz, alguém pode por favor arrumar a mesa? Molly entra bocejando na sala. A escuridão entrou antes dela e envolveu a mãe. Ela acende as luzes e pega facas e garfos na gaveta, fica um momento olhando como se seus pensamentos tivessem caído na gaveta. Eilish chama outra vez, o jantar está pronto. De onde está, ela consegue ver Bailey jogado no tapete diante da TV. Ela se vira para Molly, diga pro Mark descer. Descer de onde?, Molly diz, ele não está lá em cima. Onde ele está, então? Molly dá de ombros e se debruça sobre a mesa, colocando facas e garfos em seus lugares. Como é que eu vou saber, você pode me dar uma carona mais tarde? Eilish vai até a escada e chama Mark, sobe a escada até o quarto dele e depois volta a descer. Ele não está em casa, não está no jardim, ela liga para o celular dele e o telefone toca no andar de cima, Eilish está dando uma bronca nele enquanto sobe as escadas de novo sabendo como ele vai responder, ele vai comprimir os lábios e vai fixar os olhos no chão preparando algum comentário espertinho. Ela se pega parada diante da porta do quarto dos meninos, o celular dele está tocando na cama, estranho que ele não esteja com o telefone. Quando pega o celular ela olha para o aparelho como se fosse um objeto proibido, Bailey gritando da cozinha que vai começar a comer, ela ouve duas vozes falando, uma que é um não, outra que é um sim, tenta ouvir se há movimentos na escada. Ela lê as mensagens do filho e clica no vídeo que ele viu por último, um prisioneiro com macacão vermelho de joelhos usando um capuz, outro homem de preto parado perto dele usando óculos, um professor ou quem sabe um intelectual dando um discurso em árabe, ele arranca o capuz do prisioneiro e pega uma faca enorme e curvada como uma foice enquanto a câmera começa um zoom em câmera lenta como se tentando perceber algo nos olhos da vítima no instante de sua morte. Ela lança o telefone na cama e quando volta a pegá-lo vai rolando a tela e vendo um histórico de buscas de brutalidade e assassinato, vídeos de decapitações e execuções sumárias. O corpo dela é tomado por uma sensação que não fala, mas fica ali dentro, escura e emaranhada, durante o jantar ela mal conversa. Ela está andando pela casa catando coisas, colocando tudo no lugar sem pensar, Bailey disputa o controle remoto com Molly, que dá um tapa na cabeça dele e atira o controle remoto para o outro lado da sala, Eilish grita para os dois sossegarem. Ela está no patamar da escada com o bebê no colo quando se dá conta de que aquilo que entrou em seu corpo foi a sensação da morte, de que a morte entrou no filho dela, vendo-o agora com quase dezessete anos e o sangue corrompido pela raiva e pela selvageria silenciosa. Passam de oito da noite quando ela ouve a porta da varanda abrir deslizando, a chave entrando na fechadura da porta da frente e ela vai até lá para parar o filho, colocando a mão na bicicleta para impedir que ele continue andando, buscando nos olhos dele a escuridão crescente lá dentro, procurando a sua antiga autoridade. Os olhos dele passam pela mãe enquanto ela fala, a voz dela alta e contundente. Você não me disse que não ia estar em casa para o jantar, aonde você foi? Ela só vê Samantha vindo atrás dele quando a garota passa pela porta, a menina para como se tivesse medo de entrar e Mark se vira para ela contorcendo a boca num pedido silencioso de desculpas pela mãe. Tá tudo bem, mãe, dá pra você se acalmar, fui jantar na casa da Sam, queria te mandar uma mensagem, mas esqueci o celular em casa, nunca me lembro qual é o seu número.

Eilish dirige em meio à chuva e à luz hesitante, o celular vibrando na bolsa. Ela espera o semáforo adiante ficar vermelho e aí põe a mão na bolsa e pega o celular. Quando lê a mensagem ela ergue os olhos e vê que a rua à sua frente desapareceu, a mão tentando desligar o rádio antes que ela leia a mensagem outra vez. Dois dos garotos detidos morreram, os corpos foram liberados para as famílias. Fotos dos corpos com as marcas de tortura vieram a público. O Touran está indo em frente sozinho, ela consegue ver os garotos colocados diante dos pais, vê os corpos destroçados e sussurra para si mesma, uma coisa é tirar um pai de sua casa, outra é devolver corpos mortos de crianças.

Sentindo no coração o tremor que se aproxima, sabendo já que ele virá, sabendo o ultraje e o nojo que subirão do solo silencioso para a boca deles. Em casa eles vão se reunir em torno de uma mesa assistindo nos jornais estrangeiros a uma transmissão em tempo real de uma manifestação, a multidão cresceu em frente à sede da Guarda, as pessoas levando seus filhos, todos vestindo branco e segurando velas acesas. A vigília transborda para o entorno do ponto de ônibus e chega às ruas próximas e ela vai para a cama e não consegue dormir, fica deitada vendo seu medo desfilar diante dos olhos como num espetáculo lamentável, uma voz mirrada que quer dizer algo é calada aos gritos. Pela manhã a multidão é grande demais para a praça e começa a marchar rumo ao College Green. Ela fica na janela olhando, Mark e Molly olhando agora para ela, esperando que ela fale. As árvores adormecidas começam a se avolumar. Não demora agora e as árvores vão abrir seus botões para ver mais uma vez a luz da primavera, pensando nisso, na força de uma árvore, em como uma árvore suporta as estações escuras, no que uma árvore vê ao abrir os olhos. É aí que ela vê que o medo sumiu, essa sensação de alívio no corpo, de que agora é possível fazer algo. Vamos vestir branco, ela diz, se virando, vamos lá com eles. Vendo as crianças subirem a escada, essa sensação de ousadia e entusiasmo na casa.

Carole Sexton aparece com uma broa de aveia, um pedaço de cuca e velas brancas. Mark já foi na frente de bicicleta. De carro, a caminho do centro, o trânsito vai diminuindo de velocidade até chegar a uma blitz, Eilish se virando para ver as crianças no banco de trás. Fechem o casaco, ela diz. O carro à frente é direcionado para uma faixa onde estão sendo feitas as vistorias ao mesmo tempo que um agente da Guarda se aproxima do Touran, o rosto de um jovem analítico de uniforme se debruçando na janela para examinar a carteira de motorista dela, ele procura os olhos de Eilish e a encara fixamente. Aonde a senhora está indo hoje?, ele diz. O que ela vê pelo rosto estrelado de sardas é um rapaz poucos anos mais velho do que seu filho, a mentira escapando de sua boca, o som percorre o ar entre os dois. O agente da Guarda se debruça e avalia Carole e depois põe a mão em pala para examinar as crianças no banco de trás, Bailey torcendo o nariz encostado no vidro enquanto o rapaz faz um gesto para que sigam em frente. Agentes da Guarda em motos fecham a rua ao longo do cais. Ela encontra uma vaga para estacionar numa ruazinha ao lado de uma igreja e eles seguem a pé com Ben no carrinho, uma faixa de pedestre permitindo que eles atravessem uma rua vazia e é estranho ver os cais tão silenciosos, a luz do sol crescendo na água, essa sensação de calma acelerada. Carole não parou de falar desde que saíram do carro, mas Eilish parece estar à deriva, olhando para os filhos como se estivesse num lugar muito alto, tentando controlar seu pavor. Ela está falando com Larry e ouvindo a resposta dele embora ele permaneça dentro de algum lugar sombrio no seu íntimo, como se totalmente fora do alcance numa cela escura. Agora há outras pessoas andando com eles vestidos claramente de branco e é possível ouvir o ruído quando eles atravessam o rio, andando pelas ruas estreitas de Temple Bar na direção do College Green, e aí a multidão está diante deles, uma concentração massiva de vontades, dizem que o protesto atingiu cinquenta mil pessoas até encher a praça, o ânimo dela subindo a ponto de não poder mais respirar. Eilish agarra as mãos dos filhos enquanto eles vão abrindo caminho em meio aos rostos pintados de branco e às bandeiras e faixas brancas, Carole seguindo atrás, tanta gente segurando velas brancas e todo mundo parece ter levado os filhos. Uma moça se oferece para pintar o rosto deles, Molly prendendo o cabelo. Um palco foi montado diante do velho Parlamento e uma moça está com um microfone pedindo o fim dos Poderes Emergenciais, pedindo que todos os prisioneiros políticos sejam libertados. Ela recebe uma imensa salva de palmas quando outro homem sobe ao palco, não são nem as palavras pronunciadas, Eilish pensa, mas como o corpo deles fala, porque aqui diante do mundo não há onde se esconder. Bailey assiste ao protesto em um celular e ela vê a imagem gigante e viva e consegue sentir que seu medo foi embora, que seu medo se transformou no oposto, querendo agora se entregar a isso, se tornar parte indissociável desse corpo maior, dessa respiração única, sentindo seu poder crescer com o triunfo da multidão. Por um instante ela depara com uma sensação rudimentar de morte, de vitória e de assassinato em grandes números, da história posta aos pés do vencedor, e sente como se tivesse uma grande lâmina nas mãos, ela baixa a lâmina e estremece de exaltação e em seguida respira fundo, dois agentes da Guarda estão andando entre eles com câmeras registrando os rostos apesar das vaias e das ironias da multidão. Olhando para cima ela vê os atiradores no topo dos prédios, homens apontando câmeras com lentes poderosas, as nuvens de um dia sem sol sinalizando chuva e ela lembra que não levou capas nem guarda-chuvas. Carole distribui sanduíches e garrafas de água enquanto surgem imagens dos adolescentes mortos numa tela imensa, fotos tiradas quando eles eram meninos, um deles loirinho com olhos esbugalhados. Eilish só percebe que sua mão agarrou o ombro de Bailey quando ele se contorce para escapar, ela está pensando em Mark, vendo o filho ser retirado da escola pelo Estado e mandado para servir nas forças de segurança, sendo enviado para as ruas para atuar contra a própria família, sabendo da fúria e da resistência em seu coração, ela não vai permitir que isso aconteça. Ela passa o braço em torno de Molly e puxa a filha para perto, é atingida pela memória de ter participado de outro protesto como esse, pensando agora que a memória é falsa ou de algum modo foi trocada, a memória pertence a alguma outra pessoa em algum outro país, ela viu a cena infinitas vezes na TV. Ben acorda com um grito agudo e ela dá a mamadeira para o menino, ele quer sair do carrinho, começa a gritar e só para quando ela coloca seu casaco no chão e deixa que o bebê se sente ali, ele tenta escapar engatinhando. Uma senhorinha de verde sentada numa cadeira portátil pede que ponham o bebê no seu colo. Bailey começa a agitar os braços e depois desiste e desaba sobre sua mochila, ele quer ir para casa, o cheiro de comida vindo dali perto, ele diz que está morrendo de fome, ela deixa que Carole o leve para comprar um cachorro-quente. Molly manda uma mensagem no celular. Mãe, ela diz, o Mark está tentando encontrar a gente. Ela se afasta por um momento e volta com Mark e mais um amigo que eles ainda não conheciam. Os dois estão com camisetas brancas e bandanas brancas cobrindo a boca e Eilish estende a mão e tira a máscara deles. Por que vocês estão usando isso, vocês não são arruaceiros, isto aqui é um protesto pacífico. Ela está vendo o olhar irônico do amigo de Mark, tem algo nele de que ela não gosta, seria bom saber quem ele é, Carole oferece um sanduíche para Mark e em três mordidas rápidas acabou. Ele pede um para o amigo. Quero você em casa às oito, Eilish diz, e Mark olha para Molly com um sorriso irônico e Molly quer ir com Mark, mas Eilish diz não. Há uma sensação de chuva antes que a chuva caia e os guarda-chuvas começam a se abrir e a unidade da multidão se torna celular. As crianças se aglomeram embaixo do guarda-chuva grande de uma mulher e Bailey pede um lenço de papel, limpa o nariz e se pendura no braço dela. Pessoas passam em meio à multidão com os filhos a caminho de casa, é preciso fazer o jantar e levar os cachorros para passear, deixe que os estudantes e as pessoas que não têm filhos continuem aqui durante a noite. Quando eles se viram para ir embora ela está vendo a extensão da rua que sobe rumo ao céu na Igreja Catedral de Cristo, uma lenta fornalha de luz como se o mundo estivesse pegando fogo.

Carole Sexton vai passar a noite ali. Vai ser arriscado atravessar a cidade, Eilish diz, pensando nas multidões que seguem para casa felizes sobre as pontes, os carros circulando com bandeiras brancas saindo pelas janelas e deparando com bloqueios nas ruas, inspeções e prisões, a história está em todos os noticiários estrangeiros. Carole assiste em seu celular a imagens de caminhões militares e veículos de transporte de tropas entrando nos subúrbios, eles se reúnem em longas filas ao longo do canal. Parece que estão se preparando para uma invasão, ela diz. Na internet há gente falando em carros sendo atacados com tacos e tijolos, em gente sendo arrastada para fora do carro por homens com balaclavas, em carros sendo incendiados. Eilish descongela um macarrão à bolonhesa e deixa que Bailey e Molly comam na frente da TV enquanto ela põe Ben para dormir, vendo por um momento os punhos minúsculos do bebê, ela quer que ele continue assim e por outro lado quanto tempo a infância dele vai durar, ele não vai saber de nada dos primeiros anos, tudo vai ser uma lenda, aquela vez que seu pai desapareceu, aquela vez que ele voltou. Eilish vai ao banheiro e tira a maquiagem do rosto, olha para o espelho e vê Mark, o quanto ele é bonito, como é novo, ela fecha os olhos e consegue senti-lo sendo levado, a mão dele se soltando, vê todos eles como se estivessem num mar escuro, Larry o primeiro a ser levado para longe, ela está gritando para que Mark nade na direção da praia, gritando no escuro para ser ouvida. Ela abre os olhos e se inclina na direção do espelho e estica com o dedo a ruga em forma de garra que mira nos olhos dela. Carole assiste no laptop a uma transmissão ao vivo da manifestação. O protesto se reduziu a alguns milhares de pessoas sentadas em silêncio na rua com velas acesas em sacos de papel como se fossem devotos antes de um evento religioso, as forças de segurança paradas ali perto com canhões de água e cassetetes. Eilish olha para o relógio de parede e ouve para ver se tem algum barulho na porta. São oito e quinze, são dez para as nove, logo vão ser dez horas, o celular do Mark continua tocando. Não consigo me livrar da sensação de que alguma coisa terrível vai acontecer, Eilish diz. Carole olha para ela com cuidado. A esta altura eles já teriam feito, você não acha? A esta altura eles teriam feito o quê? Se fosse para atacar. Eilish olha para o relógio de parede. Fico ligando para o número do Mark, ouvindo a mensagem de voz dele, parece que ele está com pressa.

Bailey e Molly estão brigando de novo, ela tinha esquecido que os dois estão na sala. Eilish vai até a porta e manda os dois subirem, para perto da pia e esvazia sua xícara. Sou só eu ou este chá está com um gosto estranho? Ela olha para o celular de novo. O Mark vai ficar bem, Eilish, essa luta agora é dele tanto quanto é sua, você tem que deixar que ele faça isso. Sim, mas mandei ele estar em casa às oito. Carole está de olhos baixos, encarando a xícara. Acho que você tem razão, Eilish, este chá está com gosto de bolor, deve ser da água. Eilish está olhando para o rosto de Carole pensando que ela não conhece essa mulher que se senta tão ereta na cadeira, o rosto esculpido pelas noites insones, é como se a própria coisa que deu a ela esse aspecto tivesse sido lentamente extraída, a tristeza se alimentando da medula dos ossos dela. Eilish levanta a mão e toca o próprio rosto. Pareço cansada?, ela diz, me sinto tão exausta, não consigo mais pensar, preciso ir pra cama, arrumei a cama da Molly pra você, ela vai dormir comigo. Quando se vira para a porta ela depara com a sensação de que esqueceu algo e procura de modo impreciso olhando em seu entorno. Vai ser o aniversário dele, Carole, daqui a duas semanas, do Mark, ela diz, estou falando do Mark, se esses protestos não funcionarem, não sei o que vou fazer. Andam falando, Carole diz, que tem meninos atravessando a fronteira para evitar o serviço militar... Eilish está olhando para o relógio de parede, ela se esqueceu de checar se a porta dos fundos está trancada, tem uma pilha de roupas sujas num cesto no chão. Mas como é que eu vou levar ele para fora do país, ela diz, não emitem um passaporte para ele, chegou uma carta do Departamento de Justiça, nossa solicitação foi recusada sem explicações. Carole se levanta da cadeira e segura a mão de Eilish e em seguida coloca a outra mão sobre a dela. Se vierem atrás dele, Eilish, se chegar a isso, ele pode morar na minha casa até chegar a hora de... olha só, pode ser que nem chegue a isso, mas tem uma edícula nos fundos que dá pra uma ruazinha, ninguém vai procurar por ele lá. Eilish liberta sua mão porém o toque permanece em sua pele. Ela esfrega para espantar a sensação que ficou em sua mão, anda até a porta dos fundos e testa o trinco, fica parada perto do vidro olhando para fora. As cores falsas da noite, o mundo que persiste apesar das sombras que ocultam o mal que está sendo feito. Meu filho, ela sussurra, um fugitivo, quando devia estar frequentando a escola, fazendo amigos e jogando futebol? O reflexo de Carole atrás dela no vidro é um fantasma de dor. Consigo levar ele até o outro lado da fronteira na casa do meu irmão em Portrush, me deixa falar com o Eddie, ele se casou com uma mulher de lá e vai querer ajudar. Você não entende, Carole, ele está na escola, quer entrar na universidade. Quando Eilish sobe, Molly já dorme na cama dela. Ela consegue ouvir Carole limpando coisas, desejando que em vez disso ela pudesse ouvir o marido e o filho brincando na cozinha, Larry agarrando Mark com força, logo vai ser o contrário. Ela disca outra vez o número de Mark, mas o celular dele está desligado ou sem bateria. Ela está com a camiseta que Larry usa para dormir embolada nas mãos e a leva ao nariz, o cheiro dele lentamente desaparecendo. Eilish cai num sono de rostos ensombreados, a babel da multidão, acorda durante a noite em outro sonho onde dois se tornam um, pai e filho, ela procura aquele que é os dois, mas não consegue encontrar.

A janela sussurrando a chuva. Ela se torna lânguida com a sensação de existir antes da memória, um corpo oco sendo preenchido com o som da chuva até que a memória desperte e ela esteja transbordando, indo até o patamar da escada para ver o quarto dos meninos e a cama de Mark vazia. Ela volta para o quarto e acende o abajur, afastando a luz dos olhos de Molly, Ben dormindo em seu moisés como se tivesse sido arremessado nas profundezas dos sonhos. O que uma criança dessa idade deve temer dos sonhos, o pavor de cair de uma altura súbita, a ininteligibilidade crescente dos rostos, o terror de acordar sozinho num quarto escuro. Ele só acordou uma vez, ela se lembra agora, as mãos abrindo o laptop, ela clica no noticiário estrangeiro e um som baixinho sai de sua garganta enquanto Molly se agita ao lado dela. Mãe, ela diz, o que está acontecendo? Eilish está rolando a tela, afastando seu cabelo, ela olha para a filha com uma sensação de queda, quer acordar todo mundo aos berros. Eles reprimiram a manifestação no meio da noite, ela diz, milhares de pessoas foram presas, colocaram todo mundo em ônibus... Ela tenta ligar para Mark, mas o celular dele continua desligado. Elas veem cenas filmadas no alvorecer que mostram forças de segurança avançando em direção aos manifestantes com granadas de som e luz, gás lacrimogêneo e cassetetes, os manifestantes resistindo debaixo da chuva e da iluminação pública até que começam a disparar com munição de verdade, as notícias mostram milhares de pessoas fugindo de College Green, gente sendo levada para os ônibus, um homem deitado de bruços na rua até ser arrastado pelos braços por dois agentes da Guarda Nacional, ela vê que ele perdeu um dos sapatos. Ela está descalça nas escadas ligando para o celular que não atende, a casa em silêncio à sua volta. Ela está parada ao lado da mesa da cozinha ligando de novo e então larga o celular e se senta em uma cadeira. A maré subiu, ela consegue ver agora, a maré que os arrasta subiu enquanto ela dormia, levando o seu filho, as águas batendo contra as falésias na praia. Quando Carole desce ela está toda vestida e procura algo que possa fazer, Eilish cruzando os braços, ela dá as costas, desejando que essa mulher saia da casa dela. Mas como você pode saber? Carole diz, você não tem como saber se é verdade ou não, pelo menos dê umas horas para que ele volte para casa. Eilish gira rápido, olhando para o rosto que foi dormir sabe-se lá a que horas, esse aroma de coisas assando no forno que não é típico de sua casa, o pão e os brownies postos sob panos de prato, o chão cheirando a desinfetante de pinho, os balcões lavados e esfregados, você deixa a pessoa passar uma noite na sua casa e ela trata a cozinha como se fosse dela. Olha, ela diz, ele ia ter dado um jeito de me ligar, ia ter dado um jeito de pôr carga no celular, não ia ter passado a noite fora, eu conheço o meu filho. Carole começa a rolar a tela do celular, puxa uma cadeira e se senta. Diz aqui que estão usando o Ginásio Nacional como centro de detenção, os ônibus devem ter ido para lá. Molly entra na cozinha com uma escova de dentes nas mãos. Ela se senta à mesa e se serve de sucrilhos numa tigela mas não pega o leite, enfia a escova de dentes na tigela e mexe os sucrilhos secos. Carole diz, olha, Eilish, se você quiser ir, eu fico aqui cuidando das crianças, não tenho nada marcado hoje. Eilish está olhando com atenção para Molly, ela olha para Ben que está engatinhando no tapete, olha de novo para a filha como se quisesse a permissão dela para ir. Quer leite, meu amor?, ela diz, indo na direção da geladeira, coloca uma caixa de leite perto da filha. Vamos esperar mais umas horas, ela diz, ele vai voltar pra casa. Ben foi engatinhando até a sala e se ergueu usando a mesinha de centro como apoio, ele começa a bater com o punho na mesa. Logo ele vai andar e depois vai correr e a mão que puxa a mão da mãe vai ser a mão que tenta se libertar.

Ela entra no Touran e fecha a porta e gira a chave na ignição e depois baixa as mãos. Logo vai ser hora do jantar e no entanto ela tem medo de ir. Ela precisa falar com o pai, liga de novo para o celular de Mark depois liga para Simon, ele não atende, ela liga mais uma vez, olhando para a rua, e por um instante depara com uma sensação de imobilidade tão absoluta que nem mesmo um pássaro rompe esse silêncio de domingo. Esse céu baixo e inerte, as janelas com as cortinas cerradas, a rua como testemunha silenciosa enquanto as pessoas vivem sua vida, os ciclos de nascimentos e mortes, as infinitas gerações sucessivas de humanos, um século se passa. O telefone toca e Simon atende e ela não consegue dizer para o pai o que deseja dizer. Essa mulher pegou meus óculos de novo, ele diz. Você olhou em todos os lugares de sempre, pai, olhou na mesa da cozinha ou na cadeira que fica no banheiro? Um dia desses eu pego ela no flagra, ela está tentando destruir a minha vida, semana passada ela roubou os cristais da sua mãe do armário, aposto que você nem notou. Ela está monitorando a mente do pai, vendo o clima neurológico agir, uma zona de baixa pressão cedendo a uma repentina instabilidade, daqui a cinco minutos vai fazer sol. Pai, fui eu que peguei os cristais semana passada para limpar, estava tudo preto de pó, você me viu embalando as coisas em jornal, olha, você precisa de alguém pra te ajudar, você não dá mais conta de fazer as coisas sozinho, a sra. Taft só muda as coisas de lugar enquanto está limpando, vou falar com ela assim mesmo, você viu o noticiário? Não sei do que você está falando, eu nunca disse que precisava de ajuda, nunca disse que ela podia entrar nesta casa. A mente dela se concentra em dirigir, isso é tudo que existe, a lentidão do tráfego, a rua molhada em cinzas. Ela não consegue acertar o intervalo do limpador de para-brisa, os limpadores batendo sobre sua cabeça, o GPS diz a ela outra vez para pegar a próxima saída. Quando chega na cabine de pedágio, ela vê um homem e uma mulher discutindo perto de dois carros no acostamento, a mulher apontando para o homem e agitando no ar algo laranja enquanto o carro segue em frente. Ela pega a saída e segue para a alameda Snugborough, procurando a saída certa para o Ginásio Nacional, não tem onde estacionar, tem carros fazendo um cordão no entorno e bloqueando a pista dos ônibus enquanto uma multidão fica diante dos portões. Quando sai do Touran ela enrola um cachecol no pescoço e fecha o zíper do casaco olhando para o céu. Algo está sendo sussurrado na tarde, e isso permanece em meio à chuva enquanto ela caminha e se move em meio às pessoas que estão em frente aos portões, mas ela não sabe do que se trata. Essa sensação de inverno que perdura quando já é primavera, a chuva fria atravessando suas roupas, o frio em busca do coração dela enquanto ela fica ali observando os portões e as cercas encimadas por arame farpado, as câmeras de segurança apontadas para baixo, soldados armados montando guarda com balaclavas abertas na frente chamando as pessoas uma por vez de trás do portão de segurança para falar em uma janela. Ela se esqueceu de levar comida e bebida. Uma mulher elegante e eficiente vestida com roupas polares oferece a ela um pacote de docinhos que tira de uma bolsa térmica. Não sei da minha filha faz dois dias, e eles não me dão informação nenhuma, hoje de manhã alguém me ligou, uma voz de homem, me dizendo que a minha filha estava na morgue municipal, mas quando fui lá com o meu marido ela não estava, meu coração não vai aguentar. Uma van da Guarda para transporte de prisioneiros diminui a velocidade perto da entrada, mas ninguém abre caminho para ela passar, as câmeras de celulares são pressionadas contra o vidro escuro, uma mulher na casa dos sessenta anos bate em uma janela com a base do punho enquanto a bolsa desliza pelo braço. Um sujeito com um terno amarrotado grita com voz rouca para os soldados, tirem essas máscaras, por que vocês precisam se esconder? Os portões se abrem e revelam a vista pacífica de um complexo esportivo enquanto a van passa. Ela se vira olhando os rostos ao seu redor, os rostos que sofrem com a vertigem de quem olha para um abismo repentino, todas essas pessoas absolutamente idênticas, todas elas vestidas e nuas, manchadas e puras, orgulhosas e constrangidas, desleais e esperançosas, todas trazidas aqui pelo amor. Mais cedo ou mais tarde a dor se torna grande demais para o medo e quando o medo das pessoas desaparecer o regime terá de ir embora. Depois de uma hora ela passa por uma revista e é chamada, dá um passo na direção do vidro olhando uma moça com uniforme militar tirando os olhos de uma tela e olhando para ela. Identificação, por favor. Eilish toca os bolsos com as mãos. Ah, ela diz, não me ocorreu trazer, devo ter deixado no carro, meu filho foi encontrar a namorada ontem à noite e não voltou para casa, estou esperando aqui faz horas. O rosto que a observa é plácido como leite, ela absorve o rosto e sorri e algo melhora no jeito que a mulher olha para ela, uma cadeira vazia ao lado dela. Tem certeza de que não trouxe?, ela diz, certo, acho que tanto faz, me diz, como é o nome do seu filho? Os lábios dela se mexem para pronunciar o nome do filho, mas uma voz diz não. Ela olha para os pés e só consegue pensar, passa os sapatos na linha amarela pintada sobre o asfalto. A voz que falou foi a do Larry. E se ele não estiver aí dentro?, ele diz, tudo que eles querem são nomes, um nome que entra no sistema nunca mais sai, os nomes são a fonte do poder deles. James Dunne, ela diz, avenida Northbrook, 27, Ranelagh. Ela quer voltar para o carro e ganhar mais tempo, vendo a mulher digitar o nome no sistema, o fino anel de noivado no dedo, ela de braços dados com um rapaz, um cara que joga futebol no fim de semana e que toma cerveja, ela não parece má pessoa, a maioria deles não parece, quase nada distingue essa moça de qualquer outra mulher recém-formada, uma garçonete limpando balcões, uma contadora trainee contando as horas para o almoço. Uma porta se abre do lado de dentro e um homem uniformizado entra, puxa a cadeira vazia e coloca um sanduíche sobre a mesa e faz um comentário baixinho e a moça ri sem tirar os olhos da tela. Quanto ao nome, ela diz, infelizmente não posso dar nenhuma informação à senhora, a senhora pode pegar esse formulário e preencher?

As crianças se recusam a ir para a cama até que ela grita e manda todo mundo dormir. Eilish fica deitada no escuro andando por ruelas escuras do pensamento, achando que está dormindo e depois acordando em um quarto escuro vigiado por rostos sussurrantes, sendo julgada. Ela se senta na cama e checa o filho no moisés e depois vai para o andar de baixo, está andando pela sala quando ouve uma respiração vinda do sofá. Ela fica absolutamente imóvel e depois acende a luz. Mark está ali estendido dormindo de jaqueta, um braço jogado por cima do encosto, uma bandana branca em volta do pescoço, as roupas ainda úmidas da chuva. Ela pega uma coberta e se ajoelha ao lado do sofá com cuidado para não o acordar, olhando o rosto em repouso, os traços suaves em torno da respiração, ele imediatamente se torna uma criança. Quando ele acorda, Eilish lança um olhar feroz em sua direção enquanto ele passa manteiga num pão e toma um longo gole de café, uma sombra oculta sob sua expressão, ele não olha nos olhos dela. Eu não consigo acreditar em você, o mundo à sua volta é feito de mentiras, como é que a gente fica se você também começar a mentir para mim? Te falei onde eu estava, ele diz, não tinha como vir para casa antes. Ele põe sua cadeira de volta no lugar e vai até seu celular e se senta, digitando uma mensagem. Onde você deixou sua mochila?, ela diz. Ele afasta os olhos do celular por um momento e depois dá de ombros. Eles disseram que a gente tinha partido pra cima deles com tacos, ele diz, deram um tiro no peito do cara e disseram que ele era cardíaco. Olha, ela diz, você tem sorte de não ter sido preso, precisa tomar cuidado, pode ficar em casa hoje e dormir um pouco, mas amanhã você volta pra escola. Ela fica perto da mesa olhando para ele até que

Mark desvia o olhar. Os cabelos sem lavar sabe-se lá há quantos dias, as roupas úmidas, fedendo. Você precisa de um banho, ela diz, você precisa subir e dormir. Ele suspira e se levanta e fica bem maior do que ela, o queixo salpicado de barba por fazer e por um momento ela não reconhece o filho. Mark abre as mãos e quando começa a falar ela percebe a determinação, a calma inflexível na voz dele. O mundo está vendo a gente, mãe, ele diz, o mundo viu o que aconteceu, as forças de segurança atiraram contra um protesto pacífico e depois saíram caçando a gente, tudo mudou agora, você não percebe, não tem como voltar atrás. Eilish se vira em busca de algum poder sobre ele, a velha supremacia do sangue, ela está olhando para o jardim lá fora, a luz úmida brilhando sobre todas as coisas, a chuva sendo puxada para a terra. Você não vai ter papel nenhum no que está por vir, ela diz, eles levaram o seu pai, não vão levar o meu filho. Ela está apertando as próprias mãos quando se vira para encarar Mark e o que está diante dela é a mentira que acaba de sair de sua boca, de um jeito ou de outro, vão levar o filho dela, ele está diante dela mas já não está mais. Bailey está descendo as escadas com passos barulhentos e entra na cozinha tossindo com a boca aberta. Cubra a boca, ela diz. Ah, ele diz, olhando para o irmão, quando você chegou em casa? Ele abre a geladeira e pega o leite. Mãe, o bebê está chorando, estou resfriado, posso ficar em casa e não ir pra escola?

Ela olha a rua por entre as persianas pensando nos agentes da Guarda que andavam em meio à multidão registrando os rostos. Em cidades de todos os tamanhos país afora a Guarda Nacional está batendo em portas e detendo pessoas, os subversivos que ocuparam as ruas, os terroristas escondidos em meio à população civil. Olhando os carros que desaceleram nas ruas ou que estacionam por perto, quem serão seus ocupantes, essa sensação como se um sono ótimo tivesse sido interrompido, de que eles estavam sonhando e foram acordados no começo da noite. Escutando o som do punho na porta em seus sonhos como se o momento de alguém bater tivesse chegado. Manifestantes fecharam estradas e estão causando incêndios nas ruas, bustos foram postos em chamas em praças, vitrines foram estilhaçadas e grafitadas com slogans. Há mulheres com vestidos de noiva nas ruas entregando fotos de maridos que desapareceram. Há homens usando braceletes da Guarda Nacional em suas mangas e que não são agentes da Guarda, mas que avançam em grupo contra manifestantes com tacos de beisebol e de *hurling*. Ela vê reportagens sobre um bloqueio em Cork, a cascata de policiais da tropa de choque, o estrondo em staccato de projéteis disparados por cima dos manifestantes. Um estudante é derrubado por uma bala e o vídeo circula no noticiário internacional, a queda do corpo em câmera lenta quebrado em pixels à medida que é consumido pelo gás lacrimogêneo, o corpo carregado na traseira de um carro e levado às pressas por uma rua de menor movimento. Ela assiste de novo sem acreditar, os contornos conhecidos da rua, o homem usando sandálias marrons com uma sacola de compras na mão em um ponto de ônibus olhando tudo, a arcada histórica com um anúncio de cosméticos nas janelas, ela comprou lá faz menos de um ano. Informam que as escolas vão ficar fechadas até que a lei e a ordem tenham sido restabelecidas. Mandam Eilish trabalhar de casa. Molly anda pela casa deprimida vestindo o roupão do pai e se recusando a comer qualquer coisa que não seja o cereal do café da manhã enquanto Bailey reclama que seus tênis estão apertados. Vendo que Mark desenvolveu aparentemente o mesmo tipo de selvageria taciturna do pai. Por favor, ela diz, quero que você fique em casa, mas ele vai e vem a seu bel-prazer, chega em casa tarde, ela não sabe o que fazer. Esse ar desconhecido, os soldados postados diante de caixas automáticos e bancos, os soldados passando em veículos de transporte de tropas a caminho da cidade. Ela vê um senhor de idade ir até a rua e cuspir nos pneus de um caminhão do exército. O tom que ela adota quando fala com colegas de trabalho é neutro, exclusivamente voltado para negócios, e ela se mantém alerta à sua voz e às suas palavras quando conversa com a irmã pelo telefone, a imprecisão de certas palavras, a precisa ambiguidade das frases. Quero que você me ouça, Áine diz, a história é um registro silencioso de gente que não soube quando partir. Eilish permanece em silêncio, vendo as palavras se formarem ao seu redor até que ela cai na armadilha da irmã, é sempre assim, vocês duas sempre acabam discutindo no telefone, o pai dela sempre diz, ela não se importa com quem está ouvindo. É fácil pra você falar depois de ter abandonado o pai pra eu cuidar, me diz, onde está o seu marido agora, ele está no instituto dando aula de cálculo, vai pegar o carro e chegar em casa daqui a mais ou menos uma hora e calçar os chinelos e colocar os pés para cima enquanto você prepara o jantar, eu não vou sair daqui até ver o Larry chegar em casa.

Ela dirige até o supermercado e coloca uma moeda para liberar um carrinho, coloca o bebê na cadeirinha e passa prendendo a respiração por dois soldados que montam guarda nas portas, a sombria majestade das armas automáticas nos braços de jovens que não são mais velhos que o filho dela, queixos que ainda não precisam de lâminas de barbear, rostos agressivamente inexpressivos. As prateleiras não foram reabastecidas. Não tem leite nem pão fresco. Ela compra fermento e farinha integral, leite condensado, um pouco de comida enlatada e fórmula para bebê. Passa pelos soldados na porta na saída e protege a cabeça do bebê com a mão. Dirige para casa seguindo o canal e diminui a velocidade perto de uma blitz, agentes armados da Guarda Nacional na rua, seus rostos sérios, a garganta dela se fechando sobre a voz. Pedem que ela abra o porta-malas enquanto um agente da Guarda com uma arma no quadril se debruça e dá uma olhada no bebê. Ela observa os movimentos precisos em torno do carro, se afasta do local da blitz com o olhar alucinado diante de si, olhando as árvores ao longo do canal, os salgueiros e os álamos sombreando o caminho enquanto os cisnes deslizam sobre a luz que se alonga, a vida dela inteira foi assim. Eilish se pega desejando que a primavera pare, que o dia seja reduzido, que as árvores voltem a ficar cegas, que as flores sejam levadas outra vez para dentro da terra, que o mundo seja vítreo e invernal. Ela chega em casa e sobe com Ben para colocá-lo na cama para sua soneca, ouve o clique abafado da porta da frente, a porta deslizando no pátio, passos rápidos sobre o cascalho. Erguendo a persiana ela observa. Lá está Mark entrando em um Toyota do outro lado da rua, o carro dirigido por um garoto, outro menino no banco da frente, ela nunca viu nenhum deles antes, nenhum dos amigos de Mark tem carro. Ela desce a escada correndo com o bebê no colo e chega à rua quando o carro arranca e ela segue pela rua fazendo gestos para que eles parem, mas o carro reduz na esquina e desaparece. Ela fica imóvel sentindo seus pés esfriarem, olha para baixo e vê que está de chinelos, Ben tentando se libertar de seus braços.

4

Eles pegam uma mesa num restaurante em uma tarde de sábado. Vai dar tempo de comer e relaxar e de levar Simon para casa antes do toque de recolher. Essa sensação de prazer ao vê-los sentados diante dela, Molly e Bailey, Ben num cadeirão, Simon de tweed na ponta da mesa, Mark vai chegar a qualquer momento. Numa mesa ali perto um homem e uma mulher comem num silêncio resignado quebrado apenas pelo tilintar de seus talheres, a mulher com um ar remoto e decepcionado olhando para o prato enquanto come. Simon assoa o nariz num lenço e Bailey se vira para Molly fazendo cara de nojinho, Eilish pegando o celular na bolsa, seus olhos recaindo sobre a cadeira vazia. Ela diz a si mesma que não é verdade, Larry está aqui com a gente de algum jeito, ele não vai esquecer o aniversário do Mark. Por um instante ela consegue ver as mãos dele repousadas sobre os joelhos, ele está sentado numa cama numa cela na prisão, pensando num modo de chegar aos pensamentos dela, querendo que a vida siga em frente do jeito que devia, querendo que ela seja forte. Ela endireita as costas contra o espaldar de couro sintético e olha para as crianças por um momento, dizendo a Larry, é a Molly quem precisa da nossa atenção, foi a Molly que só levantou da cama ao meio-dia e que não comeu o dia todo. Vendo Molly cutucar a pele em torno das unhas, o físico atlético dela mirrando, o ser exterior se voltando para dentro, uma sombra roendo seu coração. Simon reclama do cardápio, Molly não sabe o que quer. A garçonete se aproxima e pega um lápis que estava atrás da orelha, os brincos de argola como sorrisos dependurados. Continuamos esperando meu filho, Eilish diz, queremos pedir umas bebidas. Ela está olhando para o lugar onde Mark vai parar com a bicicleta, prendê-la com a corrente na grade e depois parar por um momento desejando de coração estar em outro lugar. A garçonete volta e Eilish tenta ligar para Mark mais uma vez enquanto Simon parece que vai comer a garçonete com os olhos, Eilish tentando sorrir enquanto pede a comida, um sujeito careca olha pelo vidro e vai até a porta, dá uma olhada lá dentro vendo o restaurante quase vazio e sai outra vez. A comida chega e Simon e Bailey põem na boca garfadas cheias de macarrão sem nem parar para respirar. Comem como animais vorazes, ela pensa, os lábios e os dentes deles manchados de sangue, pensando nas necessidades corporais, aquilo que tende para a natureza satisfaz mais, comida, sexo, violência — orgia e libertação. Eles estão digerindo o sorvete quando Mark passa pela porta molhado e desmazelado pelo vento. Eilish se levanta da mesa sem falar uma palavra para dar passagem a ele. É Molly quem o abre ao meio com um comentário, mas Mark não se explica e em vez disso pega o pão de alho. Suas mãos estão azuis, Eilish diz, pegando a mão dele e comprimindo-a entre as suas. A garçonete traz um prato de macarrão para Mark, e Eilish observa o filho como se fosse possível absorvê-lo com exatidão, a expressão do corpo repousado, a luz mental interior expressa nas belas mãos plenamente desenvolvidas. Ela tenta se unir ao sangue dele, amolecer o coração empedernido, aquecer o olhar que hoje se tornou frio diante do mundo, vendo como ele adotou a máscara inescrutável do pai. O casal da outra mesa vai rumo à porta, veste o casaco e o homem se inclina para frente e vê o céu como se tivesse medo. Eilish olhando para os rostos em torno da mesa, pede que todos se inclinem e fala baixinho. Preciso contar uma coisa que afeta todos vocês, ela diz, é uma coisa que discuti com o Mark ontem à noite, decidi mandar ele para um internato do outro lado da fronteira, não posso deixar que isso que está acontecendo afete a vida escolar dele, ele é jovem demais para ser convocado para o serviço militar. O rosto de Molly começa a se amarrotar enquanto Simon amassa um guardanapo de papel até fazer dele uma bola. Esse vai ter que ser nosso segredo, Eilish diz, vocês não podem dizer uma palavra para ninguém fora desta família, Bailey, você está me ouvindo? Ela olha para o filho que gira um copo vazio, Mark largando a faca e o garfo, ele começa a sacudir a cabeça. Mudei de ideia, ele diz, não quero ir, tenho o direito de me recusar a servir, de todo modo, existe um tribunal, tem outras pessoas que vão entrar com processos, se eu atravessar a fronteira pode ser que nunca mais me deixem entrar, com certeza vou ser preso... Molly cobre o rosto com as mãos e Bailey começa a escavar a mesa com a faca. Eilish tira a faca das mãos dele e a coloca diante de si. Mas, Mark, ela diz, a gente tinha concordado ontem à noite, eu ainda sou sua mãe, de agora em diante você vai fazer o que eu mandar até você completar dezoito anos e aí você pode fazer o que bem entender. A cara de Mark azeda e ele tira as mãos da mesa e faz que não com a cabeça. Ia parecer que eu pertenço ao Estado e vocês não, eu não tenho que ir se não quiser ir. É aí que Simon bate com o punho na mesa e se inclina na direção de Mark. Tem um verso num poema que você faria bem em lembrar, ele diz, é mais ou menos assim, se você quer morrer vai ter que pagar por isso. Mark ri ironicamente do avô. O que você quer dizer com isso, mãe, o que ele quer dizer com isso? Simon se recosta sem tirar os olhos de Mark. Isso quer dizer, meu filho, que se você quer ficar à toa, vai ver como isso vai acabar pra você. Mark vira para a mãe e rapidinho volta a ter dez anos de idade, com um olhar de garoto triste. Mãe, por que ele está falando assim comigo? Ela olha para o pai e depois vê a rua, pensando naquilo que está se acelerando lá fora, se movendo sem controle, acumulando poder. Olhando para todos eles com essa sensação de momento que se perde, sabendo que ela vai se lembrar deles assim, seus filhos sentados em torno da mesa, percebendo que a roda do caos gira descontrolada. Um dia você está numa casa onde moram seis pessoas, depois vocês são cinco e em breve serão quatro. A porta da cozinha se abre e a garçonete volta e se vira revelando um bolo de aniversário, as chamas das velas rumando para a extinção enquanto ela caminha pelo salão forçando todos eles a cantar, Mark desviando os olhos.

É alguma outra versão de si mesma que ela põe no carro e manda para a rua, mal vendo o caminho, percebendo a agitação do filho no banco do passageiro, ele não tirou os olhos do celular. Existe uma distância, ela consegue ver agora, entre as coisas como elas são e as coisas como elas deveriam ser, ela já não é quem antes era, não é mais quem deveria ser, Mark se tornou algum outro filho, ela agora é alguma outra mãe, as pessoas reais que eles são estão em algum outro lugar. Mark pedala até o futebol e mais tarde vai ligar avisando que vai jantar na casa de um amigo enquanto ela está sentada à mesa com o laptop aberto lendo um ensaio clínico, Larry gritando que quer os chinelos. Eilish não vê o tráfego reduzir de velocidade até ter parado e ela pisa no freio um pouco forte demais e Mark se vira para ela com uma careta e ela não vai nem perceber o filho, em vez disso está olhando para o semáforo fechado, olhando para os plátanos de Londres que ladeiam a longa avenida, vendo que cada árvore está isolada das demais e que apesar disso as versões que elas projetam de si na forma de sombras são lançadas na rua num silêncio enfeitado e cheio de entrelaçamentos. O semáforo abre e ela olha para o filho e os dois se encontram e são devolvidos um ao outro, os olhos dele suavizando e então ele fecha a boca e olha para o celular. Carole Sexton mora em uma casa geminada, grande, de tijolos à vista, a BMW de Jim está estacionada na frente, ao lado do Toyota *hatch* de Carole, por um momento ela espera que os dois estejam em casa. Mark se abaixa perto do carro de Carole e passa a mão pela lateral que parece ter sido arranhada por uma garra metálica, Eilish tocando a campainha. Ela fica pensando na impressão que os dois causam, duas pessoas visitam uma casa numa tarde de domingo, uma visita casual para um amigo, nada de estranho nisso e no entanto ela diz para Mark ficar de frente para a porta, melhor prevenir do que remediar, ela diz. O medo atrai aquilo de que você tem medo, ele diz, você não sabia disso? Eles estão recuando na direção do carro quando a porta da frente se abre. Ali está Carole de pijamas coberta por sono e sombras, seu olhar cauteloso e espantado. Ela olha rápido para um lado e para outro da rua depois faz um gesto para que eles entrem. Os dois seguem por um corredor mal iluminado e chegam a uma cozinha mostarda que cheira a mistura de temperos e canela, Carole limpando a mesa com um pano de prato. Ela destampa uma lata de biscoitos e mostra o conteúdo para Mark. Fiz um bolo fervido de frutas pra você hoje cedo, ainda está quentinho. Mark hesita, depois olha para a mãe. Como pode um bolo ser fervido?, ele diz. Eilish está parada perto da janela olhando para fora, para a grama amarelada e as plantas que enfrentam o inverno, um vestígio de azul na vegetação, ela vê a casinha no fundo do jardim, que precisa de uma demão de tinta. Nada disso é real, ela pensa, nem esta cozinha, nem a edícula no jardim, ela vai abrir a porta dos fundos e em vez disso lá fora vai haver a escuridão cega e povoada de monstros dos sonhos, ela vai acordar e se virar para o lado e Larry vai estar ao lado dela. Carole observa Eilish como se tivesse feito uma pergunta. Desculpa, Eilish diz, se virando, não ouvi o que você disse. Carole arrasta uma longa faca pelo bolo. Ela perguntou se você quer um pouco, Mark diz. Não sei, ela diz, acho que sim, só um pedacinho. Eles tomam café e comem bolo e Carole quer saber sobre a nova advogada. Eilish começa a esfregar as mãos e depois enfia a unha de um polegar na pele. Anne Devlin, ela diz, ouvi falar que é muito boa, faz um tempo que não tenho notícias, ela diz que vai ligar quando tiver alguma novidade, está superpressionada para deixar os casos para lá, recebe telefonemas anônimos no meio da noite. Vão tentar vencê-la pelo cansaço, Carole diz, vão pressionar até onde puderem e quando isso tiver fracassado ela vai ser presa, desculpa soar tão negativa, mas é isso. Carole se levanta e abre uma porta de um armário e pega uma chave. Isso é pra você, ela diz, entregando a chave para Mark. Você precisa tomar cuidado para não ser visto, pode entrar pela ruazinha dos fundos, passar pela porta vermelha, deixei destrancada, estão fazendo a gente se comportar como criminosos, você não acha? Posso ir lá e dar uma olhada? Agora não, Carole diz, você só pode entrar e sair depois que escurecer, coloquei um blecaute na janela para os vizinhos não verem. Eilish olha discretamente para uma foto de Jim Sexton no micro-ondas, um sujeito corpulento, robusto com uma camiseta verde-rugby, ela olha para a edícula. Ele vai vir de bicicleta hoje antes do toque de recolher, tem mais alguma coisa que ele precisa, o lugar é quente, fico pensando o tempo todo que esqueci alguma coisa. Carole ergue a faca. Quer mais bolo?, ela diz, olhando para Mark com um sorriso. Vou levar o jantar para ele depois que escurecer e café da manhã bem cedo, só me diz o que você quer, você tem um micro-ondas, uma chaleira e um aquecedor, eu estava falando com o meu irmão, ele vai vir daqui a duas semanas, vai te enrolar num tapete e te colocar na caçamba da caminhonete, diz que nunca olham a caminhonete quando ele atravessa a fronteira. Eilish pede uma tesoura, põe a mão na bolsa e tira de lá dois celulares baratos pré-pagos e com a tesoura abre as embalagens, copia os números de cada telefone no outro e depois entrega um deles para Mark. De agora em diante, ela diz, vamos usar esses celulares pra conversar, você não pode mais usar o seu antigo, vou tirar de você hoje à noite, Mark está olhando para o segundo telefone, ele sacode a cabeça e empurra o aparelho. E a Sam?, ele diz, como é que vou falar com ela, você espera que eu simplesmente desapareça sem dizer nada? Deixa eu falar com ela e quando atravessar a fronteira você pode ligar pra ela. Ele morde o lábio inferior revelando os incisivos superiores, um deles é menor que o outro, ele está olhando para o chão. Não gosto disso, ele diz, está acontecendo rápido demais, quero falar com a Sam antes de eu ir. E o que você vai fazer, ligar pra ela e bater um papo, você quer que todo mundo aqui seja preso? Eilish suspira e olha para as próprias mãos, as rugas nas juntas dos dedos, ela vê Carole na cadeira, os longos pés nos chinelos, o rosto cansado e fantasmagórico, ela tenta ver a dor da outra e comparar com sua própria. Eilish se vira para o filho, pensando no que mais ela terá de perder, não só um marido mas também um filho, dor em cima de dor gera ainda mais dor, vendo seu filho como se o tempo estivesse suspenso, sua imagem gravada na memória, ele está indo na direção do bolo e cortando seu terceiro pedaço.

Eilish vai pendurar o casaco no cabideiro e vê que Rohit Singh não está em sua mesa. Ele não esteve em sua mesa a semana passada inteira, e é sempre um dos primeiros a chegar no trabalho. Ela ainda está com o casaco nas mãos quando olha outra vez para o lugar onde Rohit se senta e vê que a mesa dele foi esvaziada, nenhum de seus pertences pessoais permanece ali a não ser um grampeador e uns alfinetes de segurança na divisória. Ela pergunta para quem está em volta o que aconteceu com Rohit e Mary Newton ergue os olhos nervosa e ninguém sabe responder. Ela encara a tela sem qualquer expressão, pega o telefone e liga para o celular de Larry. Desculpe, ele diz, não posso atender agora. Ela encontra o número de Rohit em seus contatos e liga, mas a resposta é um sinal de telefone desligado. Alice Dealy anda pelo escritório mexendo num guarda-chuva de golfe, o cabelo desgrenhado, entra na sua sala e fecha a porta e Eilish a segue, entrando na sala sem bater. Cadê o Rohit Singh?, ela diz. Alice Dealy levanta os olhos, mas não responde, ela procura algo na bolsa, depois põe uma escova de cabelos sobre a mesa e por um instante olha fixamente para o objeto. Por favor feche a porta, ela diz. Eilish cruza os braços e dá um passo na direção dela. Você acha que fechar a porta vai fazer alguma diferença? Alice Dealy se levanta com um suspiro, vai até a porta e a fecha. Passei instruções para o Michael Ryan cuidar da conta por enquanto. Então o Rohit foi embora. Não tinha motivo pra te contar. Não tinha motivo pra me contar? Não vejo nenhum motivo que me obrigasse a te informar. Eilish fecha a boca e de repente percebe que está sendo observada pela vidraça. Eilish, ainda não anunciaram, mas me puseram em licença por tempo indeterminado, o cretino se livrou de mim, hoje é meu último dia aqui, um a um vamos tombar, você não acha? Colm Perry vê quando Eilish anda até sua mesa, todos olham para ela, as mãos furiosas enquanto ela tenta encontrar seus cigarros, a bolsa dela cai e Colm Perry a recolhe do chão e vai atrás dela e entram juntos no elevador. Quando Eilish chega à rua o cigarro já está aceso. O Rohit Singh foi preso, ela diz. Colm Perry contrai o rosto e sacode a cabeça e depois olha para ela como quem faz um alerta. Estou com uma ressaca horrível hoje, ele diz, fomos tomar uma depois do trabalho e quando me dei conta já tinha passado do horário do toque de recolher, foi uma trabalheira pra chegar em casa. Ele está fazendo um sinal com a cabeça como se apontando algo para além do ombro dela e quando se vira ela vê a janela do térreo aberta atrás deles.

Bailey está reclamando dos tênis, ela tenta assistir à TV, uma patrulha das forças de segurança foi alvejada de tarde na cidade, dois soldados morreram, durante a noite um tribunal em Cork foi atingido por uma bomba feita com gasolina, ela fica se perguntando o que o noticiário não conta, o governo diz que vai estender o toque de recolher. Quando o celular de contato toca na cozinha, Bailey e Molly vão atrás da mãe, todo mundo quer falar com Mark. O rosto de Molly se iluminou, ela pega o telefone da mão de Bailey e corre até o vestíbulo, fica se olhando no espelho, Eilish olhando da porta. Ela faz sinal para que Molly passe o celular e depois sobe para o quarto. Você continua resfriado?, ela diz, as últimas noites até não foram tão ruins, a C diz que você pode usar o aquecedor o quanto quiser. Por um momento ele não fala e ela não sabe como ler o silêncio do filho. Não consegui dormir hoje, ele diz, não quero estar aqui, tem outros lugares pra onde eu posso ir. Pra onde você pode ir, olha só, a gente já falou disso, é por pouco tempo, tudo vai ficar bem. Você não está me escutando, mãe, por que você não me escuta? Eu estou te escutando, você devia ter visto a cara da sua irmã agora há pouco, ela realmente sente sua falta, o Bailey fala de você o tempo todo, você é muito importante pra ele, você não sabe? Você falou com a Sam? Eu disse pra não usar nomes. Eu perguntei se você falou com ela. Sim, falei. O que ela disse? O que você acha que ela disse, ela está chateada, pobrezinha, ela não entende. Eilish fica quieta por um momento pensando no que não vai dizer, que não vai contar que Samantha apareceu na porta parecendo perdida com um casaco grande, que ela sabia que a menina não tinha dormido nada e que também não vai dormir e que o que fizeram com a menina é o mesmo que fizeram com ela, levar seu homem para o silêncio, e apesar disso ela ficou diante da menina como se estivesse usando uma máscara e não a convidou para entrar. Mãe, você está aí? Sim, estou aqui, falei com ela e disse que você vai passar um tempo longe e que vai ligar assim que puder. Ela se pega inerte perto da porta do quarto dos meninos, a respiração suspensa, a luz azulada passando pelas persianas, essa luz que se move à velocidade máxima e que no entanto recai numa ilusão de imobilidade. A presença de Mark na sala, o edredom ondulado e as gavetas vazias, as roupas sujas dele no chão. Ela cata as roupas e depois se senta na cama com o bolo de roupas no colo, vendo Mark como ele estava na cozinha da Carole, vendo a mão dele na faca, sabendo agora o que ela fez, como ela usou a lâmina contra seu filho para salvá-lo.

Eilish se senta perdida e deslocada diante do laptop à mesa da cozinha, a noite trazida para dentro pela janela aberta, a cidade murmurando para as árvores que sonham. Ela olha para o filho no cadeirão, os olhos que sorriem vêm de um mundo puro e do êxtase afetivo, os cabelos loiros melados por dedinhos cheios de purê de maçã e arroz. A consciência dela passa para as próprias mãos, a leve e quase imperceptível granulação da pele, essas mãos envelheceram e vão envelhecer ainda mais, vão murchar e ficar manchadas e ela puxa a pele e vê a pele voltar suavemente até se acomodar em torno do osso, Molly gritando alguma coisa no andar de cima. Passos trovoam no patamar da escada e Bailey está gritando do vestíbulo. Quando vai até a janela ela vê perto do portão um carro da Guarda Nacional luminescente em amarelo e branco, dois agentes de aspecto sombrio se aproximando da porta. Faz tempo demais que ela ouve esses homens batendo à porta em seus sonhos e não vai dar a eles essa satisfação agora. Eilish anda rápido até a porta da frente sentindo seu triunfo, vendo dois rostos resplandecendo sob a luz enquanto ela faz deslizar a porta rumo à noite úmida, um homem e uma mulher com a mesma postura, espécimes padrão da Guarda vestidas com jaquetas impermeáveis. Os modos da mulher são monótonos e diretos. Boa noite, ela diz, eu sou a Agente Ferris e esse é o Agente Timmons, estamos aqui para falar com Mark Stack. Eilish deixa escapar um sorriso prestativo e olha para o outro lado da rua. Sim, ela diz, Mark Stack é meu filho, mas infelizmente ele não está. Ela observa os olhos da mulher em busca de algo que eles ainda não mostraram, o rosto imperturbável que nada entrega, mechas de cabelo escuras ondulando sob o quepe. A senhora sabe dizer quando ele volta? Meu filho não mora mais aqui. O Agente Timmons passa as costas da mão na boca e depois tira uma caderneta preta do bolso de trás, faz um gesto na direção da casa atrás dela. Podemos entrar por um instante, sra. Stack? Sem pensar ela pegou um mordedor que estava sobre o aquecedor e entrou com ele na cozinha, os agentes logo atrás, ela põe o mordedor na mesa e depois volta a pegá-lo, o coloca na pia e pede que os agentes se sentem. Estou fazendo café pra mim, ela diz, ou será que vocês querem um pouco de chá? Os agentes colocam seus quepes sobre a mesa e o Agente Timmons sorri para a criança e depois abre sua caderneta. Um mandado foi expedido, sra. Stack, o seu filho não compareceu para responder no tribunal, agora temos a obrigação de falar com ele. Ela está de pé com a mão sobre a chaleira e leva um instante para responder, dizendo a si mesma que precisa ser espontânea na frente deles. Um mandado, ela diz, se virando, era isso então, eu vi a carta mas não pensei em abrir, vocês querem leite no chá? Só um pouquinho pra mim, o Agente Timmons diz. A Agente Ferris faz que sim com a cabeça. Eu gosto com bastante leite, ela diz, me conte, este é o endereço oficial do seu filho? Sim, ele morou aqui a vida toda, mas agora se mudou. Seria útil, sra. Stack, se a senhora pudesse nos informar onde podemos encontrá-lo. Molly entrou descalça na cozinha, para perto da pia, leva mais tempo do que o necessário para pegar um copo d'água e depois para atrás de Eilish e passa os braços em torno dos ombros dela, Bailey escutando atrás da porta. Eilish estende a mão até o outro lado da mesa para pegar o açucareiro e o Agente Timmons arrasta o açúcar até mais perto dela, ela está colocando açúcar em seu café quando olha para a própria xícara, jamais tomou café com açúcar. Mark saiu de casa faz duas semanas, ela diz, ele vai estudar do outro lado da fronteira na Irlanda do Norte e vai ficar lá enquanto os problemas aqui continuarem, ele tem só dezessete anos, sempre quis estudar medicina, mas mudou de ideia depois do que o Estado fez com o pai dele, agora quer fazer direito. Ela está sendo estudada de perto pelos dois agentes e os encara de volta, separando ambos os rostos de seus uniformes, é o uniforme que fala, não a boca, é o Estado que fala por meio do uniforme, vendo como cada um deles seria vestido à paisana, você passaria por eles na rua sem olhar duas vezes. O Agente Timmons inspira lentamente e larga a caderneta. Então o que a senhora está dizendo, sra. Stack, é que seu filho não está mais morando no país? Sim, ela diz, é o que eu estou dizendo. Ela vê a mão do sujeito relaxar e um sorriso ameniza o rosto dele. Muito bem então, ele diz, esfregando as mãos, não tem nada pra gente fazer aqui. A Agente Ferris pega uma colher e brinca com ela antes de largá-la. Só entre nós, ela diz, tem muita gente com filhos que foram embora recentemente do país, a senhora precisa saber o que isso significa, jovens como o seu filho estão sendo sentenciados à revelia em cortes marciais por se recusarem a servir nas Forças Armadas, caso o seu filho volte para casa, ou se for encontrado morando no país, há um mandado para que ele seja preso, e nós teríamos que entregá-lo para a Polícia do Exército, mas olha só, enquanto isso, seria útil se a senhora fosse até a delegacia quando possível e desse um depoimento sobre os fatos. O Agente Timmons continua girando a xícara que tem nas mãos e depois solta um suspiro sinalizando que é hora de partir. Ele se inclina para o lado e guarda a caderneta no bolso. Posso perguntar, ele diz, o que aconteceu com o seu marido? Meu marido foi preso pela Guarda Nacional, ela diz, negaram a ele o acesso a um advogado e ele continua detido sem poder recorrer aos tribunais, ele é sindicalista, ligado ao Sindicato dos Professores, e só estava fazendo o trabalho dele, não sabemos dele desde que foi levado, devíamos estar indo passar férias em família no Canadá semana que vem, tem sido muito difícil para as crianças. Enquanto fala ela tem a sensação de estar fora do tempo, sente-se a portadora de algum fardo antigo, tudo aconteceu antes tantas vezes, um olhar de ultraje silencioso crescendo no rosto do agente, a boca dele assumindo um formato de desgosto e então ele sacode a cabeça. Infelizmente a senhora não é a única, ele diz, mas é assim que as coisas são agora, e se eu posso falar entre nós, isso é um desrespeito ao nosso juramento, mas olha só, no que diz respeito ao seu filho, o que a minha colega aqui disse está correto, se a senhora puder ir até a delegacia e prestar um depoimento sob juramento, o departamento estaria informado e nós poderíamos lavar nossas mãos quanto a isso, o caso ficaria arquivado até que o seu filho decida voltar ao país, e claro que ninguém sabe o que vai acontecer, pode não haver problema nenhum a essa altura. Ela está prosseguindo como em um sonho, olha nos rostos que estão diante dela com medo de falar e quebrar o encanto. Eilish se levanta da cadeira com as mãos abertas, a sensação de não ter peso algum, um sino de uma igreja distante batendo as horas.

Eilish está se debatendo para tirar Ben da cadeirinha do carro, o casaquinho dele enroscou na fivela do cinto de segurança e ele grita e agita as mãozinhas no ar com punhos exaustos, o celular dela tocando no painel. Nos olhos da criança ela vê que deixou de ser a mãe para ser uma bruxa malvada e se vira e dá uma bronca em Molly, que escova os cabelos no banco da frente. Quem é no telefone?, ela diz. Pelo retrovisor ela vê uma imagem pouco familiar de si mesma, a bruxa sem maquiagem, Molly se debruçando sobre o banco enquanto o celular silencia. Era só o vovô, ela diz, quer que eu ligue de volta pra ele? A chuva fria e oblíqua enquanto ela atravessa a rua com a criança no colo protegendo o rostinho dele com a mão. Eilish volta correndo de cabeça baixa e faz um gesto de desculpas para dois carros que esperam atrás do Touran estacionado em fila dupla numa rua estreita, ela dá a seta e arranca no mesmo momento em que o celular volta a tocar. Mãe, dá pra atender a porcaria do telefone, Bailey diz. Olha a boca, ela diz, não estou com disposição para lidar com ele agora. É Molly quem estica a mão por cima do painel e atende a ligação. Oi, vô, sou eu, a Molly, o que foi? Eilish olha para a rua sem falar enquanto o pai dela fica em silêncio como se tentasse ouvir todos eles no carro. Sua mãe está aí ou você mesma está dirigindo até a escola? Eilish faz uma careta para Molly e as duas tentam não rir. Sim, pai, estou aqui, estou com as crianças no carro e você está no viva-voz, tudo certo pra sábado? O jeito de ele respirar diz a ela que ele esqueceu, talvez ela tenha que lembrar a ele que dia é hoje, ela para no semáforo e fecha os olhos, se pudesse ela passava o resto do dia descansando. Você viu o jornal?, ele diz, estou presumindo que você não viu. Pai, estou acordada desde cinco e meia da manhã com o Ben e acabei de deixar ele na creche, os dentinhos dele estão incomodando de novo, neste exato momento estou deixando as crianças na escola, não, eu não li o jornal. Ela ouve um único latido alto do cachorro. Não precisa ficar assim, ele diz. Você está falando comigo ou com o cachorro? Você precisa parar no caminho pra escola e comprar o *Irish Times*, página sete. O que foi, pai? Simon está gritando com o cachorro, ela escuta o *plec* do telefone no console e a porta da cozinha batendo, ele está sem fôlego quando pega o telefone de volta. Esse cachorro de merda deu de comer o tapete, ele diz, te ligo depois. Ela reduz a velocidade atrás de uma fila relutante de congestionamento olhando para o céu sem sol, Bailey voltou a puxar o cinto de segurança de Molly que se vira e afasta o irmão com um tapa. Eu já disse pra deixar ela em paz, Bailey. Molly está apontando para frente. Mãe, tem um posto de gasolina ali na frente. Ela preferia não parar, ninguém vai dizer a ela o que fazer, ela atravessa a rua com o carro e para no pátio do posto. O ar zunindo de hidrocarbonetos, o caixa nem olha no rosto de Eilish enquanto recebe o pagamento pelo jornal, está assistindo futebol no celular. Ela para do lado de fora da loja de conveniências e joga o suplemento de esportes no lixo e aí abre o jornal na página sete, não há nenhum texto ali, só um anúncio de página inteira do governo, é um informe público, uma lista de centenas de nomes e endereços em letras pequenas de pessoas que não se apresentaram para o serviço militar. Eilish tira os olhos do jornal e vê Bailey beijando a própria boca no vidro do Touran, ela segura a respiração enquanto passa os olhos pela lista e lê o nome e o endereço do filho. Ela pensa no depoimento que prestou à Guarda Nacional, vê de novo o nome do filho e enxerga nas letras pretas a noite escura que se aproxima, vendo que condenaram o filho dela e o quanto no fim das contas foi fácil, está ali na página sete para todos verem na forma de um anúncio.

Ela está de pé diante da mesa sem memória de ter descido do carro e andado até ali, essa sensação de que seu coração está na garganta. Eilish se vira e pendura o casaco e vai tirar a echarpe de chiffon, mas em vez disso resolve endireitá-la no pescoço. Olhando agora a seu redor para ver se alguém na sala está lendo o jornal, a porta do escritório de Paul Felsner está fechada, Sarah Horgan vem falar com ela, Eilish seria capaz de completar as frases da mulher se quisesse. Sim, ela diz, mas não, lamento, fiquei de almoçar com uma pessoa. Procurando qualquer coisa de desagradável, a boca se contorcendo, um gesto de solidariedade que precisa ser transmitido em silêncio. É nessa hora que o celular de contato toca na bolsa e ela decide ignorar, Sarah Horgan olha para a bolsa, o celular dela está sobre a mesa. Ah, é uma das crianças, Eilish diz. Quando o telefone volta a tocar ela desliga. Ela almoça sozinha num café avarandado vestindo seu casaco de inverno. Não quer comer, só tomar café, soltando fumaça azul de cigarro pelo nariz, pensando que Molly percebeu o cheiro, fez com que ela parasse perto da porta do pátio com os modos desconfiados e alertas de uma mãe. Não seja boba, ela disse, rindo um riso falso enquanto se virava para esconder a boca. Ela está olhando para a tela do telefone de contato dissimuladamente sobre seu colo, tentou ligar para Mark, mas não conseguiu. Vendo o fantasma cinzento de um homem se sentar a uma mesa a seu lado, os dedos de salgueiro que põem um cigarro aceso na abertura da boca, os dedos abrindo o jornal. Ela se vira para olhar para a rua, vendo o mundo passar numa estranha farsa, os pálidos e impassíveis rostos voltando às pressas para o trabalho, na maioria são funcionários públicos, a cada dia mais uma empresa estrangeira fecha as portas e inventa uma desculpa, logo a cidade vai estar esvaziada. Uma mulher ali perto afasta sua cadeira da mesa, calças de corrida *pink* fluorescente por baixo de uma saia formal, e ela lembra que Bailey precisa de tênis novos, lembra que acordou na noite passada depois de sonhar que estava sentada comendo, usando seu sapato como prato, era aquele mocassim vermelho que aperta nos dedões, ela estava sozinha diante do sapato com uma faca e um garfo. Quando volta para o escritório, as pessoas estão na sala de reunião, Paul Felsner convocou uma reunião de estratégia para as duas da tarde, ela checa seu e-mail, não há nenhum convite. Vendo todos dentro da sala de reunião, vendo Paul Felsner entrar na sala com um jornal nas mãos. Algo acorda dentro do corpo dela, sai rastejando pelo plexo solar até chegar aos braços e às pernas, ela atravessa a sala e sente as mãos ficarem frias, ouvindo o som oco de sua batida na porta, pigarreia e entra na sala. Não recebi convite para a reunião, ela diz, você precisa de mim aqui? As persianas fechadas pela metade e Paul Felsner sentado com o braço sobre o encosto de uma cadeira lendo o jornal enquanto a sala começa a encher, ele se vira e olha para ela como se estivesse dentro de alguma interioridade obscurecida e o que ela vê nos olhos dele é que foi pega por ele e está se debatendo. Não precisa se preocupar com a gente neste momento, Eilish. Ele se inclina para frente na cadeira e faz um gesto para que ela saia. Eilish está parada e inútil perto da porta, sua vontade é dizer, sim, mas isso diz respeito a mim, vocês não podem continuar sem mim, ela não consegue abrir a boca, percebe que sua mão toca a echarpe e deixa que a mão caia, a droga da echarpe branca, agora ela pensa que seria melhor não ter usado aquilo, vendo o vestígio de um sorriso que se forma no rosto de Paul Felsner. Ela se afasta para deixar os colegas entrarem e quando vê está na cozinha com uma xícara vazia nas mãos, uma mulher do RH andou reclamando que tem gente deixando pratos na pia, ela deixa a xícara na pia e sai.

Ela anda pela casa ouvindo o filho falar desde o outro lado da cidade, parando na porta do quarto dele, as luzes da rua que iluminam o quarto são o fantasma de alguma lua de inverno. A luz cai sobre a cama e cria um lençol branco translúcido e ela se deita, cintilante e inerte, ouvindo a mente pensar enquanto inspira lentamente. O aquecedor a gás treme e desliga com um clique, ficando em silêncio, e Mark murmura algo, ele diz, não sei mais quem eu sou, estou preso neste quarto mas não é um quarto, é uma prisão, mãe, é isso que esse lugar é, como é que eu vou dormir — já tive duas vezes o mesmo sonho, me vejo sendo levado rua acima como se fosse para um julgamento, ando em meio a uma multidão e a acusação é lida em voz alta dizendo que eu sou culpado e a acusação é de covardia e falsidade, acordei hoje no meio da noite e levantei a persiana e vi as luzes da casa dela, adivinha quem estava na porta da cozinha usando o vestido de casamento, olhando para a edícula, como se soubesse que eu estava acordado, mãe, ela me assusta, uma noite dessas ela veio trazer meu jantar mas não disse uma palavra, só ficou ali parada por um minuto olhando para fora pela janela como se eu não estivesse ali e aí ela virou e disse pra mim, tudo que existe neste mundo é uma mera sombra, e perguntei o que ela queria dizer e ela olhou pra mim e depois sorriu e disse, mais cedo ou mais tarde, você mesmo vai perceber isso. Eilish está apertando a parte de cima do nariz, está com uma dor na base do crânio. Ela abre os olhos e se senta, balança os pés até que eles toquem no chão. Ela não tem direito de falar assim com você, Eilish diz. Mãe, não consigo continuar com isso. Como assim? Mãe, eu sinto falta dele, sinto falta do pai, tentei fazer o que você me pediu, mas não posso mais ficar aqui parado sem fazer nada, tem gente que eu conheço que foi pra luta, entraram no exército rebelde. Mark, ela diz, mas depois fica em silêncio, procura, mas não encontra as palavras certas. Me escute, ela diz, você ainda é meu filho, meu filho adolescente. E o que isso quer dizer?, ele diz. Não sei o que isso quer dizer, quer dizer que não posso deixar que nada aconteça com você. Ela ouve um longo suspiro e depois silêncio estático como se fosse a escuridão de uma chuva que pudesse ser sentida, uma chuva que cai da escuridão e lava todos eles, a chuva escura entrando na boca do filho dela.

Ela se levanta de sua mesa e pega o casaco, enrola a echarpe branca no pescoço e diz a um colega que vai sair mais cedo para o almoço. A resposta quando ela bate na porta de Simon é um grunhido, depois uma voz forte gritando, quem é? Simon veste um pijama azul-marinho, a luz do vestíbulo acesa, acaba de passar de uma da tarde. Ele olha com desdém e vai para a cozinha. Não sei o que você está fazendo aqui, ele diz, eu me viro muito bem sozinho. Pai, só vim dar um oi, tirei uma hora a mais de almoço. Ela apaga a luz da entrada e fica paralisada — entrelaçado à confusão de odores há um odor novo, ela acha que é cheiro de tabaco velho, mas não tem certeza se vem dela mesma. Eilish observa o pai com olhos semicerrados, Spencer reclamando e circundando os pés dele. Pai, quanto tempo faz que você deu comida para esse cachorro? Spencer se vira e olha para ela de boca aberta e ela percebe o que dizem os olhos de obsidiana, uma falta de compaixão que não é típica do cão e sim do lobo. O que você vai almoçar?, ela diz, enchendo com água a chaleira, Simon remexendo com as mãos pequenas uma pilha de jornais sobre a mesa. Almoçar?, ele diz. Não tinha pensado no almoço. Eilish se pega chorando baixinho, puxa uma cadeira e enxuga os olhos e depois olha para o pai e sorri. Desculpa, ela diz, é que fui escanteada no trabalho e não sei o que fazer, tudo está acontecendo tão rápido, aquela notícia nos jornais e o Mark está ficando tão difícil, você sempre sabe qual é a coisa certa a se fazer. Eilish levanta os olhos e vê nos olhos dele uma desatenção flutuante, os olhos torcendo por alguma coisa, Simon surgindo lentamente como se estivesse perdido em pensamentos. Ele vai até a pia e deixa a água escorrer sem lavar nada e depois fecha a torneira. Ao se virar ele olha para a filha como se ela tivesse acabado de aparecer diante dele. Pai, o que eu disse agorinha, você ouviu? O que você quer?, ele diz. Eu disse que te fiz uma pergunta, sobre meu trabalho, sobre o Mark. Ela vê a boca do pai mexendo como se ele estivesse em choque, ele sacode a cabeça e responde à pergunta com a mão, vira e aponta para o balcão. Aquela coisa ali, ele diz, o como-é--que-você-chama, não consigo fazer aquilo funcionar. Pai, você está falando do micro-ondas? Ela se levanta e coloca a xícara lá dentro e aperta o botão de iniciar, vê o aparelho zumbir. Está funcionando normalmente, ela diz, não sei do que você está falando. Essa tristeza repentina enquanto ela sobe as escadas, percebendo que o tempo não é um plano horizontal, mas sim um mergulho vertical rumo ao chão. Eilish para fora do quarto dele atingida mais uma vez pelo odor de tabaco velho, abre a porta e vê na mesinha de cabeceira um cinzeiro velho de latão que devia estar na sala de estar, está pela metade de cinzas ao lado de um maço de cigarros. Ela pega o cinzeiro e conta as bitucas, passa o dedo por um queimado no carpete. Quando entra na cozinha ela está segurando o cinzeiro bem alto, depois o coloca sobre a mesa. O que é isso?, ela diz. Isso o quê? Pai, desde quando você fuma, você está tentando abrir um buraco no carpete, quer tacar fogo na casa? Ele desvia o olhar e cruza os braços. Não sei do que você está falando. Pai, não vou tolerar esse seu comportamento, quando não é uma coisa, é outra, vou ter que falar com o médico. Ele azeda instantaneamente, assumindo o mesmo olhar sombrio do cão. Já disse que vou parar quando estiver pronto. Ela prendeu a respiração por um instante, está olhando para o rosto dele e sente o tremor nas mãos. Pai, você nem fuma, faz trinta e oito anos desde que você parou de fumar cachimbo. A boca de Simon abre e fecha e depois ele olha para a janela como se procurasse algo lá fora. Pai, você sabe me dizer que dia é hoje? Ela observa o pai permanecer inerte, depois ele vira a cabeça num gesto de esperteza lendo o relógio em seu pulso. O olhar quando ele ergue o rosto é triunfante. Dia dezesseis, ele diz. Sim, ela diz, mas de que mês? Simon se recusa a encarar a filha e olha ao redor, se virando para a parede e depois para o cachorro, depois olha para ela com uma expressão rabugenta. Eu não tenho que te dizer nada. Simon volta a virar o rosto para a janela e ela olha para o jardim lembrando a vez em que fez um rasgo no joelho em um pedaço afiado de metal, sendo carregada nos braços dele até o carro. Quanto ao Mark, ele diz, estávamos falando sobre o Mark e sobre o seu emprego antes de você me distrair com essa bobagem, você precisa ver a situação de um jeito realista, a insurreição armada está crescendo no país, tem soldados desertando das Forças Armadas e entrando para o exército livre ou seja lá que nome estão dando para isso, tem desertores sendo baleados assim que são encontrados, o contingente de rebeldes está ficando cada vez mais maior e vai continuar crescendo e é pra lá que o Mark vai, é isso que ele sente que deve fazer, e quanto ao seu emprego, não vai mais existir uma economia daqui a três meses, então na verdade não me preocuparia com isso, agora é a hora de agir antes que eles reforcem a vigilância na fronteira, você precisa levar as crianças para fora do país, ir para a Inglaterra, Eilish, ir encontrar a Áine no Canadá, eles imprimiram o seu endereço no jornal, o seu filho foi alvo de censura pública e existe um mandado de prisão contra ele. Simon está olhando para as mãos e depois sacode lentamente a cabeça de um lado para outro. Você não tem como parar o vento, e o vento vai varrer este país, mas por favor não se preocupe comigo, eu vou ficar bem, ninguém vai criar problema pra um velho.

Ela está avançando lentamente pelo trânsito congestionado sozinha no carro quando atende o celular, são cinco para as nove, ela diminui o som do rádio e ouve a voz de Carole, Eilish, você está aí, alô? Sim, Carole, estou aqui, estou indo pro trabalho, acabei de comprar um salgado e estou com a boca cheia. Olha, não sei como te dizer isso, Eilish, mas o Mark não voltou ontem à noite. O salgado transformado numa pasta dentro da boca, ela se força a engolir e sente como se algo maligno estivesse rastejando garganta abaixo. Você está me escutando, Eilish, lamento de verdade, não sei o que dizer, eu dormi ontem e hoje acordei cedo. Certo, me deixa pensar um instante, vou ligar pra ele agora, tenho certeza de que não tem motivo para desespero. Ela desliga e procura o telefone de contato na bolsa, vasculha lá dentro e depois esvazia a bolsa no banco, pega o celular e digita, uma voz diz que o número que você ligou está fora de área ou desligado. Ela procura um lugar em que possa parar o carro, mas não há onde estacionar ao longo do canal, o trânsito a arrasta até que o carro da frente acende a luz de freio e para, gaivotas dando rasantes no trecho perto da água. No vidro traseiro de um carro à frente ela lê um adesivo que diz A Melhor Defesa É o Cidadão Armado, e logo abaixo o outro adesivo diz, Abaixo a Ditadura do Judiciário. Na bifurcação ela vira e segue para o norte rumo à casa de Carole, dizendo a si mesma que a solução mais simples provavelmente é a certa, ele saiu de bicicleta para ir sabe-se lá aonde e perdeu o toque de recolher, seria arriscado demais pedalar para casa, um carro de patrulha ia fazê-lo parar, ele seria preso na hora. Ela olha para o céu que se amplia em busca de algum tipo de libertação vendo sua fúria voar à sua frente, vendo a raiva voar rumo a uma derrota certa. A cortina da frente se encolhe quando ela estaciona em frente à casa de Carole e um instante depois Carole está parada diante dela parecendo distante, com os braços cruzados. À luz da cozinha ela dá a impressão de ter envelhecido da noite para o dia, os ossos aparecendo sob a pele, água acumulando debaixo dos olhos. Sem uma palavra, Eilish anda na direção da edícula e encontra a porta destrancada, vendo a organização e o caráter definitivo do ato de Mark arrumar a cama e pegar suas coisas e deixar o quarto como o tinha encontrado exceto pela bicicleta encostada na parede.

O celular fica em silêncio na bolsa dela durante toda a tarde e a noite, fica em silêncio enquanto a madrugada passa. Acordando com o sol nascente de um sono que nem de longe era sono, Eilish depara com um silêncio que se transformou numa abstração ruidosa. Ela precisa se levantar e usar uma máscara na frente das crianças, fazendo todo mundo tomar café da manhã, depois apressando a entrada no carro, dizendo a si mesma que não há motivo para alarmá-los. A consciência surge quando ela está no carro como se não tivesse dirigido até ali, algum autômato está ao volante seguindo um caminho decorado enquanto ela está absolutamente fora do tempo, percebendo-se baça e distraída no trabalho, o dia passando sem ela como se ela estivesse sozinha numa espécie de antessala esperando a abertura de uma porta trancada. Logo chega a noite, a noite passa, o telefone em silêncio sobre o balcão da cozinha, parado em sua mão, olhando para ele várias e várias vezes como se a qualquer momento o celular fosse brilhar com a ligação dele, vendo a segunda madrugada chegar. Ela dorme com o celular dele ao lado do travesseiro e escuta seu toque fantasma num sonho, acorda com o telefone silencioso na mão. Ela está descendo a escada, Ben no colo pedindo os sapatinhos dele, quando o celular começa a tocar no quarto e ela precisa ouvir duas vezes antes de acreditar, gritando para Bailey sair da frente enquanto se espreme para passar por ele na escada. Ela fecha a porta do quarto e coloca a criança no moisés. Mark, ela diz, ouvindo uma música baixa ao fundo, murmúrio de vozes, ouvindo uma lenta inspiração e depois o ar saindo, sabendo que ele está com medo de falar, ela quer dar uma bronca e confirmar seu poder sobre ele. Por que você demorou tanto para ligar, estávamos loucos de preocupação, a Carole está enlouquecida, você não tinha o direito de ir embora de lá assim depois de tudo que ela fez por você. O telefone está em silêncio e depois ele deixa escapar um suspiro e pigarreia.

Achei que não era pra falar o nome de ninguém. Agora não tem por que se preocupar com isso. Mãe, ele diz, você quer que eu desligue, é isso que você quer? O mundo desmoronou levando junto a noção que ela tem do quarto, da casa, ela está em um lugar escuro e só o que sente é a respiração dele, sentindo a mente por trás da respiração, se amaldiçoando por ter censurado o menino. Mark, ela diz, estou superpreocupada, podia ter acontecido qualquer coisa com você. Olha só, ele diz, desculpa, mas não consigo fazer isso. Alguma coisa sólida começou a se soltar, é o coração dela deslizando como um pedregulho. Você não consegue fazer o quê?, ela diz. Isso que você me pediu pra fazer, fugir. Não consigo mais seguir esse plano. Então o que você acha que está fazendo agora? Mãe, isso é diferente. Diferente em que sentido, a gente fez um acordo, decidiu que isso era o melhor, o que você acha que vai acontecer se você continuar no país e for descoberto pelas autoridades, eles vão te colocar para ser julgado numa corte marcial fechada onde podem fazer o que bem entenderem com você, podem te levar embora igualzinho fizeram com o seu pai. Ela acha que ele está mascando algo, ouve o borbulhar de um refrigerante e depois a boca engolindo. Olha só, ele diz, estou num lugar seguro. Quero saber com quem você está. Mãe, está tudo bem, prometo que vou manter contato por esse telefone, desculpe ter demorado tanto pra ligar. Ela fecha os olhos, lembrando da sensação de um sonho em que ela andava de um cômodo da casa para outro chamando, mas ninguém respondia e ela não conseguia acordar embora soubesse que estava dormindo, ela abre os olhos e vê sua mão se estendendo em direção ao outro lado de um golfo que os olhos não enxergam e que só se amplia. Mark, ela diz, você é meu filho, por favor venha pra casa pra gente resolver isso, não consigo dormir sabendo que você foi embora, ainda tenho direitos legais sobre você. E que lei diz isso, mãe, já que não existe mais lei nenhuma no país? A voz dele subiu de tom e ela se retira num silêncio. Você está em negação, mãe, você não consegue admitir o que está acontecendo. Sério, ela diz, acho isso totalmente injusto e não vem absolutamente ao caso, você fez um acordo comigo, um acordo que você não respeitou. Olha aí, você continua, ele diz, por que não consegue ver, você só vai ver quando eles baterem na nossa porta e levarem todo mundo embora, um a um. Ben está paradinho encostado nas grades do moisés com a mão para cima, seu balbucio se tornando choramingo. Eilish vai até ele e pega o bebê no colo, acaricia com o polegar a bochecha por onde passam aqueles urros. Eu não posso mais continuar sentado esperando, Mark diz, essa coisa toda está me deixando doente, está deixando a Molly doente, quero a minha vida antiga de volta, quero ter o pai de volta em casa, do jeito que a gente era. Mark, quero que você escute... Não, mãe, você que precisa me escutar agora, quero que você escute o que eu tenho pra dizer, eu não tenho mais a minha liberdade, você tem que entender, não existe liberdade pra pensar ou pra fazer ou pra ser quando a gente se rende a eles, eu não posso viver assim, a única liberdade que me restou foi a liberdade de lutar. Ela desabou de um cume escuro, suas palavras estilhaçadas e se dissolvendo no chão, ela se reorganiza, está indo às pressas em meio à escuridão tentando ver seu filho e a única coisa que ela consegue ver é o ímpeto, o ímpeto dele como se fosse uma luz descorporificada passando diante dela. Ela abre os olhos e devolve Ben ao moisés, anda pela sala puxando os cabelos, percebendo que aconteceu rápido demais, abrir mão de seu filho para o mundo, o mundo tornado um submundo. Mark está em silêncio e ele é uma respiração e ela não sabe como falar com ele. Ela diz, fique seguro, querido, você está me ouvindo, não faça nada estúpido, e deixe o celular ligado, quero poder falar com você. Ele diz, posso falar com a Molly? Ela está lá embaixo, não quero que ela saiba o que está acontecendo, como você acha que ela vai reagir a isso, já não basta o seu pai ter sumido. Olha, mãe, tenho que ir, diz pra ela... Olha, diz pra ela que sinto saudades dela também.

Há uma memória do clima. No céu o auge da primavera, as andorinhas ágeis, os andorinhões-pretos, vendo no retorno dos pássaros os anos que se passaram, o tempo da inocência quando ela presumia que uma fruta seria boa, é o que ela pensa, ela aceitava a fruta da mão que a oferecia e a mordia sem provar, descartando a semente sem maiores preocupações. Ela entra no Parque Phoenix tentando fugir de seus pensamentos, mas os pensamentos são a única coisa que consegue ver diante de si, as árvores de folhas amplas olhando lá de cima. Ela olha para cima pensando no tempo que se passou debaixo delas, como as árvores contam os anos transformando o tempo em anéis na sua madeira, os dias passando e passando e no entanto não é o tempo que escorre, é alguma outra coisa e ela está sendo levada junto. Mais adiante descendo a rua Khyber ela vê Larry nas costas largas de um homem que dá a mão para uma criança e quando o homem se vira perto do porta-malas do carro ela vê a mesma barba avermelhada, olhando enquanto ele ajuda a criança a se sentar na cadeirinha, pensando que foi enganada, que Larry vem vivendo uma vida dupla esse tempo todo e que inventou sua detenção para enganá-la. Ela sobe a ladeira perto do Magazine Fort querendo que isso fosse verdade. Tira com a mão a água de um banco de tábuas brancas e se senta com uma vista para o Liffey, os remadores da faculdade já não mais na água, o ar generoso, foi aqui num desses bancos que ela se sentou com Larry e sentiu chutar a criança que seria Mark, os primeiros movimentos como se a criança estivesse criando asas para sair voando de dentro dela.

5

O ruído se transforma em sono, subindo à deriva em meio a dois mundos ouvindo passos que ressoam no cascalho, um riso sob a janela do quarto como se uma sombra tivesse recebido permissão para sair de um sonho voando. De súbito ela é impelida para o escuro do quarto, a consciência fria e acelerada na corrente sanguínea de que algo atingiu a porta de vidro lá embaixo, ouvindo o som percorrendo a casa num choque oco, o peso lento do corpo enquanto ela corre da cama. O que ela vê lá fora são três homens na calçada, um SUV branco estacionado com o motor ligado. Algo é arremessado contra o vidro da varanda e ela ouve um baque vindo de trás quando a porta do quarto bate na parede, Molly cambaleando rumo aos braços dela gritando algo sobre homens que tentam entrar na casa, ela cobre a boca da menina com a mão e se afasta da janela. Como pode um instante desacelerar e se abrir sobre um campo de outros tempos, ela avança lentamente na ausência de luz em meio a uma escuridão crescente temendo a aproximação de lobos, está chamando a si mesma à distância, mas não consegue ouvir o próprio nome. Algo grande bate novamente no vidro e Molly é atingida, se agarra com força ao corpo dela, deixa escapar um gemido baixinho. Sem pensar, Eilish foi até o moisés e pegou a criança adormecida, ela coloca o bebê nos braços de Molly e empurra os dois para fora do quarto, Molly parando no patamar, ela respira em esforços serrilhados, os olhos frouxos de pânico. Eilish sacode a filha pelos ombros. Pare com isso, ela diz, não tem tempo pra isso, vá pro banheiro e cuide do seu irmão e fique em silêncio. Bailey chegou à porta do quarto esfregando os olhos e Eilish o manda para o banheiro dizendo para os dois trancarem a porta, só saiam quando eu autorizar. Indo na direção da janela do quarto ela consegue ver todos os resultados possíveis à frente, ouvindo o riso lá fora, se eles quiserem entrar era melhor ter deixado a porta aberta, a mão procurando o celular no escuro, ela não se lembra de ter deixado o aparelho perto da janela, a atendente do serviço de emergência falando com voz lenta e firme. Através das cortinas ela vê um sujeito escalar o Touran, braços e garganta enfeitados por tatuagens, outro homem curvado na lateral do carro. O sujeito bate com um taco no para-brisa depois põe seu sexo para fora e urina no carro, o riso simiesco com dentes à mostra enquanto o sujeito fecha o zíper e pula para o cascalho. Do outro lado da rua uma luz acende e depois apaga enquanto o SUV sai a toda velocidade.

Eilish olha a lua atravessar a casa, a luz ferida da aurora chegando a Ben no moisés, a luz deteriorada chegando a Molly, que dorme envolvida no corpo dela como uma criança pequena. A aurora chegou e no entanto o dia fugiu, ela consegue ver isso agora, o quanto é falsa a luz que torna a escuridão imaterial e é a noite que permanece real e inabalada, vendo como ela chamou as crianças para seus braços sabendo que seu consolo era falso, que esta casa não serve como abrigo. Ela desliza para fora do abraço de Molly e vai até a poltrona e se veste sem ruídos, se vira para ver o rosto de Molly acariciado pela luz acetinada, a testa franzida enquanto ela dorme. Olhando pela porta para o quarto dos meninos onde Bailey está deitado na cama de Mark ainda vestindo suas roupas e dormindo sobre o edredom. Eilish desce a escada e sai da casa e pega uma pedra na calçada, para em frente ao para-brisa estilhaçado do Touran, lendo o que foi escrito no capô e na lateral do carro, nas paredes e nas janelas e na porta do pátio da casa, sempre a mesma e única palavra pintada com spray vermelho. Ela está contando tudo isso para Larry como se já fosse um acontecimento passado, uma história moldada pela memória, eles estão no Touran e ela está pegando Larry de sabe-se lá qual o lugar em que ele foi libertado, vendo que ele ficou magro para as próprias roupas, vendo como ele puxa a barba com as mãos, sabendo o que vai despertar no sangue dele, o que está sempre adormecido no sangue de todos os pais, uma violência primitiva que se rompe dentro do homem que descobre que não pôde proteger a família, vai ser melhor se ele não souber. A porta de uma casa se abre do outro lado da rua e Gerry Brennan sai com um saco de lixo preto. Ele larga o saco em uma lixeira com rodinhas e dá uma olhada rápida para a casa e sabe que foi pego, faz um aceno com a mão e passa a tranca na porta e vai na direção dela, um homem velho e ágil de chinelos amarrando a faixa do roupão. Meu Deus, Eilish, o que eles fizeram, você deve ter morrido de medo. Ele se abaixa e pega uma pedra, que esfrega com o polegar. Escória humana, ele diz, Betty chamou a polícia, mas a gente devia estar dormindo quando eles vieram, foi uma algazarra danada. Ela vê os olhos dele lerem a palavra SUBIVERSIVO pichada várias e várias vezes em vermelho, e começa a semicerrar os olhos lendo a palavra e depois olha para ela intrigado. Eu que estou louco ou está escrito errado? Não sei, Gerry, como você acha que eles deviam ter escrito? Espera um instante, não consigo pensar sem os óculos, é isso, aquele primeiro I está sobrando... Eu tenho a impressão, Gerry, que eles escreveram exatamente o que queriam escrever, escreveram com a maior clareza possível, também chamei a Guarda, mas ninguém apareceu, esperei até de madrugada. Ela vê as sobrancelhas resmungonas se erguerem incrédulas e depois afundarem como se um pensamento aparecesse embaçado diante delas no concreto. Este país está virado de ponta-cabeça, ele diz, os agentes da Guarda devem ter tido uma noite ocupada com vândalos desse tipo, analfabetos, a sua casa não deve ter sido a única. Ele passa a mão pela lateral do carro. Você vai ter que levar numa funilaria, ele diz, mas as paredes da casa dá pra limpar fácil, tenho um pouco de tinta branca no galpão que dá conta disso, vou ali e pego, só vai levar uns minutinhos. Ela cruza os braços e olha para o outro lado da rua. Ah, deixe que vejam, Gerry, deixe que vejam o que fizeram com a nossa casa, uma família comum cuidando da própria vida, não é uma bela propaganda de como as coisas andam no nosso país? O sol encontrando uma brecha entre as casas enquanto Gerry se vira e olha para a própria casa. Mesmo assim vou lá pegar. A cinta do roupão soltou enquanto ele atravessa a rua e ele não se dá ao trabalho de amarrar de novo. Eilish vira o rosto para a rua, vendo a sequência de portas fechadas, contando seis casas que estão com a bandeira nacional hasteada nas janelas. Ela está furiosa quando entra em casa, furiosa enquanto procura acetona no andar de cima, antes ficava no armário do banheiro, ela procura o raspador de tinta debaixo da escada, mas só o que acaba encontrando é a humilhação, como se ela estivesse na prateleira diante de seus olhos, a vergonha e a dor e a tristeza se movendo livremente pelo corpo. Sabendo agora que tudo vai se tornar público, que eles vão ser julgados pela comunidade, eles viram o que aconteceu ontem à noite e não vão dizer uma palavra.

As crianças estão vestidas e prontas para a escola, mas não querem entrar no carro. Bailey vai atrás de Eilish na cozinha e vê a mãe pegar as lancheiras do armário, o pão e o queijo e o presunto sobre o balcão. Mãe, ele diz, posso ficar em casa hoje, não quero ir pra escola. Ela tira uma faca da gaveta, que fecha com os quadris. Você juntou a toalha do chão, como eu pedi? Mãe, você escutou o que eu disse? Você não quer ir pra escola. Isso, eu não quero ir pra escola. Certo, e o que você propõe no lugar disso, você não vai ficar à toa aqui o dia todo, assistindo TV até ficar com o olho quadrado, vai lá pegar seu casaco. Ele se recusa a entrar no carro, fica parado no vestíbulo de braços cruzados. Ela sai e coloca o bebê no Touran, fica parada diante do filho, pega a mochila dele e a coloca nos braços do menino e faz com que ele ande até o lado de fora da casa. Quando Eilish volta para dentro Molly está sentada na escada olhando para baixo, batendo os joelhos, ela parece uma menininha que foi dormir com alguma coisa nos braços e quando acordou aquilo já não estava mais lá. Eilish pega o casaco e a mochila. Você não comeu nada de café da manhã, ela diz, vai acabar desmaiando de fome, não quer comer umas torradas no carro? Molly está olhando para além da mãe, na direção da rua, sua voz mal chega a ser um sussurro. E se eles voltarem, mãe, pode ser que eles voltem, e se na próxima vez eles entrarem na casa? O que há nos olhos da filha leva Eilish a se ajoelhar, ela pega a mão de Molly e a acaricia com o polegar. Eles não vão voltar, querida, por que eles iriam voltar, eles já se divertiam, era só isso que eles podiam fazer, eles viram o nome de Mark e o endereço no jornal e quiseram dar um susto na gente, devem ter feito o mesmo em outras casas, vou falar com a Guarda mais tarde e te conto como foi, prometo que a gente vai ficar bem. Enquanto Eilish fala, uma voz dentro dela diz, não minta para a menina, e no entanto ao se levantar ela está certa de ter dito a verdade, agora ela está impaciente, fazendo gestos para Molly sair, pegando a filha pelo braço. A gente vai se atrasar, ela diz. Molly não quer ir no banco da frente e Bailey sai do banco de trás e passa pelo espaço entre os bancos e se senta na frente olhando para uma teia de vidro quebrado. Eilish desliza a porta da varanda até fechá-la e passa a chave, fica olhando para a casa, Gerry Brennan já veio e foi embora e fez um bom trabalho com as paredes, além disso foi bem rapidinho, ele limpou as janelas com acetona, olhando para a casa você jamais iria saber que eles tinham sido julgados, marcados com tinta vermelha como inimigos do Estado. Quando ela entra no carro Bailey está abaixado arrumando a meia, ele lança um olhar severo para a mãe. Você nem pense em chegar perto do portão da escola, ele diz. Eilish dá a partida no Touran e vai para a rua olhando feroz através do vidro, olhando para os rostos boquiabertos em cada carro que passa, a ciclista que olha no semáforo, os alunos da escola que param perplexos e apontam. Ela dirige sentindo a raiva nas mãos, o carro avançando em meio ao tráfego como se movido pelo sangue dela que vai subindo. Eilish dirige e sente uma satisfação pelo julgamento sumário e pela exposição dos crimes deles, deixe que nos espanquem com o olhar, ela pensa, deixe que vejam o tipo de subversivo que nós somos, o tipo de mundo que eles criaram. Molly não tira as mãos do rosto e quando ela fala Eilish não ouve. O que foi, querida? Bailey encarando a mãe com raiva. Mãe, ele diz, ela está dizendo que não quer ir pra escola, está dizendo que quer morrer.

Ela está transtornada com a casa e pouco à vontade em seu corpo, deitada a cada noite com o ouvido atento à rua. Um carro passando pode ser muitas coisas, um baladeiro voltando tarde da noite para casa, ou alguém que acordou cedo para ir trabalhar, ela se vira e descobre Molly dormindo no lado da cama de Larry e não se lembra de quando ela veio. Ela passa o braço em volta da filha desejando dormir, desejando acordar em um mundo diferente. Os agentes da Guarda não vieram, ela ligou para a delegacia três vezes e depois ligou de novo pedindo para falar com o Agente Timmons e fica sabendo que ele foi transferido. Ela sabe agora que houve outros ataques, que aquilo que aconteceu com a casa dela aconteceu no país todo, o para-brisa dos carros golpeados com canos e tacos, vitrines estilhaçadas e fachadas de casas vandalizadas. Há boatos de que alguns dos homens eram membros das forças de segurança, de que alguns eram da Guarda. Que coincidência, não é, Áine diz, isso tudo ter acontecido na mesma noite, uma espécie de telepatia coletiva, estamos vendo vocês toda noite no noticiário, comecei a sussurrar pequenas orações, não consigo evitar, mesmo não sendo nada religiosa, não consigo parar de pensar no Mark. Áine, por favor, não fala dele no telefone. Essa sensação agora de velocidade, de pressão cedendo ao movimento, é como se algum mecanismo sensorial no corpo pudesse ler a sensação de força no ar, dizendo a ela que o calor flui do mais quente para o mais frio, que o gás flui do mais alto para o mais baixo, que a energia cede ao caos e que aquilo que já não tem força suficiente se dispersa. Um carro desacelera e para em frente à casa e ela fica deitada imóvel ainda segurando a respiração, uma porta abre e fecha, a mão dela pegando algo debaixo da cama, ela agarra o martelo de Larry e o carrega ao lado do corpo indo até a janela, um vizinho andando de um táxi até a porta de casa procura as chaves no bolso.

Ela tira o lençol molhado da cama de Bailey e se pega remexendo na gaveta da mesinha de cabeceira dele, sem nem saber por quê. Uma bagunça de canetas e adesivos e soldadinhos de plástico em várias poses de guerra, um deles atira uma granada enquanto outros fazem mira apoiados em um dos joelhos, eram todos de Mark. A mão indo até a parte de trás onde ela encontra um isqueiro, depois mais dois e vê que todos foram tirados de sua bolsa. Ela junta uma blusa com capuz do chão e a leva para perto do nariz, não tem cheiro de fumaça de cigarro, vai saber o que ele está aprontando, ela pensa, vai ver está tentando te fazer parar de fumar. Ela desce a alameda Connell com ele, o ar zumbindo sobre as árvores, vendo a mudança acontecer na postura dele, o jeito ousado e direto de seu caminhar como se ele estivesse provando aquele modo para ver se era do seu tamanho. Eilish toca o isqueiro no bolso e quer falar enquanto os dois olham para um helicóptero militar que passa lá no alto.

O verme está virando, ele diz, você tem medo do verme? Ela está em silêncio, olhando atenta para ele, tentando não franzir a testa. Verme?, ela diz. Isso, o verme. Do que você está falando? Estou falando do verme. O que é o verme? Não sei, é difícil de explicar. Achei que você ia saber. Há uma ruga no rosto dele enquanto fala, a ponta dos dedos percorrendo a planta trepadeira. O verme está se virando, ele diz, está acumulando poder, o verme faz o que quer. Eles pararam perto do café Alamode e ela fica em silêncio vendo o rendado de vidro estilhaçado, conta três pancadas de um taco ou de uma pedra, a janela com um x de fita adesiva. Há um aviso de fechamento obrigatório programado para a semana seguinte colado na porta. As luzes estão acesas, mas o café está vazio, um sujeito despejando grãos na máquina de café se vira e encara os dois com duas expressões no rosto, o sorriso hesitante que não consegue esconder a dor. Ah, Issam, ela diz, o que foi que eles fizeram, achei que talvez você estivesse fechado. Eles falam baixo por um momento enquanto Bailey escolhe onde sentar e depois Eilish se junta a ele perto da janela, ela abaixa a voz e se senta. Quero que você pare com essa bobagem de verme, ela diz, não gosto disso. Mas o verme é um fato, ele diz, ele não está nem aí se você gosta ou não. Olha, vou ser sincera com você, as coisas vão ser difíceis por um tempo, eu realmente preciso da sua ajuda agora. Bailey está girando o saleiro e ela arranca aquilo da mão dele, colocando-o de volta diante dela sobre a mesa. Você continua molhando a cama, ela diz. Meu pé está doendo, ele diz, quero um tênis novo. Vamos comprar um tênis novo amanhã, quero saber o que a gente pode fazer para acabar com essa história de molhar a cama. Eu não faço xixi na cama.

Bailey, quero que você leve isso a sério, você quer dormir na cama do Mark de agora em diante, pode dormir se quiser, você sempre quis ficar perto da janela, ele pode ficar com a cama dele de novo quando voltar pra casa. Ela estuda o rosto franco de menino, a simples presença dele, vendo o garoto como se ele fosse um bebezinho e como ele pode ser na velhice, uma partícula de luz suspensa em uma escuridão atemporal que brilha por um instante, as sardas numa constelação em torno do nariz, os olhos tão familiares e ao mesmo tempo desconhecidos como se a pessoa que vê por detrás deles tivesse mudado, o fato de que ele deve acordar a cada dia numa casa sem pai, o irmão que foi embora do seu quarto. E se ele não vier pra casa? Quero que você me escute, ela diz, o seu pai e o seu irmão vão voltar. E se não voltarem? Não fale bobagem, aonde exatamente você acha que o seu pai vai, e o seu irmão também, quando isso tudo acabar? O verme faz o que quer. Eu te pedi pra parar com isso de verme, você precisa acreditar em mim quando eu digo, eles vão voltar, eu nunca soube de uma coisa mais verdadeira na vida, mas por enquanto a gente tem que continuar com as coisas do melhor jeito possível, você me entende? Sim, ele diz, mas o verme não se importa com o que a gente faz. Então revide, ela diz, pegue o verme pela garganta e aperte o pescoço dele. Ela vê Issam vindo na direção deles com sapatos macios que se arrastam pelo chão. Ela pede ovos e café enquanto Bailey pede um café da manhã completo e Issam olha para o menino e sorri. O que você quer, leite, refrigerante, suco, água? Quero café. Eilish franze a testa do outro lado da mesa. Café? É, já tenho idade agora. Certo, Issam diz, café para o rapazinho.

*

Ela é chamada para uma reunião pelo departamento de Recursos Humanos sem aviso quinze minutos antes do almoço, a mensagem aparecendo na tela enquanto ela está ao telefone. Eilish olha do outro lado do escritório, as luzes estão acesas na sala de reunião, as persianas fechadas, Paul Felsner não está na sala dele. Sem falar nem mais uma palavra ela desliga o telefone e pega a caneca e vai até a cozinha, vendo os colegas distraídos diante de telas, pensando na série repentina de compromissos, nos caras do partido dentro da empresa, em como o regime fechou o cerco. Ela vê a máquina de café jorrando líquido na caneca e depois deixa a caneca na pia. Eilish vai fazer com que eles esperem mais uns minutos, ela volta para a sua mesa e pega o telefone de contato na bolsa e manda uma mensagem para Mark, ela tentou ligar, mas o celular dele está desligado, ele não responde, a última mensagem faz três dias. Uma mão oculta abre uma brecha nas persianas na sala de reunião e o telefone da mesa dela começa a tocar. Ela consegue se ver pegando o casaco e saindo sem falar nada, chamando um advogado, mas que advogado serve para alguma coisa a esta altura, ela anda na direção da sala de reunião vendo seu corpo se movimentar como se fosse uma marionete dirigida por fios. Paul Felsner está sentado na sala à mesa oval ao lado de uma morena anônima do RH, ela entra na sala e puxa uma cadeira e olha para o sorriso vacilante da mulher e depois Paul Felsner diz, obrigado, Eilish, por ter vindo. Ela não olha para os olhos dele e em vez disso vê a boca estreita, os dentes de baixo tortos, as mãos pequenas apoiadas na mesa ao lado do documento que significa sua dispensa. Por um instante ela fica à deriva em sua aflição olhando pela janela, a luz artificial vinda do recesso na parede no ponto em que ela se mescla com a luz emprestada do lado de fora, uma sensação de irrealidade enquanto ela olha para as próprias mãos, ela está ao mesmo tempo triste e furiosa e quer rir do fato de nove anos de sua vida terminarem assim. É aí que ela olha para a morena de alto a baixo, sorri e diz, você precisa que eu te diga como começar? Ela olha para os olhos de Paul Felsner e vê no rosto dele um abismo.

O espelho contém a sala e suas sombras. Contém o rosto dela como se ela estivesse passando pela noite e não pela tarde, as cortinas cerradas, o bebê dormindo no moisés, Bailey gritando no jardim. Ela olha para o espelho e não se reconhece, as mãos procurando o passado na gaveta, a aliança de ouro de casamento da mãe, o anel de noivado com diamante em lapidação pera. Ela sopesa ambos na palma da mão em busca de uma imagem detida na evanescência de sua memória, diante dela o rosto furioso de Áine que, depois, como um fantasma, desaparece. A dor que ela sentiu depois da morte da mãe quando a irmã se recusou a ficar com os anéis. Ela fecha os olhos procurando o passado em movimento, mas o passado só se move como sensação, sentindo diante do olhar irônico da mãe, algo que uma vez saiu da boca amarga dela, caía bem para o seu pai ser casado. Ela olha para os anéis calculando o valor, a mão passando sobre os outros itens que estão sobre a cama, o vaso pesado de cristal, a baixela oval de prata de aniversário de casamento que pertenceu à avó, a colher que foi seu presente de batismo. Um instante de sensações vem de cada objeto e no entanto eles não contêm nada em si mesmos e ela já não tem mais a ver com nenhum deles, aquilo tudo são meras peças herdadas, ornamentos que vivem em gavetas escuras, Molly parada na porta. Não quero que você fique brava, ela diz, recebi uma mensagem do Mark ontem à noite. O brilho nos seus próprios olhos no espelho quando Eilish desvia o olhar da porta. Eu disse para você não ficar brava. Pelo amor de Deus, Molly, o que ele disse? Ele mandou a mensagem à uma e dez da manhã, disse que estava bem, que não era pra eu me preocupar, que ele estava fazendo isso pelo papai. Eilish olha para o canto do cômodo como se estivesse olhando para algum espaço sem som, ela se vira enquanto Molly se senta na cama e acaricia o vaso de cristal de chumbo. Você falou com Bailey sobre o trabalho?, ela diz. Não sei se ele precisa saber disso já. Por que você não pede dinheiro pra Áine? Eu te disse, Molly, vai dar tudo certo. A gente vai ter cordeiro na Páscoa? Sim, a gente vai ter cordeiro embora eu não faça a menor ideia de por que a gente continua celebrando isso. Ela se pega olhando para o espelho do outro lado da sala e quem devolve o olhar é a mãe dela, esse espelho também foi dela, sem dúvida Jean também via a própria mãe e a mãe dela também via a sua mãe. A vertigem repentina continua a falar sua verdade de que o único momento que existe é o agora. Ela coloca a aliança de casamento da mãe no dedo e abre as cortinas que revelam uma tarde sem graça.

A advogada Anne Devlin está subindo a rua à maneira de alguém acostumada a estar em constante movimento, mãos ligeiramente cerradas e olhos voltados para frente enquanto Eilish espera que ela passe. Ela segue em frente e atravessa a ponte da rua O'Connell, a mulher magra num conjunto escuro, mechas de cabelo ruivo presas, entra numa loja de roupas e sai do outro lado na rua Prince e depois entra numa galeria comercial, seguindo-a até a rua Henry onde a advogada espera que Eilish chegue a seu lado. Tantas lojas estão fechadas e no entanto a rua está cheia, a loja de esportes está aberta, o aroma de sorvete italiano atraindo uma fila. Meu assistente desapareceu, Anne Devlin diz, foi para casa sexta-feira e não foi mais visto, um silêncio impenetrável da Guarda Nacional, ele morava sozinho e preciso lidar com os pais dele, meu marido e meus filhos estão apavorados... Uma viciada vestida de moletom passa entre as duas berrando num celular, Eilish olhando repentinamente para o rosto negligenciado de Anne Devlin, os olhos fantasmagóricos olhando a rua e fixados na Medusa. Estou segura, eu acho, por ser um rosto nos canais de notícias internacionais, mas não vai demorar pra eles virem atrás de mim, meus colegas no Centro pediram que eu tire uma licença, meu marido quer que me afaste, ele diz, como vou poder ser útil se eu desaparecer, a única coisa é que vou poder ver com meus próprios olhos para onde levaram todos os meus clientes. Ela pega Eilish pelo pulso e o aperta. Desculpe, Eilish, mas não tenho notícias pra você, vou continuar tentando, é claro, investiguei bastante, tenho canais alternativos que posso usar, mas ninguém sabe me dizer onde o Larry está, simplesmente não sei o que te dizer, precisamos torcer para que ele ainda esteja preso, a única coisa que a gente pode fazer é continuar tendo esperança. O pulso é apertado uma vez mais e depois é libertado. Essa sensação insondável no corpo como se o planeta tivesse desmoronado, ela vê o fluxo infinito de pessoas andando pela rua na sua direção, pensando, quantas pessoas desapareceram? O que eu vejo agora, Eilish, é um buraco negro se abrindo diante de nós, passamos do ponto de não retorno e mesmo depois que o regime cair o buraco negro vai continuar a crescer e a engolir o país por décadas. Eilish anda na direção de seu carro escutando a voz da mulher, vendo as ruas falsificadas e sentindo a falta de fôlego, assustada e sozinha, ela precisa pensar por um momento onde deixou o carro, está estacionado na rua perto do Centro de Estudos Jurídicos, vendo o Touran à medida que se aproxima percebendo que há algo de errado, vendo os pneus cortados, o farol arrebentado, o espelho lateral caído no chão.

Bailey pega o controle remoto e desliga a TV, arremessa o controle até o outro lado da sala onde ele bate no braço do sofá e aterrissa no chão. Ela tentou sorrir enquanto contava para ele que vendeu o carro, o sorriso morto no rosto dela. Como é que a gente vai viver agora?, ele diz, como é que a gente vai pra escola? Olha só, o preço da gasolina explodiu, a gente simplesmente não tem como pagar, você pode ir pra escola de ônibus como todo mundo, a gente vai conseguir. Ele se vira para a mãe com um olhar selvagem e Eilish olha para o rosto dele e não o reconhece, as mãos ao lado do corpo, os punhos fechados, ele olha como se quisesse bater nela. Você fez a gente parecer idiota, ele diz, o que eu vou dizer pros meus amigos? Molly sai da cadeira e para na frente do irmão. Cala a boca, ela diz, é só uma droga de um carro, nada disso é culpa da mãe, você não entende o que está acontecendo? Eilish procura algo sem saber o que é, fica como se tivesse sido apanhada num súbito nada, pega uma revista e logo a solta. O que você fez com a minha caneta-tinteiro?, ela diz, olhando para Molly, quantas vezes eu já disse pra você não pegar? Uma ruga de mágoa molda o rosto de Molly. Por que você está falando assim comigo? Ela joga os braços para cima e corre para a porta, Bailey ainda com raiva diante da mãe. Está vendo, ele diz, esta família é uma piada, e vou te dizer mais uma coisa sem cobrar nada, você também é uma piada, queria que você não fosse minha mãe. Ela fugiu para a cozinha sentindo um mal-estar no corpo, mas ele foi atrás sentindo o cheiro de sangue. Ela para perto da pia temendo o rosto desconhecido, os olhos esfaqueando suas costas, olhando para a chuva lá fora, as árvores se rendendo à chuva e à chegada da escuridão. É aí que ela descobre que o verme engoliu seu filho, ou que seu filho engoliu o verme, ela vai arrancar o verme da boca do menino, virando para encará-lo. Como você ousa falar assim comigo?, ela diz, erguendo o queixo para poder olhar para o filho de cima para baixo. As coisas vão mudar por aqui, você fica aí gritando e agitando os braços mas você tem doze anos e ainda faz xixi na cama e logo vai ter treze anos, você não tem a menor ideia, se você tivesse ideia do que está acontecendo ia fechar a boca. Por um instante ela está segurando o verme em seu punho, segura o bicho que se debate diante dos olhos do menino, um deslize de medo aceso em seus olhos e depois a máscara sinistra cai. Ela vê diante de seus olhos uma criança e quer abraçá-la, mas o rosto do filho se enrijece em desdém. Lá vem você, ele diz, falando essas bobagens de novo. A palma da mão dela atingiu o rosto do menino antes que ela tivesse pensado em fazer isso, e ele olha para ela perplexo e depois toca na bochecha como se para testar se o tapa foi real. Ele dá um sorriso falso e deixa a lágrima escorrer dos olhos e depois os olhos se estreitam como se desafiando a mãe a repetir o que havia feito. Ela está se dissolvendo diante dele, olha nos olhos do menino à procura do filho sem vê-lo ali, vendo agora que ele está indo às cegas rumo a alguma escuridão íntima e pegando algo lá, algum aspecto novo e proibido do menino e do homem se encontrando. É nesse momento que o rosto de Bailey cede e ele chora como uma criança, sacode a cabeça e não aceita o abraço, mas ela o pega nos braços e não deixa que ele saia, sentindo vir de dentro a totalidade de seu amor. Quando ele a empurra, vai até a porta e sai e pega a bicicleta de Mark, atravessando a casa com ela. Aonde você vai com isso?, ela diz. Vou sair. Não vai, não, olha a hora, é quase hora do toque de recolher. Ele continua indo em frente com a bicicleta rumo ao corredor até que ela ouve a porta da frente fechar.

A fila no açougue de azulejos azuis chega a sair porta afora. Passam quinze minutos das cinco e ela está na fila com Ben dormindo no carrinho, vendo todo tipo de clima no céu. Olha para uma nuvem cinzenta a leste que fala a um sentimento dentro dela, olha pela vitrine e vê o açougueiro Paddy Pidgeon e seu filho Vinny que trabalha sem conversar, um longo pulso branco indo na direção de uma bandeja de carne. Ela pensa nas pessoas que precisa contatar para procurar um emprego, tenta não ouvir a conversa na fila, o sujeito batendo com um tabloide dobrado na mão enquanto fala com uma senhorinha, os olhos protuberantes e o jeito inquieto, pode ser o sujeito que treinava o time de futebol de Mark. Acabou pra esses rebeldes cretinos, ele diz, vamos pegar eles igual ratos, o que acontecer agora vai ser decisivo. Ela olha para os próprios pés, pensando no que ouviu na BBC, que a insurreição continua a crescer país adentro, os rebeldes ganharam terreno no sul, a fila avançando lentamente rumo à porta enquanto ela pega a bolsa e conta o dinheiro. O cansaço no corpo todo, ela queria acordar sem sonhos, poder alcançar essa sensação de noite que existe dentro dela e tirá-la de lá, há algo da noite que permanece nela todos os dias, um resíduo que se acumula no sangue, que está nos ombros, nas costas e nos quadris, um dia ela vai acordar de uma noite de sono em que o corpo absolutamente não dormiu. Tinha uma mulher atrás dela na fila mas ela vai embora assim que Eilish passa da porta, um senhor com mãos trêmulas apontando para uma caixa de ovos enquanto Vinny pega uma bandeja vazia que estava dentro da vitrine. Já te atendo, Eilish, só um instante. Paddy Pidgeon olha por cima do ombro e seu olhar passa por cima de Eilish para algo atrás dela, as bacias de plástico com frango ao curry, o freezer aberto, ele coloca umas moedas sobre o balcão e diz algo ao ouvido do filho. Ela vê os dois saírem passando pela cortina de plástico deixando-a sozinha no açougue, ouvindo uma serra ligar, ela quer se deitar e pedir para que serrem seu corpo, sua medula vai ser negra como o piche. Uma senhora entra no açougue e Paddy Pidgeon vem de novo para o balcão e fala com ela. Sra. Tagan, ele diz, como estamos hoje? Eilish lança um olhar afiado para o açougueiro que olha para a mulher mais velha enquanto ela aponta com sua mão enluvada para o vidro. Ele se debruça sobre o balcão e diz, eu só tenho o que eu tenho, sra. Tagan, está todo mundo com problemas de estoque, mas pode ser que eu tenha alguma coisa na semana que vem. Ele gira um pacote de linguiças e depois passa uma fita para fechá-lo e pega o troco da mulher, Eilish indo na direção do balcão, mas Paddy

Pidgeon se vira e sai de novo pela cortina. O movimento lento das tiras de plástico, o calendário religioso desbotado pendurado num prego ao lado da serra, na página do mês errado, do ano errado, ela tenta lembrar o que eles estavam fazendo naquela época, mas a memória não lhe diz nada, estavam indo de carro para a escola e para o trabalho e depois voltando para a escola, um mês cheio de nada parte de um ano cheio de nada. Ela pressiona os dedos contra a borda serrilhada das chaves ao chamar. Não me deixa esperando aqui, Paddy, não tenho o dia todo. Da câmara fria vem o som de uma caixa pesada sendo arrastada e largada no chão. Uma mulher larga entra sem fôlego no açougue e fica com as mãos roliças vendo Paddy Pidgeon passar pela cortina com um floreio de braço. Ele olha para além de Eilish e sorri para a outra mulher. Mags, ele diz, estou quase fechando, me diz rapidinho, o que posso fazer por você? Ela sente seu coração adoecer, vendo o rosto carnudo e suspenso do açougueiro, as mãos vermelhas e bruscas, o jeito de ficar diante dela sem um rosto. Espera aí, Paddy, ela diz, estou aqui esperando há um tempão, você não vai me atender? A mulher se vira com um olhar arisco e depois franze a testa para o açougueiro, que vira as costas e gira um pacote de linguiças. Linguiça, todo mundo quer linguiça hoje. Ele pega o troco e o coloca sobre o balcão, olha a mulher sair da loja e depois se inclina para a vitrine e pega uma bandeja vazia com um suspiro e a leva para os fundos. Da rua vem o som dos passos de uma criança que corre consonantes com os azulejos azuis, o som morrendo na luz amarelada, o cheiro do açougue penetrando o corpo de Eilish, o odor de gordura e sangue misturando-se ao sangue e à gordura do próprio corpo até que ela se sente plenamente tomada pela sensação de morte, um caminhão de entrega de cal parando no meio-fio lá fora.

Eilish estuda o cordeiro, rega-o com uma concha de molho e fecha a porta do forno, ouvindo alguém entrar na sala de estar, olha para além de Molly e vê Samantha parada com as mãos cruzadas diante dela. Mãe, convidei a Sam pra jantar. Ah, ela diz, se forçando a sorrir, Molly respondendo ao olhar dela com um olhar desafiador. Ela pendura as luvas que usa para mexer no forno e vai até a pia, ouvindo as meninas no sofá falando sobre sabe-se lá o quê, essa sensação de pavor pelo filho avivada pela presença da garota, esse medo que conhece todas as partes dela. Ela fecha os olhos e quando volta a abri-los depara com a luz amarelada da tarde que é quase um aroma, vendo um melro roliço debaixo da árvore, vendo o pássaro pleno em seu momento, viver assim, ir e vir sob o céu aberto. Ela tira a travessa de batatas assadas do forno e chama todo mundo para jantar, Samantha parada lânguida perto da porta com as mãos ainda dóceis e mesmo assim feliz por estar entre eles. Eilish estuda a menina ainda sentindo o próprio desprezo, essa sensação de que ela é uma intrusa, é aí que ela busca o olhar de Samantha e sorri, faz um aceno para que ela se sente, vendo agora que as duas foram lançadas, que as duas foram pegas no mesmo desconhecido, sabendo que ambas esperam a mesma coisa do filho dela. Bailey está espiando pela porta do forno. Mãe, você deixou a carne assar demais, vai ficar seca. Ela olha o rosto do menino procurando Larry que falou pela boca dele. O forno está desligado, ela diz, por que você mesmo não tira o cordeiro? Bailey coloca a carne no balcão e depois recua e a analisa, satisfeito consigo mesmo. Molly diz, mãe, achei que você tinha dito que não conseguiu um assado no açougueiro. Tive que ir até Kilmainham pra comprar, está faltando de tudo, você não sabia? A luz amarela se torna dourada e o crepúsculo cai durante o jantar e ela se esqueceu de acender a luz, vendo todos eles serem cobertos pela sombra, vendo Molly como se visse uma criança diferente, como o espírito dela ficou mais brilhante ao lado de Samantha. Bailey toma um pouco de leite e pergunta se o país está em guerra e Eilish estuda o bigode de leite e a pergunta nos olhos dele. No noticiário estrangeiro chamam de insurgência, Molly diz, mas, se você quiser dar à guerra o nome adequado, chame de entretenimento, agora nós somos TV para o resto do mundo. Samantha larga a faca e o garfo perto do prato. Meu pai chama de terrorismo, é o que ele diz, essa gente não passa de um bando de terroristas, eles vão ver o que vai acontecer com eles, ele grita isso para a TV. Eilish desvia o olhar e Molly fica em silêncio olhando para o prato. Este cordeiro está ótimo, vocês não acham, Eilish diz, uma pena Mark não estar aqui. Ela passa a faca pela carne sem cortar, levanta e acende a luz, Bailey observando enquanto ela volta a sentar. Então foi pra lá que o Mark foi, ele diz, se juntar ao exército rebelde? Uma angústia obscura passa pelo rosto de Samantha enquanto Eilish finge com o sal, Bailey limpando a boca com a manga. Não sei do que você está falando, Eilish diz, já te falei, Mark foi estudar no norte. Então por que não posso falar com ele, você acha que sou burro, por que você fala merda o tempo todo? Ele enfia a faca na carne e depois a leva à boca. Ouvi esses dias que três desertores foram executados na rua, um tiro na nuca, pow, pow, pow, ele diz, fazendo uma arma com os dedos. Eilish larga a faca e o garfo e afasta sua cadeira. Eu não quero ouvir esse tipo de conversa, ela diz, Bailey, pode colocar tudo na lava-louça, Samantha, quer ficar para a sobremesa, a gente pode ver um filme na sala. Molly e Samantha entram na sala e Eilish vai atrás das duas, Molly indo para o banheiro no andar de cima, Samantha indo de foto em foto. Eu não quis... sabe, ela diz, a voz à deriva, é que eu não gosto muito do meu pai, acho que ele é um maluco cheio de teorias da conspiração. Eilish está procurando algo que permanece escondido no rosto da garota, o aparelho nos dentes, os modos calorosos porém inescrutáveis. E a sua mãe?, ela diz. Não sei, Samantha diz, acho que ela só repete o que ele diz, me conta, faz quanto tempo que vocês moram nesta casa? Ah, deixa eu pensar, a gente comprou um pouco antes do Mark nascer. Ela diz, você teve notícias dele, não teve, está escrito no seu rosto. Num instante ela consegue ver através da dor da menina, vendo a dor como quem vê uma chama nua, a garota cruzando os braços e olhando para a porta quando Molly entra. Ela olha para a mãe e depois para Samantha, põe as mãos nos quadris. O que está acontecendo?, ela diz. Eilish entrando na cozinha. Quem quer sobremesa?, ela diz, tem fruta em calda e sorvete, Molly, você escolhe o filme.

Ela está à espera do bonde à margem do canal quando o ar começa a se expandir. Eles permanecem no ar noite e dia como se a cidade estivesse tomada por uma praga de insetos, helicópteros militares abarrotados e escuros, ela já nem percebe mais. Um senhorzinho parado ao lado dela protege os olhos e olha para o alto. Nunca dá para saber se eles estão indo ou vindo, ele diz. Ela olha para o rosto de quem espera e o que vê é mera indiferença anestesiada, olhos vidrados diante de celulares, duas mulheres retomaram a conversa enquanto uma garotinha pula amarelinha na calçada. Ben franze o rostinho por causa do sol e ela abaixa a capota e vê o sorriso do senhorzinho e baixa o olhar vendo os sapatos pretos gastos dele com os cadarços desamarrados, o bonde soando o sino ao se aproximar da junção. O sujeito continua olhando para o céu e diz algo com uma voz aveludada, e ela diz, desculpa, não entendi o que o senhor disse, ela está apontando para os sapatos, o seu cadarço está desamarrado. O sujeito se inclina na direção dela e aponta para o céu. Cinco são prata, seis são ouro, se forem sete já é mau agouro. Ela se vira desviando o olhar do estranho sorriso do homem e olha para o canal atrás dela antes de embarcar no bonde, um cisne deslizando brancamente em meio a vincos solares.

Quando Carole Sexton sobe as escadas do velho café, Eilish finge não tê-la visto. Ela estuda o vitral na janela e depois finge estar surpresa. A mão melancólica que desloca a cadeira, o sorriso doído que desloca a boca vem pintado com o sorriso de um palhaço. Carole deixa a bolsa no chão e olha cautelosa em volta no mezanino, os murmúrios e as conversas distraídas, a garçonete andando entre as mesas, os longos cabelos brancos e macios de uma senhorinha que pega um bolinho com o indicador e o polegar enquanto lê um jornal dobrado ao meio sobre o colo. Sempre gostei deste lugar, Carole diz, mas não vim muito desde que eu era estudante, não mudou nadinha, a pessoa se sente conservada, você não acha, dentro de um tempo que não existe mais, aqueles vitrais, é como se nada existisse lá fora...

Eilish está estudando uma mulher de trajes vermelhos no vidro decorado e não tem a menor ideia de quem ela deveria ser, um ícone de alguma donzela falsa e mitológica cantando sua liberdade. Ela chama a garçonete perguntando o que Carole quer, pensando que deveria ter escolhido outro lugar para o encontro, o Parque St. Stephen's Green debaixo das árvores refrescantes, Carole gira a aliança de casamento. Em que Zona te puseram, Eilish? Estamos na Zona D, pra mim parece tudo arbitrário. Estou na Zona H, são tipo distritos postais, bairros, com certeza daqui a um tempo vão achar até chique, tentei atravessar a cidade pela autoestrada pra ir te visitar mas colocaram barreiras nas pistas na M7, veículos blindados, soldados, dá pra ver claramente que eles estão nervosos, não é, os rebeldes estão bem mais perto da cidade, me mandaram voltar, disseram pra pegar a pista de retorno, o sujeito foi supereducado, conheço uma pessoa que pode conseguir pra mim uma dessas cartas de trabalhadores essenciais, vou poder ir aonde quiser. Eilish está tentando ver qual teria sido a aparência de Carole aos vinte anos, com um longo pescoço e arqueada, um cisne altivo em meio aos estudantes do sexo masculino, vendo agora a mão inquieta cutucando a cutícula do polegar, a blusa amarrotada com manchas, as pálpebras vermelhas e inflamadas, os olhos fixos ligados a alguma corrente de pensamento que a mantém acordada a noite toda. A mulher trouxe algo com ela, um pavor ondulante que passa do corpo dela para o ambiente. Consegui uma carta dizendo que sou a cuidadora principal do meu pai, Eilish diz, mas levou um tempo, ele está piorando e não se dá conta da doença, às vezes parece que ele suspeita de que tem alguma coisa errada, mas não consegue olhar para a própria mente e aí começa a suspeitar de algo do lado de fora, se o problema não é ele então o problema é o mundo, sempre tem alguém pra pôr a culpa. Carole levanta os olhos quando a garçonete se aproxima com uma bandeja e coloca as bebidas na mesa e depois sorri e se afasta rapidamente. Parece que faz uma semana que você não dorme, Eilish diz, você tem dormido? Dormir, Carole diz, a voz dela distante, num tempo longínquo, ela olha para Eilish no outro lado da mesa sem a ver. Não durmo muito, ela diz, sonho toda noite com um sono sem ruídos mas isso é impossível agora, precisei de um tempo para entender que eu já estava adormecida num certo sentido, sabe, que estava adormecida o tempo todo em que achava que estava acordada, tentando ver o problema diante de mim como uma grande escuridão, esse silêncio consumindo todos os momentos da minha vida, achei que ia enlouquecer olhando para aquilo, mas aí acordei e comecei a ver o que estavam fazendo com a gente, a genialidade daquilo, eles tiram algo da gente e substituem pelo silêncio e você é confrontada por aquele silêncio durante todos os momentos em que está acordada e para de viver, você deixa de ser quem é e se torna uma coisa diante desse silêncio, uma coisa à espera do fim do silêncio, uma coisa de joelhos implorando e sussurrando para aquilo a noite toda e o dia inteiro, uma coisa à espera de que aquilo que foi levado seja devolvido e só aí você vai poder retomar a vida, mas o silêncio não acaba, entende, eles deixam em aberto a possibilidade de que aquilo que você quer vai ser devolvido um dia e aí você continua reduzida, paralisada, cega como uma faca velha, e o silêncio não acaba porque o silêncio é a fonte do poder deles, esse é o sentido secreto. Eilish cruza os braços e se recosta na cadeira, vendo Carole pôr a mão na bolsa, ela põe uma pasta sobre a mesa. Está claro a esta altura que eles vêm mentindo pra gente, Carole diz, que o silêncio é permanente, que nossos maridos não vão voltar, que eles não vão ser devolvidos porque eles não podem ser devolvidos, todo mundo sabe disso, até os cachorros na rua sabem disso, então vou resolver as coisas por conta própria... Ela abre a pasta e tira de lá uma pilha de papéis xerocados, uma imagem colorida de Jim Sexton com as palavras RAPTADO E ASSASSINADO PELO GOVERNO, as letras miúdas debaixo da foto detalhando os fatos do caso. Eilish rapidamente afastou sua cadeira e fecha a pasta sobre a mão de Carole. Você endoidou?, ela diz. Sem pensar ela está olhando ao redor na sala, a garçonete se inclinando sobre uma mesa colocando xícaras e pires, a velhinha dobrando o jornal. Você tem que parar com isso, Carole, você vai ser presa, você vai me levar presa junto, eu tenho que pensar nos meus filhos... Carole leva uma xícara aos lábios sem baixar os olhos, um olhar de quem sabe coisas secretas que contrariam os fatos. Eu sei que você sabe, Eilish, não faz sentido tentar continuar escondendo, todas nós sabemos, eles não estão em Curragh, foi isso que os rebeldes disseram quando tomaram o lugar, eles nunca nem foram pra lá pra começo de conversa, então onde você acha que eles estão? Eilish não tem para onde olhar e por isso fecha os olhos, o coração batendo de um modo estranho. Não é o que ela vê no escuro de seus olhos, mas o que ela sente, a sombra de algo colossal prestes a arrebentar sobre ela, o terror de ser forçada a descer até a escuridão, descer mais e mais, ela abre os olhos e olha para cima em busca de ar, olha para as escadas e depois se vira para Carole, invocando sua fúria. É aí que o dia se expressa num brilho repentino atravessando o vidro decorativo, recaindo sobre Carole em cores floridas como se ela estivesse sendo iluminada a partir de dentro, o rosto dela radiante com a memória do amor que sentia pelo marido. Olha, Carole, já chega, não vou dar ouvidos a boatos que a gente escuta na rua, isso faz mais mal do que bem, ninguém sabe de nada, a ausência de fatos é absoluta, você parou de acreditar, é só isso, mas você precisa continuar acreditando, não pode haver desespero onde há dúvida e onde há dúvida há esperança. A mão dela procura a manga do casaco mas a manga está do avesso e ela se lembra de Larry perto da porta, olha de novo para as escadas sentindo o próprio pânico, pega o casaco e abre a bolsa, coloca uma nota sobre a mesa. Toma aqui, ela diz, isso deve dar pra pagar tudo. Uma mão de unhas roídas atravessa a mesa e afasta a cédula. Então, Carole diz, como ele está se saindo, o seu primogênito, ele está te deixando orgulhosa? Eilish para de fechar o zíper do casaco, vê no rosto de Carole um sorriso indefinível. O que você disse para o meu filho?, ela diz, o que você falou pra ele? Os olhos cintilando de conhecimento secreto, a longa mão subindo no ar para dar um tapinha sonhador em Eilish como se para desdenhar dela. O seu filho vai te deixar orgulhosa, ela diz, ninguém vai parar os rebeldes, eles vão expulsar os assassinos e acabar com este terror, o sangue deste país vai ser depurado de uma vez por todas, anote o que eu estou te dizendo, vai ser uma linda guerra.

6

Eilish coloca um saco de lixo sobre a tampa da lixeira com rodinhas e olha para os dois lados da rua, as lixeiras pretas não são recolhidas há três semanas, uma gaivota se alimenta de um saco preto deixado contra um muro, rasgado durante a noite por um animal, talvez uma raposa, o conteúdo se espalhando pelo chão. Ela espanta a ave e bate palmas enquanto a gaivota a estuda com um olhar pétreo e depois abre o bico revelando uma goela voraz e escura. Ela vai subir as escadas e preparar um banho para Molly, esquenta uma caneca de leite e procura achocolatado em pó no armário enquanto escuta o noticiário estrangeiro, os rebeldes obrigaram as Forças Armadas a recuar, o combate logo deve chegar a Dublin. Ela fica perto da porta do quarto vendo Molly apoiada num travesseiro com os joelhos no peito lendo seu celular. É como se ela tivesse se apartado de todos eles, quase uma estrangeira, como alguma outra criança em outra casa, a garota mal pronuncia uma palavra agora. Eilish coloca o chocolate sobre a cômoda e pega um velho ursinho de pelúcia, vendo que ele está cego, os olhos substituídos por botões, ela não se lembra de ter costurado aquilo. Tome seu chocolate enquanto está quente, ela diz, vou preparar um banho pra você. Molly ergue o rosto deixando de olhar a tela e olha para a mãe com olhos de água límpida. Mãe, ela diz, quero que você ouça, a gente precisa ir embora, a gente precisa ir embora antes que seja tarde. Eilish está olhando para baixo na direção de seu pé direito que se liberta do sapato, o peso do corpo sustentado pelas pernas, o peso do mundo sustentado pelos pés, os metatarsos absorventes, os dedos macios castigados o dia todo, ela quer que Larry faça massagem nos seus pés e depois ela vai tomar um banho. E o seu avô?, ela diz, quem vai cuidar dele, ele está piorando dia a dia, e o que o seu pai vai fazer se ele for libertado sem que ninguém seja avisado, você não pensou nessas coisas. Molly pega o chocolate quente, envolve a caneca com as duas mãos e depois dá um golinho fechando os olhos. O pessoal da escola foi para a Austrália, para o Canadá, teve gente que foi pra Inglaterra... E pra onde a gente iria, a gente não tem pra onde ir, ir pra outro país custa caro. A gente podia ir pra casa da Áine e esperar o pai ser solto, você podia pedir um visto acadêmico. Molly, o governo não quis dar um passaporte para o Ben, também não aceitou renovar o do Mark, você sabe de tudo isso. Ela se pega no banheiro encaixando a tampa no ralo da banheira, deixa escorrer a água quente e testa com o dedo e gosta da aguda reprimenda, volta até Molly com os braços cruzados, começa a alisar o edredom. Olha só, ela diz, eu não sou estudante há anos, e além do mais, isso não vai durar muito tempo, a gente não mora num canto obscuro do mundo, você sabe, a comunidade internacional vai negociar uma solução, tem conversas acontecendo agora mesmo em Londres, é assim que funciona, primeiro eles fazem alertas pesados e depois vêm as sanções e quando as sanções não resolvem colocam todo mundo em volta da mesa, vão negociar um cessar-fogo qualquer dia desses. Algo no olhar de Molly entra livremente nos pensamentos de sua mãe, ela está andando de um lado para o outro, separando a verdade da mentira, Eilish é forçada a desviar o olhar. Mãe, o que vai acontecer com Mark? Eilish está se virando para ir até a porta e para. Mark?, ela diz, eu não sei, como é que eu vou responder isso, ele vai ficar bem, eu sei disso, tenho que levar seu avô pra uma tomografia amanhã, vai demorar um tempão pra fazer ele sair da casa, você sabe como ele é. Mãe, tentei ligar para o celular dele, o celular do Mark, o número foi desconectado. Algo passou pela boca de Eilish, ela está andando pelo quarto catando as roupas do chão, está parada no banheiro encarando a água fumegante, o que sobe e se dissipa, o que ganha expressão a todo momento e no entanto não se pode conhecer, essa sensação sempre de possibilidade fazendo surgir a esperança. Ela quer entrar no quarto e pegar as mãos de Molly e dizer que tudo vai ficar bem, permanece diante do cesto de vime e joga as roupas sujas ali e se sente caindo dos próprios braços, essa sensação de que todos eles estão caindo rumo a algo que não pode ser definido por nada que ela conheceu ao longo da vida.

Ela conhece o cômodo do outro lado da porta, os movimentos do médico eficientes, semelhantes aos de um pássaro, seu pai sentado ao lado dela alisando os vincos das calças. Eilish quer passar as juntas dos dedos pela face com a barba branca que começa a crescer, pegar a mão dele, mas não faz isso, ele já disse duas vezes que preferia estar em casa. Ela lê a tarja no jornal da TV estatal, as manchetes falam de coisas comuns, um mundo que pertence ao passado ou a um presente que vive num estranho paralelo, em um mundo se anunciam novas nomeações para cargos e cortes orçamentários, em outro há rumores de assassinatos em massa por forças do governo, civis presos e executados, a recepcionista atrás do vidro toma um gole de chá do copo descartável. Pai, ela diz, quero que você venha morar com a gente quando tudo isso acabar, não quero você morando sozinho, também vai ser bom para as crianças. Estou absolutamente feliz onde estou, ele diz, morei sozinho a vida toda desde que a sua mãe morreu, se eu fizer isso você e sua irmã vão vender a casa, sei como vocês duas são. Pai, do que você está falando, quem é que vai comprar uma casa agora com tanta gente abandonando o país, você pode levar o cachorro junto, a gente pode fazer um canil nos fundos... Já te disse, estou dando conta, tenho comida, se precisar de alguma coisa paro na sra. Doyle quando for andar com o Spencer. Pai, a loja da sra. Doyle fechou faz pelo menos vinte anos. Ela se levanta da cadeira e olha para ele. Preciso de um café, ela diz, vi uma máquina de bebidas em um corredor lá atrás, quer chá? A que horas a gente volta?, ele diz, eu te disse que não gosto do ônibus. Ela está olhando para a pintura atrás da cabeça de Simon enquanto ele dá bronca nela, o repentino desabrochar das peônias. Pai, perguntei se você quer chá. Simon faz que não com a cabeça enquanto ela se agacha perto da criança no carrinho, colocando as costas da mão na bochechinha rosada, o queixinho dobrado sob o lábio superior. Não vou demorar, ela diz, pegue a mão dele se ele acordar. A porta vermelha balança e se fecha depois da passagem dela enquanto ela anda por um longo corredor, a máquina de bebidas não fica onde ela imaginava, ela para perto da mesa do segurança e pede informações, ela entendeu tudo errado, a máquina fica perto da entrada do hospital. Eilish está parada diante da máquina à procura de moedas quando o telefone começa a tocar. Sim, ela diz, aqui é a sra. Stack, a voz feminina se apresentando como alguém da escola de Bailey, ela não entende o nome, uma secretária sem dúvida. Sra. Stack, seu filho vem se ausentando das aulas várias vezes nas últimas duas semanas, colocamos um aviso na mochila dele para que a senhora assinasse e ele devolveu com o que parece ser uma assinatura falsificada. Um sujeito parado atrás dela começa a se irritar, ela se vira e murmura desculpas e se afasta da máquina. Desculpe, ela diz, isso é novidade para mim, eu vinha levando o Bailey para a escola, mas ultimamente ele tem ido de ônibus, vou descobrir hoje à noite o que está acontecendo. Sra. Stack, houve um incidente na escola na semana passada envolvendo o seu filho. Um incidente, que incidente, por favor, me chame de Eilish. Aconteceu na sala de aula, o seu filho estava claramente violando a política de fala e assédio da escola. Lamento saber disso, o que ele fez? O seu filho se envolveu num riso inadequadamente direcionado e... Desculpe, não entendi o que isso quer dizer. Quer dizer, sra. Stack, que Bailey estava tirando sarro da professora, interrompendo a aula, esse tipo de comportamento vai contra as regras da escola. Sim, claro, entendo, mas acho estranho, o Bailey gosta muito da sra. Egan, ela não parece do tipo que leva desaforo pra casa. A sra. Egan não está mais na nossa escola, sra. Stack, ela foi posta de licença por tempo indeterminado em março, eu respondo agora por todas as funções da direção. Eilish fica em silêncio por um momento vendo a sra. Egan sendo escoltada para fora da sala de aula, tentando imaginar o rosto da pessoa que fala com ela ao telefone, percebendo os vagos contornos da mulher, uma boca pequena e um rosto fino. Desculpe, ela diz, eu não sabia sobre a sra. Egan, Bailey não me disse, não entendi o seu nome a propósito quando a senhora se apresentou no começo da conversa. Meu nome, sra. Stack, é Ruth Nolan... Por favor, me chame de Eilish, então quem é a professora do Bailey agora? Eu estou dando aulas para a turma da sra. Egan. Ah, então a senhora é a professora de quem ele riu. Infelizmente, sim. Então por que ele riu da senhora? Quero que a senhora compreenda, sra. Stack, que o riso dele foi inapropriado e que vai... Sim, sim, eu sei, mas preciso perguntar, a senhora dava aulas há muito tempo, sra. Nolan, antes do partido colocar a senhora como responsável pela escola? Eu não vejo o que isso tem a ver. Se o meu filho estava rindo alto tenho certeza de que ele viu algo que fez ele rir, como se isso fosse um crime, pelo amor de Deus, vou falar com ele quando ele chegar em casa sobre estar matando aula, mas por enquanto, se a senhora não se importar, eu tenho que ir. As mãos dela tremem enquanto coloca as moedas na máquina de bebidas, ela cruza os braços e vê a máquina roncar expelindo café, ela paga novamente e escolhe chá para o pai, ele disse que não queria chá, vai tomar chá mesmo assim. Vendo o rosto do filho em sua frente enquanto ela anda pelos corredores desejando um cigarro, ela virou num lugar errado, a placa da clínica da memória fica do outro lado. Quando empurra com os ombros a porta vermelha ela vê Ben sozinho no carrinho, Simon não está na sala de espera. Ela bate no vidro da recepção e pergunta se o pai foi chamado, talvez ele tenha ido ao banheiro?, ela diz. Ela coloca as bebidas quentes no banco e destrava o carrinho e o empurra de ré passando pela porta. Eilish se encosta no banheiro dos homens e chama pelo pai, fala com um segurança perto da entrada do hospital, o sujeito fala no seu rádio, um segundo segurança chega e pede uma descrição do pai dela, enquanto fala ela diz coisas para desculpar Simon, olha, ele provavelmente só saiu para dar uma volta e se perdeu, pode ser que ele encontre o caminho de volta. Quando ela encontra o pai ele está na cantina sentado debaixo da televisão com um sanduíche à sua frente. Ele pega uma jarra de aço inoxidável e se serve de leite. Ela se senta na cadeira em frente à dele e coloca as mãos sobre a mesa e olha na direção dos olhos do pai enquanto ele se recosta e parece intrigado com ela. Então você decidiu almoçar, ela diz. Estou fazendo uma boquinha enquanto sua mãe não sai da consulta, ele diz, você devia pegar um sanduíche enquanto a gente espera. Ele sorri agora e por um instante ela é uma criança, olhando o pai comer, a língua cor-de-rosa fazendo rolar um camarão que ia escapando, uma mancha de maionese no canto da boca. Ele está à procura de um guardanapo de papel quando ela lhe entrega um e ele limpa a boca e depois estende a mão e aperta a bochecha da filha. Não se preocupe, ele diz, vai ficar tudo bem. Ela olha para o rosto do pai tentando retribuir o sorriso, vê as mãos dele, algo semelhante à areia na pele enrugada como se a maré tivesse ultrapassado as juntas dos dedos dele.

Mais um decreto é anunciado no noticiário, ouvir ou ler jornais de fora do país foi proibido, canais de notícias estrangeiros foram proibidos e a internet deixa de funcionar a partir de hoje. Isso é ridículo, Bailey diz, como eles podem desligar isso assim do nada? Eu não sei, querido, eles podem fazer o que bem entenderem, eles querem controlar o fluxo de informação, não querem que a gente saiba o que está acontecendo. E o que eu vou fazer agora, como é que eu vou viver? Você precisa se vestir pra escola, vou com você no ônibus, sua jaqueta está na cadeira, a internet pode não voltar por um tempo. Bailey está olhando dentro da geladeira. Não tem leite pro meu cereal, ele diz, proibiram isso também? Tinha um monte de leite ontem, você que toma o tempo todo. À noite ela pega a escada portátil e encara o ático às cegas, sobe, o estreito raio de luz da lanterna em busca de uma lâmpada, parece que não tem nenhuma. Ela vai ter que ter uma palavrinha com o Larry, que é o responsável por levar as coisas pra cima e pra baixo, o ático é obrigação sua, você não pode esperar que eu suba aqui só com uma lanterna quando você não está. A luz da lanterna mostra onde Mark enfiou a árvore de Natal e as caixas de decoração. A bagunça que ele fez no meio dos sacos de lixo cheios de roupas velhas, os brinquedos das crianças em caixas, malas cheias de peças e parte de objetos maiores e todo tipo de coisa que ela teve medo de jogar fora. Ela pega uma mala velha e abre o fecho percebendo que não quer olhar o que há lá dentro, quando olha ela depara com o que não quer ver e fecha a mala, imobilizada em meio ao cheiro flutuante de poeira. Essa sensação de que o ático não pertence à casa mas que existe por conta própria, uma antessala das sombras e da desordem como se o lugar fosse a casa da própria memória, vendo os vestígios de versões deles mais jovens, a pessoa que ela foi dobrada, empacotada em caixas, fechada e descartada, perdida em meio à barafunda de outras pessoas desaparecidas e esquecidas, a poeira se assentando sobre os anos da vida deles, os anos da vida deles lentamente se tornando pó, o que vai sobrar e quão pouco se pode saber sobre quem fomos, num piscar de olhos todos teremos partido. É aí que ela depara com a sensação de que Larry está ao lado dela, ela se vira para olhar e o que vê é seu luto, ela cerra as mãos e as sacode, dizendo para si mesma que aquilo que Carole falou não pode ser verdade, ninguém mais sabe o que é verdade, dizendo para si mesma que o que ela sente não é luto, tem de ser alguma outra coisa, a luta é o luto trajado com as roupas da esperança. Eilish precisa fugir pelo alçapão para a luz do dia, ela abre a mala tirando o que viu, um bracelete de couro que pertence a Larry. Ela está de pé imóvel ainda sentindo o bracelete com a ponta dos dedos, à procura de quem os dois foram, Molly está chamando do pé da escada e ela se lembra do que veio fazer aqui, o rádio portátil está numa velha sacola plástica, ela passa o aparelho para a filha lá embaixo. Ela leva o rádio para a mesa da cozinha e limpa-o com um pano, Molly olhando por trás dela. O que você está fazendo com isso?, ela diz. Quero ouvir as notícias, as notícias de verdade dos jornais estrangeiros, não as mentiras que contam pra gente aqui. Não, não o rádio, essa coisa no seu pulso. Ah, isso era do seu pai. Ela toca o bracelete e estica a antena até o limite e liga o rádio, mal dá pra acreditar que as pilhas ainda funcionam, a cozinha se enchendo com a cálida estática enquanto ela mexe no dial passando pela frequência de ondas longas, um estranho silvo elétrico se reduz a um ruído que pertence à infância dela, a cidades distantes soando à noite em línguas estrangeiras. Molly passa a mão pelo acabamento cromado do rádio. Imagino que a gente vá viajar no tempo agora, ela diz, logo todo mundo vai estar andando de bicicleta, lavando roupa à mão e chamando o jantar de ceia, não sabemos mais quem somos, não consigo me imaginar como alguém sem internet. Há luz nos olhos de Molly, uma cintilação de felicidade oculta em seu coração, Eilish tira o bracelete de couro do pulso e o entrega para a filha. Ele vai querer que fique com você, ela diz, só não conte pro seu irmão, por falar nisso onde ele está, já está quase na hora do toque de recolher, ele sabe muito bem que está de castigo. Não sei, ele saiu assim que você foi pro ático, eu disse pra ele não sair, mas ele mandou não te contar. Ela se pega olhando pela janela da frente, tenta chamar Bailey mais uma vez, mas ele não responde. Às sete horas ela sai para a rua vendo um furgão branco passar, espera um momento olhando para os dois lados e depois veste o casaco e chama Molly. Volto em minutos, me liga se ele voltar enquanto estou fora. Ela anda com as mãos tensas, atenta para ouvir qualquer carro que se aproxime, as ruas silenciadas como se tivessem sido desligadas num interruptor, sussurrando para si mesma as palavras que dirá caso seja abordada por uma patrulha, desculpe, mas o meu caçula não voltou a tempo, ele tem só doze anos, só estou dando uma olhada em volta da quadra. Bailey não está em nenhum dos lugares de costume, o muro na esquina, o parquinho perto da escola, ela está voltando para casa quando o vê chutando uma bola que bate no meio-fio e volta, conversando com um menino que ela não conhece, depois ele faz um gesto de tchau e sai driblando com a bola e ergue os olhos distraído diante dela. Eilish não sabe como colocar seu medo em palavras, a boca plena de raiva, vendo o olhar amargo diante dela. E daí que me atrasei?, ele diz, agora estou em casa, não estou, não seja chata.

A fila do lado de fora do supermercado dobra a esquina e chega até a estação de descarte de garrafas, dois soldados fazem gestos para que as pessoas avancem em grupos de três ou quatro, a fila anda um pouquinho e depois para. Ela estaciona o carrinho de bebê e pega um carrinho de mercado, tenta colocar Ben no assento, mas ele fica dando pinotes e chutando com as perninhas como se ela tivesse acabado de pegar um bebê selvagem de um buraco, grita tanto que ela o deixa ficar em pé lá dentro. Uma mulher que empurra um carrinho ao lado faz um aceno de cabeça sorrindo para Ben. Que coisinha mais linda, ela diz. Eilish retribui o sorriso sem olhar para o rosto da mulher, faz uma careta para o filho que está pulando feliz da vida. Teria sido bom fazer uma lista de compras, as pessoas estão comprando de tudo por pânico, mas ela não consegue pensar do que precisa mais, todo mundo quer as mesmas coisas, pão e macarrão e arroz, a água mineral já acabou. Parando diante da seção de comida enlatada dá para ver que o estoque está baixo, ela fala com Ben que agora está sentadinho, brincando com o que está dentro do carrinho. Precisamos de leite em pó para você e de leite condensado para os outros, caso acabe o leite normal, não dá pra saber o que vai acontecer, provavelmente não faz a menor diferença, você estoca uma coisa e sempre é outra que acaba. Ela está parada no balcão de frios quando vê um sujeito de camisa e gravata andando de lado por um corredor com a cara enfiada numa prancheta. Com licença, ela diz, o senhor é o gerente? Ela o segue até uma porta de escritório pintada de uma cor que é quase um branco, igual à da parede, ela nem teria notado a porta se não fosse pelo fato de ele tê-la aberto e entrado. Ele volta a sair, prendendo uma folha de papel na prancheta. Então, ele diz, a senhora quer se candidatar a uma vaga na loja, trouxe um currículo? Não, ela diz, acabei de ver o anúncio no quadro lá fora, um emprego em meio expediente seria bom pra mim neste momento, apesar de nunca ter trabalhado com varejo de alimentos. Certo, o homem diz, deixa eu anotar seus dados e a gente entra em contato, assim que conseguir fazer essa droga de caneta funcionar, no que a senhora já trabalhou? Ela espera um momento enquanto uma voz desanimada chama um caixa pelo alto-falante, volta-se a ouvir uma música que nem chega a ser música, é só um ruído agradável, gorduroso. Trabalhei em tempo integral por quase vinte anos, ela diz, eu trabalhava num cargo de gerência sênior numa empresa de biotecnologia até esses dias, tenho treinamento como bióloga molecular, tenho doutorado em biologia celular e molecular, mas não tem muito emprego por aí do jeito que as coisas andam. O sujeito para de morder a caneta e olha para Eilish de um jeito que faz com que ela se sinta boba, ela acha que está com uma roupa elegante demais. O gerente volta seus olhos para Ben, que impulsiona os joelhinhos para cima e para baixo no carrinho, esfrega um bigode ainda não totalmente crescido e tenta sorrir, mas desiste. Bom, certo, ele diz, deixa eu anotar o seu nome e seu telefone, é só um emprego de meio expediente colocando mercadoria nas prateleiras de tarde, teve mais umas pessoas se candidatando à vaga, muitas pessoas na verdade, mas a gente te dá um retorno mesmo assim. Ela não vai se lembrar desse rosto, desde já ele pertence aos rostos comuns e tristes que desviaram o olhar, vendo como esse rosto já foi relatado, como todos os rostos já foram relatados, esse rosto que fala de toda a criação, a energia tremenda das estrelas, o universo explodido em poeira e refeito vez após vez em uma insana criação. Ela pega o filho no colo e o coloca na cadeirinha do carrinho do supermercado e não dá a mínima para os gritinhos dele enquanto ela enche o carrinho com as compras e depois entra na longa fila do caixa, olhando para o conteúdo do carrinho, o suprimento de comida enlatada para dois meses, leite para bebês, papel higiênico e detergente, é nessa hora que ela é atingida pela sensação de que aquilo que está ocorrendo é implausível, ela quer rir alto, olhando a nuca úmida e peluda do sujeito gorducho que está na frente dela empurrando um carrinho cheio de cerveja e papel higiênico, vendo as pessoas na fila ao redor e desprezando o que ela vê, as amostras típicas da humanidade, o que são eles senão animais em dócil estado de servidão diante das necessidade do corpo, da tribo e do Estado. Quando ela passa pelos soldados, Ben está lambendo um palitinho de queijo, ela tem medo de tirar o bebê da cadeirinha e colocá-lo no carro, não se lembra onde estacionou o Touran. Eilish caminha pelo estacionamento inteiro depois anda tudo de novo no sentido oposto e vê o carrinho de bebê junto com os carrinhos de compra. Sua tonta, ela diz, onde é que você estava com a cabeça, como é que você vai levar tudo isso pra casa? Por um instante ela fica parada olhando as compras e depois fecha o carrinho de bebê e o coloca dentro do carrinho do supermercado e sai andando na direção da saída, passando para a trilha que fica ao lado da pista principal, lembrando o que se esqueceu de comprar, sabão de lavar roupa, guloseimas para as crianças, as bolachinhas que Simon gosta, as rodas do carrinho de compras prendem no pavimento e depois uma das rodinhas começa a emperrar. Ela dá um chute na rodinha e olha para o relógio e depois dá início à caminhada para casa, as sombras começando a definir os contornos da tarde.

Ela acorda com o som de guerra que parece ser um deus visitante, uma fúria latejante que faz o coração dela latejar também, impossível encontrar o interruptor, a mão tateando às cegas até que ela encontra o botão caído atrás da mesinha de cabeceira. Não tem nada para se ver lá fora, a não ser por um pássaro solitário perolado na luz azul no topo de uma chaminé, uma gaze de fina chuva. Todos os cachorros da região estão latindo para o barulho enquanto ela fecha a janela, olhando para Ben, o sorriso travesso no rostinho adormecido, os punhos pequeninos em posição de capitulação acima da cabeça. Eilish não consegue achar seu roupão e pega o de Larry no ganchinho atrás da porta, a mão engata na manga e ela não consegue fazer o braço passar. Ela anda pela casa tentando ver o que está à sua frente, o mundo se ramificando numa impossibilidade, a coisa pavorosa visível na luz crescente da janela da cozinha, duas colunas de fumaça preta subindo nos bairros mais ao sul, um helicóptero militar ali perto, ela não consegue calcular a que distância, talvez uns três ou quatro quilômetros dali. Ela liga o rádio esperando as notícias e vai lá fora até o varal, vendo as árvores na luz rosada e tentando imaginar o que é que elas podem saber, talvez seja verdade o que dizem, que as árvores sentem o ar e manifestam seu medo por meio do solo, anunciando para as outras árvores que o perigo chegou, o som no céu semelhante a um fogo que tudo consome mascando madeira em sua boca. Ela joga as roupas no cesto e olha para as mãos e não sabe por que está tão calma, mais alguém abriu uma porta, agora ela consegue ver isso, é como se estivesse olhando para algo pelo que esperou a vida toda, algo atávico que despertou no sangue, pensando, quantas pessoas em quantas eras viram a guerra chegar à sua casa, olhando e esperando que o destino chegue, entrando numa silenciosa negociação, sussurrando e depois implorando, a mente antecipando todos os resultados exceto pelo espectro para o qual não se pode olhar diretamente. A eletricidade gagueja e as luzes ficam mais fracas e uma náusea esvoaçante passa pela barriga dela. O verme está virando, Bailey diz, e ela olha para o rosto do menino pensando que ele é muito alto para a idade, nas últimas semanas ele deu uma espichada e está maior que Molly, uma sombra crescendo sobre o lábio. Os olhos de Molly estão fixos na mãe, os dois esperam que ela diga algo, ela não sabe o que dizer. A gente precisa estar pronto caso a luz acabe, ela diz, vocês dois precisam tomar café da manhã e se preparar para a escola. Escola?, Bailey diz, vou tomar café da manhã, mas não vou pra escola, nem pensar que as escolas vão abrir com isso tudo acontecendo, não vejo o menor sentido. Ela coloca uma caixa de cereais na mesa e liga a TV no canal de notícias estatal. O governo baixou uma série de novos decretos, todas as escolas e instituições de ensino superior estão fechadas com efeito imediato, os cidadãos receberam ordens de ficar em casa exceto para comprar comida e remédios ou para atender pessoas idosas ou doentes. Quando ela se vira, Bailey está parado logo atrás com as mãos nos quadris. Está vendo, ele diz, falei que as escolas iam estar fechadas. Tire esse sorriso do rosto, ela diz, quero que vocês andem pela casa e encontrem todas as pilhas que a gente tiver, peguem todas as velas. Ela tem tarefas para fazer fora de casa, precisa comprar cigarros e álcool, precisa trocar a sola das botas, tem que levar documentos médicos do pai até o correio. Ela liga para Simon e consegue falar com ele na quarta tentativa. O cachorro endoidou, Simon diz, ele acha que é Halloween lá fora. Pai, ela diz, você viu as notícias, está tudo bem? Ele está gritando de novo com o cachorro. Desculpa, ele diz, não ouvi o que você disse. Não tem importância, ela diz, dá pra ver a fumaça preta daqui. Tem alguém batendo na porta, ele diz, espera um pouco... Ela ouve o barulho do telefone sendo colocado sobre a mesa, a porta da frente abrindo e fechando, Simon berrando de novo com o cachorro. Não tem ninguém, ele diz, algum engraçadinho passando trote. Pai, quero que você fique em casa, por favor não vá levar o Spencer pra passear, está me ouvindo? A linha fica em silêncio e Eilish ouve o cachorro latir como se tivesse autorização para falar pelo pai dela. Preciso de terra para o jardim, Simon diz, a gente pode ir de carro mais pro fim da semana e comprar? Depois de desligar o telefone ela não se mexe e fica encarando a base de seu polegar, onde marcou uma série de luas erráticas com a unha. Ela vai até o andar de cima e veste uma calça jeans e uma blusa preta e leva o bebê para baixo e o coloca na cadeira de alimentação. Vou dar uma corrida até a loja da esquina depois de dar comida pro Ben, ela diz, tenho que sacar dinheiro no caixa eletrônico, precisamos de mais umas coisas. O rosto de Molly chocada diante dela. Qual é o problema?, Eilish diz. Deixa o Ben aqui, ela diz, não precisa levar ele. Eu te disse, meu anjo, por enquanto está seguro lá fora, só vou até a esquina. Ela vê Bailey ir até a geladeira e dar uma olhada lá dentro. Não se esquece de comprar leite, ele diz, a gente já está quase sem de novo.

Ela anda atenta aos sons do céu, o desconhecido misturado com o familiar, o disparo periódico dos tiros e um crescendo percussivo que deixa um rastro de silêncio estranho e estilhaçado. Na rua são raros os carros e pedestres, o cabo do freio do carrinho de bebê faz a roda clicar e ela se pergunta se vai conseguir mandar consertar isso, só se dá conta de que a chuva cessou quando está parada diante do caixa eletrônico e baixa o guarda-chuva, a máquina não está nem mesmo quebrada, está sem energia, a tela rachada como se atingida por um tijolo. Do outro lado da rua um homem protege os olhos com as mãos enquanto olha para o céu, três helicópteros militares rumo ao sul como se fossem uma ponta de flecha que aos poucos se fragmenta. O sapateiro está fechado e as persianas estão baixadas na quitanda onde alguém rabiscou com tinta azul A HISTÓRIA É A LEI DA FORÇA, um punho fechado desenhado logo abaixo. Ela segue pela rua à procura de outro caixa eletrônico, lembrando algo que sua irmã disse, a voz vaidosa no telefone, a história é o registro silencioso das pessoas que não souberam quando partir, a afirmação é obviamente falsa, ela está dizendo isso para Larry, que vê sentado do outro lado da mesa da cozinha tentando esconder seu rosto de não-estou-ouvindo enquanto brinca com o celular. A história é um registro silencioso de pessoas que não puderam partir, é um registro daqueles que não tiveram escolha, você não tem como ir embora quando não tem para onde ir e não tem os meios para chegar lá, você não tem como ir embora quando os seus filhos não têm passaporte, não tem como ir quando seus pés estão enraizados na terra e você não tem como arrancar os próprios pés. Na tela do caixa eletrônico no fim da rua há um aviso de que a máquina está fora de serviço, um cartaz na loja da esquina escrito com canetinha diz, Não Temos Leite, Não Temos Pão, um rosto triste desenhado abaixo. As prateleiras do lado de dentro esvaziadas, ela pega algumas bananas machucadas, um rolo de sacos de lixo e pilhas, escolhe duas barras de chocolate e aponta para os cigarros, olha os itens diante de si com a testa franzida quando o caixa diz quanto deu. Desculpa, ela diz, quanto você disse que está o cigarro? O caixa abre as mãos e olha sonolento na direção da porta. O que é que eu vou fazer?, ele diz, tudo está mais caro, veja quanto você vai pagar em outro lugar. A raiva forma uma nuvem diante dela, ela larga os sacos de lixo sobre os jornais de ontem e não consegue escolher entre as pilhas e o chocolate, deixa as pilhas de lado e pergunta quanto sai o chocolate e os sacos de lixo sem os cigarros? Ela deixa o dinheiro deslizar da mão e as palavras saem de sua boca e a levam até a porta. Você vai parecer um perfeito filho da puta quando tudo isso tiver acabado, todo mundo vai saber o que você é.

Ben está choramingando para sair do carrinho quando ela entra na rua St. Laurence e vê um caminhão militar enorme bloqueando o trânsito, soldados do governo com traje de combate completo, outros com jaquetas abertas e camisetas pretas empilhando sacos de cimento em um ponto de bloqueio que fica a uns cinquenta metros da casa. Um soldado parado na esquina se ajoelha e prepara a arma enquanto outro vai na direção dela com a mão espalmada coberta por uma luva pedindo que ela pare. Eilish perdeu o fôlego como se a mão enluvada estivesse em sua garganta, ela quer fazer um gesto para dizer que não estava fazendo nada de errado, mas mexer as mãos é uma ideia que lhe causa medo. Desculpe, ela diz, eu moro nesta rua, estou tentando chegar em casa. O soldado faz um giro com a mão no ar como se instruísse um carro a fazer meia-volta. Esta rua está fechada no momento, ele diz, nenhum pedestre pode entrar. Por um instante ela depara com uma sensação de alívio enquanto vê o rosto do soldado, a testa oblíqua enfurecida sobre os olhos verdes, o corpo armado que transmite força absoluta, e no entanto o que ela vê nos olhos do soldado é um traço de incerteza, ela está falando com um menino que não é mais velho que seu filho. Olha só, ela diz, eu moro no número 47, preciso levar meu bebê pra casa pra almoçar. Ela se pega empurrando o carrinho na direção do soldado e nota um olhar de pânico no rosto dele, ele fala rapidamente num rádio enquanto um segundo soldado pede que ela pare, um oficial com boina escura andando vivamente na direção deles. Desculpa, ela diz, só quero ir pra casa, a minha casa é aqui. O oficial não segue o dedo que indica o lugar e pede a identidade dela. Deixa só eu pegar na bolsa, a bolsa está dentro da sacola, preciso tirar do meu ombro. Dois civis ajudam a construir a barreira e ela conhece um deles, um faz-tudo que mora num condomínio ali perto, um ex-viciado que mal tem um dente na boca, ela não consegue lembrar seu nome, ano passado Larry pagou vinte libras para ele limpar a sarjeta. Eilish recebe ordens de colocar a bolsa na rua e mantê-la aberta, as mãos tremendo enquanto ela abre o zíper da bolsa e tira sua identidade, os olhos do oficial alternando entre o rosto dela e o do bebê. Esta é uma zona de guerra, ele diz, meus homens têm ordens rigorosas de atirar, fique em casa até segunda ordem. Sim, é claro, ela diz, curvando a cabeça, ela começa a se afastar rapidamente e vê um saco de cimento cair do caminhão, se romper no chão, e a brisa levar o pó, que se dispersa em torno dos soldados como se um dervixe tivesse se colocado entre eles chegado de uma guerra estrangeira com seus olhos fechados e os braços abertos.

A guerra se molda ao redor deles, tiros que soam como perfuratrizes pneumáticas, bombas que percutem a terra e enviam tremores à casa, as janelas e os pisos de madeira chacoalhando enquanto Bailey vê TV com o volume alto, o rádio ao lado dela informando os movimentos dos rebeldes, as áreas no sul da cidade sitiadas. O dia está tão bonito lá fora, ela diz, quantos dias assim a gente tem por ano? Devia ter limonada gelada no jardim, o Ben devia estar brincando na piscininha dele, a Molly e o Bailey brigando pra ver quem fica com a rede. Em vez disso ela está olhando para uma colunata interrompida de fumaça preta de óleo que sobe vinda de múltiplos lugares, o calor de junho preso dentro de casa já que ela mantém janelas e portas de vidro fechadas, só abre as janelas à noite. Ela tenta novamente ligar para o pai, mas as redes caíram e o telefone fixo dele responde como se estivesse desligado, contando os dias desde que eles se falaram pela última vez, vendo o pai levar o cachorro para passear encontrando sabe-se lá o quê, ela está parada na porta do quarto de Molly. A menina não sai da cama, mal toca na comida e não olha para a mãe. Por favor, filha, Eilish diz, vamos, você precisar sair dessa, esse combate logo acaba. Ela dá um abraço lento na menina e depois a solta, olhando para a filha como se fosse possível ver a mente dela, essa mente que aos poucos caminhou para a ausência. A eletricidade começa a falhar e logo a seguir um blecaute dissolve instantaneamente o ruído elétrico contínuo em um silêncio primordial, as cortantes e constantes irrupções da guerra entrando livremente no pensamento. Ela diz a si mesma que aquele som é o de pedrinhas rolando sobre um telhado de estanho, o som de um prego sendo martelado em seu lugar, o cano de escape de um carro velho explodindo, os alarmes das casas da região tocando até que um a um todos silenciam. Bailey vai até o andar de cima e se senta com Molly na cama dela assistindo a um filme num laptop com um fone de ouvido que os dois compartilham enquanto Eilish tenta ler um romance no andar de baixo, um ruído repentino a faz subir com o livro nas mãos, ela está parada no banheiro e dá a descarga sem que tenha usado o vaso, depois não lembra onde deixou o livro. À tarde ela se senta perto da janela do quarto à espera de um relato detalhado na BBC enquanto Ben tira uma soneca no moisés. O noticiário começa e ela desliga o rádio trêmula de raiva, pensando, não é isso que está acontecendo, nem de longe é isso o que está acontecendo, o que está acontecendo é o civil observando o soldado do lado de fora da casa dela enquanto ele descansa num saco de areia mexendo no celular, o que está acontecendo é o rifle de assalto apoiado sobre o saco de areia, é a boca sorridente do soldado, são as embalagens de fast food e os copos de café jogados no asfalto, é o casal de aposentados que mora na rua de cima e decidiu que quer ir embora, o que está acontecendo é a briga deles na calçada, é a mulher que agita as mãos enquanto fala sobre o que não pode ser levado no carro, é o marido que faz cara fechada para a mulher, é a bolsa preta que a mulher segura nos braços como uma criança, é o que está dentro da bolsa, o que está acontecendo é todo o conteúdo do carro, é o porta-malas sobre o qual o homem precisa se sentar para conseguir fechar, o que está acontecendo é o portão da entrada de carros sendo fechado pela última vez, a casa escura à noite, é o semáforo fixo no vermelho por uma semana antes de se apagar, é o carro que não tem permissão de passar pelo bloqueio, o que está acontecendo é o ar que se torna cada vez mais rarefeito nas ruas, são as lojas fechadas, as janelas fechadas com tábuas, são os cães roucos latindo noite adentro, é o filho mais velho que não telefona mais porque se tornou muito arriscado telefonar e ninguém sabe se ele está vivo ou morto. Ela observa o oficial do exército descer a rua montando um cavalo preto que sacode a cabeça, a compleição do animal, ela acha que é um cavalo frísio usado em hipismo, as mãos do cavaleiro pousadas no colo, as botas negras cintilando até os joelhos. O modo de manter os movimentos dentro de uma postura serena e majestosa como se ele fosse nada menos do que um emissário da lei da força, os soldados no ponto de bloqueio em posição de sentido e o oficial não apeia do cavalo, meramente balança o chicote como se lançasse feitiços no ar. Ela vê o cavalo girar uma orelha sem virar a cabeça, ao que parece ele tenta ouvir algo além da incômoda quietude, os sussurros de uma conífera alta, a radiação do sol sobre suas folhas, o cavalo pode ouvir a morte que está à espera de braços abertos sobre toda a cidade, a morte que espera o momento de descer dos céus. Do nada a casa começa a zumbir e a luz da cabeceira acende, Bailey num grito de alegria no andar de baixo, a TV voltou a funcionar na sala. Por um momento ela tem a sensação de que não há guerra e sim um mero exercício militar na rua, o cavalo fazendo uma suave meia-volta, o cavaleiro vestido não para o combate, mas aparentemente para um exercício equestre, a faixa de couro marrom que cruza o peito e a gravata verde-esmeralda, os cascos clicando uma tatuagem militar no asfalto. Um Buda sorridente numa camiseta faz uma demonstração culinária lá embaixo na TV, a frigideira cantarolando uma melodia baixa e constante vinda daquilo-que-sempre-foi. Tanta coisa para fazer agora que a energia elétrica voltou, ela enfia a roupa suja na máquina de lavar e seleciona um ciclo curto e coloca os laptops e os celulares para carregar e requenta o arroz e um cozido, tentando outra vez falar com o pai, vendo-o comer o jantar frio, lendo à luz de velas, gritando com o cachorro. Eilish chama Bailey para vir comer e coloca o cozido numa tigela que leva até o andar de cima para Molly, que se recusa a descer, a energia volta a piscar e cessa de novo quando ela chega no patamar da escada. Ela larga a tigela na mesinha de cabeceira e encara o rosto que se recusa a retribuir o olhar, tira um dos fones de ouvido, com o braço faz com que a menina se sente e coloca a tigela no colo dela. Olha, ela diz, te trouxe o jantar, não vou nem pedir que você coma com a gente lá embaixo, mas por favor tente comer isso enquanto está quente. Eilish desce e Bailey vê a mãe do outro lado da mesa enquanto Ben bate na bandeja de comida e faz a colher voar. O que a gente vai fazer com a Molly?, Bailey diz. Não sei, ela diz, não tenho ideia, pega uma colher limpa pra mim na gaveta, olha, a sua irmã não está bem, acho que ela está deprimida, está muito difícil conseguir uma consulta no médico agora. Bailey faz um beicinho como se estivesse pensando. Ela precisa botar pra fora, ele diz, é isso que ela tem que fazer e aí vai ficar tudo bem. Botar o que pra fora, pode pegar a colher pra mim? O verme, ele diz, estou falando do verme.

O calor abafado e como ele gruda na mente adormecida e se cola ao sonho, ela está lá fora de camisola e descalça, é preciso falar aos soldados sobre o filho, parada diante do cavalo brilhante nas verdadeiras e mais profundas cores da noite, o calor do animal passando para a mão dela, conhecendo esse odor não do animal, mas do homem, a voz que pertence ao detetive inspetor, John Stamp, os olhos acima voltados para ela. Você veio a mim em busca da verdade, ele diz, deixa eu te mostrar um pouco da verdade. Ele tem nas mãos um espelho, e o que ela vê é um rosto que não é o dela, mas sim o de uma bruxa velha, John Stamp retirando o espelho e quando ela volta a olhar não há nada nas mãos dele. É impossível ver você como você realmente é, ele diz, só é possível ver o que você não é ou o que você quer ser... O cavalo gentilmente se afastando, ergue a cabeça e relincha para o barulho de algo batendo atrás dele. O real está sempre diante de você, mas você não vê, talvez isso não seja nem mesmo uma opção, ver o real iria aprofundar a realidade a um ponto que tornaria impossível seguir vivendo, se você pudesse acordar... O cavalo está se curvando, indo para longe, esqueci de me vestir, ela diz, olhando para os próprios pés, estou com frio, preciso entrar em casa... Bailey está parado na porta do quarto dela gritando para que ela acorde. Estou acordada, ela grita, ouvindo um assobio e depois uma violenta vibração como se algo tivesse sido enterrado no solo à força de uma explosão. Está cada vez mais perto, Bailey diz. Ela tem medo de olhar pela janela, manda Bailey ficar perto da porta. A rua à luz da aurora, o ponto de bloqueio vazio a não ser por um rapaz que está sozinho na esquina e olha como se estivesse à espera de uma ordem para baixar sua arma e ir para a escola, um Toyota Land Cruiser passando devagar. O carro para no bloqueio e dois soldados com armamento pesado descem deixando as portas abertas e chamam o rapaz. Bailey está sentado no lado da cama do pai fuçando na gaveta da mesinha de cabeceira. Que é isso?, ele diz, mostrando algo que ela não consegue ver. Ponha no lugar, ela diz, vem, a gente precisa levar esse colchão lá pra baixo. Ela tira o edredom e o lençol da cama e está falando baixinho com Larry enquanto eles dobram o colchão para passar pela porta e chegar à escada, o quanto foi difícil colocar isso no quarto e como a gente se divertiu depois, ela está puxando o colchão escada abaixo, mas Bailey não consegue que ele faça a curva, quando ele consegue o colchão volta a seu formato normal e derruba um retrato da parede, a foto despencando até passar por ela e se estatelar no chão do corredor. Ela está fazendo força para aguentar o peso do colchão, Bailey está empurrando com força excessiva ou nem sequer está segurando, vai mais devagar, ela diz, você vai me derrubar da escada. Eu não estou fazendo nada, ele diz, o colchão age por conta própria. Eles levam o colchão até a sala e o colocam de pé contra a janela da frente, uma mortalha de fumaça escura espiralando lentamente sobre os telhados, os soldados e o Land Cruiser se foram. O que você acha?, Bailey diz. Acho que é melhor se a gente morar no andar de baixo por um tempo, ela diz, pode ser que os combates não cheguem muito perto, mas provavelmente é melhor se a gente dormir aqui embaixo. O celular dela toca no andar de cima e ela corre para atender. Pai, ela diz, que bom que você conseguiu ligar, estou tentando falar com você faz décadas, a gente ficou dias sem eletricidade, está tudo bem onde você está? Eu só estava no jardim, ele diz, tem uma infestação de hera inglesa vindo do vizinho, ele está fazendo isso de propósito, sabe, tirei tudo no ano passado, mas está passando pelo muro e pelo telhado do galpão, vai matar tudo que eu plantei, fui lá e bati na porta dele, mas ele não atende, me diz, não consigo achar a tesoura de cabo longo, imagino que você tenha pegado emprestada sem pedir. Ela segura a respiração tentando evocar o rosto que ela conheceu a vida toda, e em vez disso vê um retrato parecido, porém deformado pela água. Pai, ela diz, eu estava tão preocupada, não sei quando vou conseguir ir aí. Não se preocupe comigo, ele diz, vou ficar bem. Ah, ela diz, acabei de lembrar, acho que está no galpão. O que está no galpão? A tesoura, você me deu quando eu estava cortando a fúcsia, olha, tem certeza de que está tudo bem, você tem comida suficiente, tem alguma coisa que você precise imediatamente? Quando desliga o telefone, Eilish está parada de frente para a foto que está virada para baixo no chão. Ela pega o retrato e vê Mark criança saindo pela boca de um toboágua com os polegares para cima, a moldura de madeira que soltou do vidro ainda intacta, ela não lembra onde a foto foi feita. Saint-Jean-de-Monts, ela diz em voz alta para si mesma. O que foi?, Bailey diz da sala. O que foi o quê?, ela diz, olhando para o rosto dele e vendo Mark, no fim das contas existe uma semelhança.

Uma ducha fria rápida, talvez a última por uns dias, ela diz para Molly descer e depois tranca a porta, parada diante da água com os dentes cerrados e então entra. Os cabelos estão saindo nas mãos dela como num pesadelo. O tufo se acumula perto dos pés dela como uma planta aquática escura e quando sai do chuveiro ela pesca aquilo, joga no vaso e dá a descarga. Súbita troca de tiros com armamento pesado, e ela vai até a janela e tenta enxergar, impossível saber a que distância aquilo está, o cálido céu azul sobre as árvores, quantos dias se passaram desde a última fita que Molly pendurou na árvore, deve fazer duas semanas. Ela se pega parada diante de Molly com as mãos nos quadris. Eu pedi por favor pra você descer, ela diz. Molly olha com uma expressão estranha e depois começa a gritar, a gente vai morrer, a gente vai morrer, Eilish puxando a filha pela mão, arrancando-a da cama, dizendo que agora chega, levando a filha até o banheiro e abrindo o chuveiro e tirando as roupas dela, colocando Molly debaixo da água sem se preocupar com o frio, vendo o corpo branco, frágil sem opor resistência exceto por um braço erguido para cobrir os seios. Você não vai morrer, Eilish diz, só quero que você vá lá pra baixo, o combate não vai chegar perto daqui de casa. Eilish entra no chuveiro e começa a lavar Molly com a flanela em gestos apressados, se ajoelha para lavar os pés da menina, Molly treme de frio, Eilish ainda vestida, os joelhos encharcados, os braços da blusa totalmente molhados. Você precisa sair dessa, ela diz, quem você quer que o seu pai encontre quando entrar por aquela porta, a filha que ele deixou ou um fantasma? Ela ergue os olhos para Molly e o que vê é uma expressão sorridente, vaga. Mas o pai não vai voltar pra casa, Molly diz, ele não vai voltar porque ele morreu, você não sabia, não te disseram que ele está morto, não sei por quê. A mão parada sobre o corpo, a respiração presa na garganta, a flanela cai da mão enquanto ela lentamente se ergue. Ela pegou o queixo de Molly entre o indicador e o polegar e ergue o rosto da menina para ver melhor dentro dos olhos que se desviam numa recusa em olhar para a mãe. Você nunca mais me diga isso, ela diz, você nunca mais nem pense nessas palavras, o seu pai não está morto, porque ninguém disse isso, não sei o que foi que você ouviu, mas nada disso é verdade, neste exato instante não existe verdade, você não sabe e ninguém sabe, é impossível saber a verdade das coisas. O que foi se acumulando no corpo, o que esteve trancado no coração se liberta pela boca de Molly na forma de choro, suas mãos apertando o ar, Eilish puxando-a num abraço, sussurrando para ela, acariciando sua nuca. Nós entramos em um túnel e não tem como voltar atrás, ela diz, a gente só precisa continuar indo em frente até chegar na luz do outro lado. Ela ensaboa os cabelos de Molly, apalpando o crânio de leve, sentindo a mente com os dedos, o que será que ela pensa da vida, a cabeça estava tão cheia do mundo, mas agora o mundo se foi, o mundo escorrendo pelos olhos dela. Eilish seca Molly com uma toalha amarela que depois usa para envolver a filha antes de sentá-la na cadeira. Lembra o que você me dizia sobre o hóquei, você nunca perde, ou você aprende ou ganha, agora a gente está aprendendo, você não acha, preciso que você volte pra mim, preciso de você mais do que nunca. Molly ergue o rosto, porém o rosto está vazio e indefeso como se toda a dor tivesse desaparecido e agora só sobrasse o olhar, o olhar que sai de um corpo desabitado, a voz um sussurro. Por que me sinto assim se ele não está morto, ela diz, por que sinto isso no meu peito o dia todo, está lá quando eu durmo, está lá quando eu acordo no meio da noite, sinto como se algo estivesse morrendo dentro de mim, é isso, estou com medo de que isso que está morrendo dentro de mim seja a parte do pai que eu guardo no coração, é isso que me dá tanto medo, quero tanto guardar ele no coração, mas não sei como. Eilish se move para pegar as mãos de Molly, mas Molly ergue as mãos dela para impedir. Uma noite dessas eu sonhei que ele voltou, ela diz, eram nove da noite e ele simplesmente entrou pela porta e tirou as botas e calçou os chinelos, ele estava no trabalho esse tempo todo e não conseguia achar o celular, simples assim, ele jantou e se sentou do meu lado no sofá e passou o braço em volta de mim e aí eu acordei. Eilish está acariciando a mão de Molly, vendo os olhos bem abertos dela e arrasada pelo fardo daquele coração, vendo o coração palpitar na garganta. O seu pai está com você o tempo todo, mesmo quando não está aqui, é isso que o sonho quer dizer, o seu pai veio pra casa pra te lembrar que ele está sempre aqui com você porque o seu pai está sempre vivo no seu coração, ele está aqui com você agora com o braço em volta de você, e ele sempre vai estar aqui porque o amor que nos dão quando a gente é criança fica guardado pra sempre dentro da gente, e o seu pai te amou tanto, o amor dele por você não pode ser levado embora ou apagado, por favor não me pede pra explicar isso, você só tem que acreditar que é verdade, essa é a lei do coração humano.

Ela acorda na escuridão da sala de estar sem saber se realmente dormiu, o celular diz que é uma e vinte, Molly dormindo no abraço dela, Bailey dormindo num colchão ao lado delas, o moisés perto da parede. Há quantos dias duram os bombardeios e os tiros, o combate parou durante a noite, mas o corpo dela não acredita no silêncio, uma comichão sensorial nos nervos, batidas ressoando fundo no crânio. Ela se vira para Molly respirando o aroma de jasmim que já quase desapareceu do cabelo dela, sentindo a mente em paz por baixo da respiração adormecida, colocar a mão e arrancar o terror pela raiz, acariciar a mente até que volte à forma usual. Algo saiu voando da escuridão de sua mente e ela fica absolutamente imóvel, depois se vira para o outro lado, levanta-se e vai até a cozinha. O céu num crepúsculo astronômico, vendo as árvores enraizadas na terra, pensando, a bondade vai voltar a existir, ainda vão voltar a existir as vozes altas e felizes, o som de pés em busca de chinelos e de rodas de bicicleta clicando enquanto atravessam a varanda. Ela vê um sinalizador atravessar o céu da noite como um peixe bioluminescente que desliza distraído em meio a um oceano escuro e depara novamente com o pensamento que deixou para trás na sala, que a seguiu até a cozinha, que está diante dela agora e que ela não quer ouvir, o pensamento que diz que é o filho dela quem está ajudando a levar essa destruição até eles, o pensamento segundo o qual o filho dela não pode voltar até que a destruição esteja completa. Quando ela volta a acordar há uma tempestade de fogo disparada por armamento pesado, o bebê de pé no moisés gritando manhê, ela o pega no colo e o tranquiliza, balança o bebê para lá e para cá sobre os joelhos, a contração involuntária de seus ombros a cada vez que uma explosão soa ali perto, as crianças dormindo apesar do ruído como se estivessem sedadas. A aurora atinge a casa pela janela da cozinha, a luz caindo sobre as formas das crianças que dormem jogadas no chão onde antes ficava a mesinha de centro, a mesa empurrada contra a parede tendo no topo os livros escolares das crianças e os copos e pratos do jantar da noite anterior. Vozes masculinas gritam entre si no intervalo entre os tiros, por um momento ela imagina o futebol das manhãs de domingo, homens acima do peso gritando para pedir a bola, outra voz fala e algo se fecha na base da garganta de Eilish enquanto ela escuta a voz sem emoção, constante, monótona de um soldado do governo num megafone. Todo mundo na região pode ouvir, ele podia ser gerente em um supermercado anunciando promoções na seção de carnes. Estamos mandando alguém achar vocês, e quando a gente achar vocês vamos saber quem vocês são, quando a gente souber quem vocês são vamos identificar a família de vocês e aí vamos pegar todos eles. Uma granada explode e faz uma ruga na terra e a voz do homem desaparece. Ela diz a si mesma para respirar, deita-se com Ben nos braços e tenta dormir, mas não consegue, ela deve ter cochilado porque quando abre os olhos vê que Bailey saiu da sala, ele não está na cozinha, subiu até o banheiro e trancou a porta. Desça já, ela grita, quantas vezes já te disse pra não subir? Ela vai atrás dele com Ben nos braços, bate na porta, abra já essa porta. Ela consegue ouvir o filho tentando dar a descarga, ele abre a porta e olha para a mãe com uma cara de menino desamparado e depois aponta para a caixa d'água. Não está dando descarga direito, ele diz, também não tem água fria na torneira. Ela olha para a torneira como se não acreditasse nele. Quantas vezes eu te disse pra não subir, use o balde na cozinha se precisar. O rosto mal-humorado como se ela fosse culpada. Não precisa ficar irritada, ele diz, esqueci, só isso, existe uma razão pros ursos fazerem cocô na floresta, sabe, e não na droga da cozinha. Ela vê o menino se arrastar escada abaixo deslizando as mãos pelo corrimão e depois confere a torneira da pia, a torneira da cozinha também não tem água, ela guardou água em garrafas plásticas caso fosse preciso, mas pode ser que não tenham o suficiente. Eles torram pão para o café da manhã na lareira a gás da sala e veem desenhos animados num laptop, Bailey de olho numa torrada fria que Molly não comeu, a mão dele desliza e num instante a torrada desapareceu. Eilish ao lado do rádio escutando as notícias, as forças do governo estão batendo em retirada, ela diz, os rebeldes avançaram pelo sul da cidade até a altura do canal. Depois do meio-dia Bailey toca com um dedo no pulso dela. Ouviu isso?, ele diz, parece que o combate parou. Eles comem atum frio com azeite e pão no almoço sem acreditar no silêncio que dura a tarde toda, o silêncio se tornando mais denso e inquietante, é o silêncio que fala de forças se reunindo, é o silêncio que espera a próxima rodada de bombardeios, é o silêncio do lobo antes de bater na porta da casa feita de palha. Ela manda as crianças ficarem em silêncio por um momento e escuta um motor lento na rua, há vozes masculinas, não se pode ver nada pela janela da frente quando ela afasta o colchão, sem querer ir para o andar superior, o ar trêmulo enquanto ela espia pelas cortinas no quarto e vê dois homens de barba por fazer ao lado de uma picape Nissan parados perto do bloqueio. Um sujeito em trajes improvisados de batalha e tênis marrons de corrida parado com um rifle de assalto pendurado no ombro, a impressão é de que ele tenta conseguir sinal no celular, outro homem de camiseta e calça jeans e uma arma pendurada no ombro, ele ergue um boné de beisebol para coçar a nuca. Um Jack Russell com orelhas pontudas olha de uma janela do outro lado da rua, quatro homens armados chegando a pé com pó e terra nos rostos, seus trajes uma mescla heterogênea de roupas civis e peças de segunda mão das Forças Armadas. Eles começam a desmontar o bloqueio, arrastando os sacos de areia para a lateral da rua e empilhando tudo, o ex-drogado sem dentes voltou oferecendo cigarros e ajuda a desmontar a barricada que ajudou a construir. Então isso é a liberdade, ela pensa, mas seu coração não consegue se libertar, vendo os rebeldes ela não consegue gritar de alegria, não se trata de alegria e sim de alívio, não se trata de alívio, mas de algo que desperta nela os medos mais profundos, o frio que ela é incapaz de tornar mais quente, e se o marido e o filho não vierem para casa? Olhando para esses homens parados na rua acendendo cigarros e tentando conseguir sinal para o celular, ela é tomada por desprezo, vendo não homens, mas sobras que desfilam pelo dia nascido da escuridão, percebendo que eles acabaram com a morte ao enfrentá-la com a morte. As bandeirinhas foram retiradas rápido das casas, não sobrou nenhuma. Em meia hora os soldados se foram e a rua está liberada e as pessoas estão saindo de casa, Gerry Brennan varrendo o jardim enquanto um enorme homem calvo com uma camiseta rosa está de pé perto de um poodle com a perna levantada ao lado de uma árvore. Quero sair, Bailey diz, vendo um garoto passar pela rua, quero sair e comprar sorvete.

7

O combate passou pela alameda Connell como as mãos furiosas de uma enxurrada arrancando muros e fachadas para torná-los escombros, a carcaça de uma minivan Toyota incendiada até ter cor de ossos parada no meio da pista como se depositada ali pela investida, o asfalto cheio de cicatrizes e respingos. Ela está falando disso tudo com Larry como se ele jamais fosse acreditar, um edifício comercial perto da rua principal ainda expele fumaça sabe-se lá quantos dias depois, o pó de cimento e as cinzas depositados sobre as folhas e sobre carros com janelas e carrocerias baleados, o pó branco débil no ar e parece que ainda caindo sobre o sicômoro que resta invencível em frente à escola com metade do tronco chamuscado até o pescoço como se um vândalo tivesse tentado tacar fogo na árvore. Janelas ao longo da rua seladas com sacos de lixo ou placas de plástico enquanto um sujeito mais velho em frente a uma pousada prega tábuas de compensado numa janela, essa rua que parece dois lugares ao mesmo tempo como se uma transparência com a imagem de uma guerra em outro país tivesse sido posta sobre a imagem da cidade, as cores de verão fundidas aos tons das cinzas de destruição passando apressadas. A fila do caminhão--pipa vai demorar sabe-se lá quanto tempo, ela está na fila com

Bailey observando pessoas que balançam galões e vasilhas, a criançada se acotovelando ao sol declinante da tarde. A gente não tem como levar água suficiente pra casa só com essas garrafas plásticas, ela diz, temos que achar alguma coisa melhor. Essa falsa sensação da cidade em repouso, o zumbido de um cortador de grama um devaneio de verão, os pássaros se banqueteando nos jardins, todo mundo falando sobre inflação, o preço de tudo ficou dez, vinte vezes maior, tem um homem no fim da rua que cobra dez libras para recarregar o celular num gerador, quando a energia voltar você vai ter receio de ligar qualquer coisa em casa por medo da conta que vai vir depois, se continuar assim a moeda não vai valer mais nada. Uma caminhonete com soldados rebeldes passa e ela procura o rosto de Mark entre eles, vendo os rebeldes montarem guarda ao lado do caminhão-pipa, vendo o filho como ele seria em meio aos demais conversando e fumando e olhando para o celular, eles parecem estar se divertindo, estudantes e estagiários e desempregados que num piscar de olhos se tornaram combatentes experimentados em banho de sangue, Bailey quer saber por que Mark não ligou, a esta altura a gente já devia saber dele, o menino diz. Eilish analisa o rosto do filho vendo os pelos macios sobre o lábio superior que começam a engrossar, ela não tem coragem de dizer que ele devia raspar aquilo, não é papel de uma mãe dizer essas coisas, Larry ou Mark podem cuidar disso mais tarde. Não sei, ela diz, já não sei mais, pode ser que a gente continue mais um tempo sem saber dele, tem combates acontecendo em partes diferentes do país, pode ser que seja perigoso demais pra ele ligar pro meu telefone, nunca se sabe quem está escutando, deixa eu me apoiar no seu ombro um instante, tem alguma coisa na minha bota. Ela apoia a mão no filho e tira a bota, passando a mão pela meia, não chega nem a ser uma pedra, é uma semente de pedra, uma sementinha que cresce lentamente, constante para virar uma pedra afiada, ela vira a meia do avesso e a sacode e depois a veste de novo, testando o pé, a sementinha sumiu até ela se inclinar para a frente, e lá está ela de novo na sola do pé.

A cidade respira e revive enquanto ela pedala a velha bicicleta de Betty Brennan, o vidro estilhaçado brilhando em meio aos detritos varridos para a margem das ruas. Como surgiram rápido nos outdoors ao longo do trajeto dos ônibus cartazes, páginas escritas à mão ou digitadas no computador com as fotos de mulheres e de homens que desapareceram, de pessoas presas, detidas pelo regime, num instante você está dormindo na sua cama e acorda com a Guarda Nacional dentro da sua sala, eles pedem que você se vista, ajudam a achar os sapatos. Ela estuda os rostos em cada cartaz e sussurra os nomes, por favor ajude a encontrar nosso irmão, você viu nossa amiga, nossa amada mãe sumiu, nosso filho está desaparecido... Um helicóptero paira sobre a cidade enquanto ela sai da bicicleta e segue empurrando-a até a casa do pai, sussurrando palavras de agradecimento, tudo está como deveria estar, a porta da frente fechada e o cachorro para dentro, os fatos contrariando o que ela havia imaginado. Ela ergue o portão descascado e passa com a bicicleta, movendo os olhos para a casa do outro lado da rua sem se deter para indicar que viu a sra. Tully como um espectro na janela, as plantas nos vasos e as flores penduradas na varanda não florescem nem morrem há vinte anos. Ela está parada na porta do pai quando ouve alguém chamar seu nome do outro lado da rua, a sra. Tully foi até o portão e está agitando um braço. Ah, oi, Eilish, só quero ver se está tudo bem com o seu pai, vi ele sair de casa um dia desses com a coleira na mão, mas sem o cachorro na coleira, a coleira ficava arrastando no chão atrás dele. Quando abre a porta Eilish fala, Oi, pai, sou eu, a Eilish. O cheiro do cachorro enquanto ela caminha com a bicicleta, embora o cheiro do cigarro tenha sumido, Spencer latindo da cozinha. O sorriso no rosto que entra na sala é do pai dela embora a barba branca seja de outra pessoa. Gostei do novo visual, ela diz, te dá um ar distinto. Eu não gosto nem um pouco, ele diz, aquela porcaria, como-é-mesmo-o-nome, apontando para o próprio rosto, não consigo fazer aquilo funcionar, onde você arranjou essa bicicleta? Preciso que alguém dê uma olhada nas marchas, ela diz, vive emperrando, tenho que voltar antes do toque de recolher porque as crianças estão sozinhas em casa, passei por dois bloqueios dos rebeldes e no terceiro me mandaram voltar então só desviei deles, estão inventando as regras aos poucos, são tão ruins quanto o governo, tem um furgão que fica passando pelo bairro com um megafone anunciando uma lista enorme de restrições, ninguém pode sair de casa depois das sete da noite. Imagino que você queira chá, Simon diz, não tenho leite, a energia fica pifando, mas pelo menos tenho gás. Pelo menos você também tem água corrente, ela diz. Ela olha atenta para o pai, a louça suja no balcão e empilhada na pia, vendo-o ficar sem garfo e faca, sem prato e copo, ela olha para as mãos do pai como se ele estivesse bebendo delas. Por que o forno está aceso?, ela diz, a gente está no meio do verão. O rosto diante dela tem um olhar intrigado e depois se vira para analisar o cachorro. Esse sol não esquenta, ele diz, sinto a umidade nos pés, deixa eu te contar sobre esse cachorro safado, ele fugiu de mim no parque esses dias, num minuto estava na coleira, no outro já não estava mais, quando cheguei em casa ele estava no jardim esperando o jantar dele, ele acha que isto aqui é um hotel cinco estrelas. Ela olha para o pai com tristeza e espanto, vendo o velho comandante em sua cabine, a mente obstinada olhando para um mundo que vai desaparecendo. Spencer olhando mal-humorado para os dois, pisca os olhos e depois pousa a cabeça sobre as patas. O chá tem gosto de mofo, ela lava a louça e limpa o balcão enquanto fala com Simon por cima do ombro. Eu devia saber que a sra. Taft não ia aparecer, agora vai ser impossível conseguir alguém pra limpar a casa, se você fosse morar com a gente por um tempo não ia precisar se preocupar com nada, ia ter todas as refeições e não ia precisar limpar, você podia fazer o que bem entendesse até isso acabar, ia ser bom ter um homem de novo na casa. Ela continua pegando minhas coisas, ele diz. Pai, a faxineira não vem faz semanas, olha, eu realmente preciso da sua ajuda nisso, não vejo como você pode dar conta sozinho, os supermercados estão fechados, você tem que ficar horas na fila para comprar mantimentos, ia ser mais fácil se a gente passasse por isso debaixo do mesmo teto até essa situação acabar, eu podia chamar um táxi, ainda tem um ou dois por aí, a gente podia fazer uma mala e levar você pra lá hoje. Você pagou pra ela?, ele diz. Pra quem? A sra. Taft, você parou de pagar ela, é por isso que a gente tem problema com os empregados. Pai, claro que eu paguei a sra. Taft, olha, quero que você me ouça, até atravessar a cidade anda difícil, as ruas ainda estão uma confusão, tem bloqueio pra todo lado, a situação é instável, pode ser que eu não consiga aparecer por um tempo… Eu já te disse, estou ótimo assim, não é, Spencer, eu ia ser só um estorvo na sua casa, além disso tenho mantimentos, vamos falar de outra coisa, você está parecendo a sua mãe.

Uma mulher, uma desconhecida, está sentada na cozinha, Molly saindo rápido da cadeira, ela faz com as mãos sinais de desculpas enquanto Eilish passa com a bicicleta. A mulher se vira e a cumprimenta com solenes olhos verdes. Sra. Stack, ela diz, desculpa a invasão, podemos falar um minuto? Eilish estaciona a bicicleta do lado de fora e vai até a pia, lava as mãos numa bacia com água. Esta casa está muito silenciosa, ela diz, se virando para olhar para Molly, seu irmão está lá em cima? O Bailey saiu faz uma hora quando eu estava fazendo o Ben dormir, não sei aonde ele foi. Achei que tinha dito pra vocês dois não saírem de casa. Molly dá de ombros e desvia o olhar enquanto Eilish seca as mãos na calça jeans, ela faz um gesto para que Molly saia da sala e depois fecha a porta de vidro e endireita as costas. Você está aqui por causa do meu filho? Um sorriso rápido e límpido, mãos e unhas belas, modos confiantes e corteses. Quem me mandou aqui foi sua irmã. Áine?, ela diz, estava com medo de que você estivesse trazendo notícias do meu filho, não tenho café, mas posso fazer um chá se você quiser. Aponta na direção da panela no fogareiro de acampamento enquanto a mulher recusa com um sorriso. A sombra de Molly ouvindo atrás da porta. Venha comigo aqui fora, Eilish diz, acenando para que a outra a siga. Elas atravessam o jardim até chegarem à sombra debaixo das árvores, a moça estendendo a mão na direção de uma fita, ela a toca por um momento e depois a solta. Ninguém consegue ouvir nossa conversa aqui, Eilish diz, você não me disse seu nome. Sou parte de uma pequena organização, você não precisa saber quem nós somos, somos contratados por pessoas como a sua irmã, gente que mora fora do país e que tem condições de ajudar as pessoas que amam. A moça está olhando o fundo das casas que dão para o jardim, ela põe a mão dentro do casaco e tira um envelope pardo e um rolo de notas de dinheiro presas com um elástico. Guarde este documento num lugar seguro, ela diz, é uma carta assinada por uma autoridade com o timbre do Departamento de Justiça, isso vai garantir que você atravesse sem qualquer impedimento para o lado do governo, onde vai poder comprar carne fresca, vegetais, leite para as crianças sem pagar o olho da cara, olha, sra. Stack, estou aqui porque a sua irmã entrou em contato com a gente pra levar você embora, com as crianças e o seu pai também, precisamos ser rápidos. Ela está observando a mulher parada no jardim e no entanto vê sua irmã em casa em Toronto, Áine falando com o marido, organizando isso pelo telefone, faz semanas que ela não conversa com a irmã. Embora?, ela diz. Isso, vou precisar de fotos, de informações pessoais, para podermos falsificar passaportes e documentos de identificação, podemos tirar vocês do país e a sua irmã vai arranjar o transporte para o Canadá. Algo se estilhaçou em silêncio no chão do seu ser, ela desvia o olhar, vendo os muros negligenciados com hera, os canteiros de flores que deviam ter sido replantados na primavera, este jardim precisa de muito trabalho, ela fecha os olhos e vê tudo sumir, vê o tempo chegar como uma boca negra e assomando dessa escuridão o seu indizível fracasso. Embora?, ela diz, sussurrando novamente a palavra, apertando o rolo de notas de dinheiro, colocando-o no bolso da calça jeans. Isso. Simples assim? Ela não consegue olhar para o rosto da mulher enquanto fala. Existe um certo grau de risco, mas a gente faz isso o tempo todo… Os olhos esvaziados na casca da árvore são testemunhas disso, os olhos que observam sem ver não piscam diante do vento e encaram o vasto mundo aberto diante de si, ela está olhando para baixo na direção das botas de cano curto da mulher. É bastante informação para assimilar, Eilish diz, o que quero dizer é, não, acho que não, não, não é isso que eu quero. Não há vestígio de emoção no rosto da mulher, os lábios exalando ar frio diante dela, os olhos verde-claros lendo Eilish com cuidado. Você não me disse seu nome, Eilish diz. Pode me chamar de Maeve. Aposto que esse é o nome da sua mãe, Maeve, me diz, como a minha irmã espera que eu saia assim do país sem mais nem menos, sem nem falar comigo, você sabe o que acontece com uma casa destas quando fica abandonada, meu filho mais velho pode voltar a qualquer momento, ele vai abrir a porta da varanda e se arrastar até a cozinha como se jamais tivesse ido embora, vai até a geladeira e vai gritar que não tem salame e aí vai puxar uma cadeira perguntando se a gente tem notícias do pai dele, meu marido foi levado, sabe, a gente não sabe dele desde que ele desapareceu… Noites de verão no jardim, a ferrugem e o calor da fogueira em cinzas diante dela, ela fecha os olhos vendo Larry servir vinho numa taça e quando abre os olhos a árvore está forrada de luto, as fitas ao vento se erguendo como dedos que apontam, sussurrando para que ela vá embora. A moça ergue os olhos e sorri. *Prunus avium*, ela diz. Como é?

As suas cerejeiras, ela diz, cereja selvagem, a minha avó era botânica, passar tempo com ela era como fazer um curso de latim aos dez anos, elas parecem antigas, foram plantadas faz muito tempo? Acho que sim, foram, elas estavam maduras quando compramos a casa, meu marido acha que vamos ter que cortar para não correr o risco de caírem durante uma tempestade, mas não sei, prefiro esperar para ver, as flores são bonitas na primavera. Sra. Stack, a sua irmã me contou sobre o seu marido, não sei o que dizer, não sei o que a senhora sabe. Ela vai falar, mas morde os lábios, Eilish olhando para os lábios e os olhos que falam sem falar, ela consegue ouvir o que os olhos querem dizer, mas não quer ouvir, os olhos estão errados, os olhos não sabem de coisa nenhuma, os olhos não têm como saber de nada enquanto nada for provado. Sra. Stack, a senhora tem uma escolha difícil, deixar sua casa para trás é a decisão mais difícil que existe, mas acho que a senhora não está vendo a situação com clareza, não está vendo o que está prestes a acontecer, aquele avião militar lá em cima, o que a senhora acha que ele está fazendo lá o dia todo, esse cessar-fogo não vai durar, os rebeldes perderam o ímpeto e o exército começou a cercá-los, o sul desta cidade vai ser sitiado e os militares vão transformar a região num inferno, vão esmagar os rebeldes até eles se renderem, você vai ficar isolada do mundo, sem suprimentos, nada do que eu estou dizendo é novidade, você precisa pensar nas crianças, você tem um pai idoso que precisa de cuidados médicos... O meu pai?, Eilish diz, picando uma folha com a mão e enrolando até que vire uma pasta. Minha irmã não fez quase nada pelo meu pai, o que meu pai precisa é ficar em casa, cercado pelas memórias dele, ter o passado ao alcance da mão, com o tempo a única coisa que vai sobrar pra ele são as sombras, um sonho estranho sobre o mundo, mandar meu pai para o exílio a esta altura seria condenar ele a uma espécie de não existência, não posso deixar que isso aconteça. Sra. Stack, eu entendo, mas devo dizer que a sua irmã nos pagou muito dinheiro. Sim, imagino, você não parece exatamente uma traficante. Sra. Stack, sou estudante de medicina, eu era estudante de medicina, agora estou nessa até poder voltar a ser estudante de medicina, tudo custa muito caro, precisamos forjar passaportes e documentos, pagar subornos, existem taxas aéreas, existe um risco, acredito que a senhora vai mudar de ideia mas nós realmente precisamos nos apressar, daqui a três ou quatro dias vou mandar um rapaz aqui pegar o que a gente precisa, aqui tem uma lista do que a senhora tem que entregar para ele, enquanto isso, a senhora pode usar a carta para comprar mantimentos, a senhora agora tem dinheiro suficiente para lidar com a inflação, o dólar canadense é forte. Bailey chegou até o vidro e por um instante ela vê Mark quando tinha a mesma idade, aquilo que há oculto em um rosto, mas que se revela repentinamente numa virada de cabeça ou num relance de olhos que mostra a outra face. Ela olha para o chão sacudindo a cabeça. Diga para a minha irmã, ela diz, que agradeço muito o dinheiro, de verdade, eu mesma vou dizer isso quando puder, as coisas ficaram muito caras, assim que der vou pagar de volta. Ela vê a moça subir a rua e fecha a porta da entrada, Bailey parado na cozinha lambuzado de terra e pó segurando dois galões retangulares, quase brancos, de cinco litros. Ele solta os galões no chão com um sorriso e não diz onde achou aquilo. O cheiro de mofo dentro dos galões, ela precisa lavar com água potável comprada no caminhão-pipa, ela encara o filho com orgulho e alívio e depois dá uma bronca enfurecida nele. Eu não te criei pra virar ladrão, ela diz, observando os olhos dele ofendidos e escuros se estreitarem como para reduzi-la de tamanho. Por que você não está feliz?, ele diz, você nunca fica feliz com nada, não vou levar isso de volta. O rosto diante dela se transformou de novo, agora é o rosto de Larry, Larry ficando furioso, os ombros de Larry se afastando.

Eles estão num abraço contorcido semiadormecidos, o braço dela em torno da cintura dele, Larry acordando, sussurrando algo e quando ela abre os olhos ele está de pé ao lado da cama, abanando lentamente a cabeça, um olhar de tristeza no rosto. Por que você está abanando a cabeça?, ela diz, vendo o marido ir rumo à porta, a luz do corredor encontrando o rosto dele e é como se ela não o conhecesse, ele é ao mesmo tempo Larry e alguma outra pessoa, um homem esvaziado pela idade e pelo luto, quando ela volta a olhar ele se foi. Ela acorda encharcada e desolada, pensando no que gostaria de dizer, como você ousa aparecer pra mim num sonho como se estivesse morto. Ela está chorando quando entra na cozinha, pega um copo na pia, abre a torneira seca por hábito. Que estranho o mundo na hora azul da aurora e no entanto é algo conhecido, a chuva que murmura nas árvores, é uma chuva antiga que fala ao lugar onde sempre caiu, as cerejeiras enraizadas na terra, uma tira de luz em fita para cada semana que ele está longe. A luz âmbar enche a janela de um quarto numa casa do outro lado da rua, ela vê a luz viajar banheiro adentro, alguém acordou como se a caminho do trabalho, você vai até o banheiro e joga água no rosto e escova os dentes e faz café, acorda as crianças e as ajuda a se preparar para a escola, é assim que a gente vive. Quando as crianças estão acordadas ela diz que eles precisam continuar com as tarefas da escola, as escolas vão reabrir a qualquer momento, não quero que vocês fiquem pra trás. Molly está contente de estudar sozinha, mas Bailey se recusa a estudar, ela se senta com ele por um tempo e depois diz que precisa ir até um dos pontos de bloqueio para atravessar e comprar comida. Fraldas, Bailey diz, não esquece de comprar fraldas e lenço umedecido e papel higiênico e chocolate também, a gente também vai ficar sem pilha pra lanterna. Ela caminha na direção do ponto de bloqueio em Dolphin's Barn, uma fila de ônibus de dois andares estacionados no caminho ao longo do canal para proteger os soldados rebeldes contra atiradores de elite. Ela fica na fila diante da ponte Camac esperando a conferência da sua identidade, vendo as pessoas irem e voltarem atravessando a terra de ninguém com carrinhos de mão e carrinhos de bebê e malas, os rebeldes estão exigindo fazer uma busca nos produtos das pessoas que voltam do lado do governo, tudo precisa estar desembalado, uma senhora idosa com cabelos tingidos de preto joga as mãos para o alto e começa a gritar com dois rebeldes que insistem em ver sua sacola, ela não a solta e o soldado arranca a sacola das mãos dela e uma galinha sai se debatendo lá de dentro e a mulher corre atrás dela rua afora. Eilish mostra a identidade para olhos escondidos atrás de óculos escuros, uma voz indiferente perguntando o porquê da travessia, o som de um avião militar acima. Ela lê a placa pendurada no semáforo alertando sobre a presença de atiradores e atravessa a ponte às pressas, olhando adiante para as janelas do bloco de apartamentos que dá para a bifurcação ao longe, essa sensação de estar diante de uma autoridade que tem o poder de decretar vida e morte. Uma senhora idosa com uma voz ofegante, rouca, chegou ao lado dela e começa a falar como se as duas se conhecessem. Graças a Deus hoje está tudo quieto, ela diz, tenho uma mãe velhinha que Deus abençoe no condomínio da Oliver Bond que tem medo de sair de casa, mal consegui passar a semana, tem muita gente assim, e você? Eilish nem olha no rosto dela, os olhos estão voltados para o ponto de bloqueio do governo duzentos metros além da ponte, blocos de cimento e sacos de areia e uma bandeira nacional sem estar hasteada, vendo um sujeito de cabeça baixa atravessando de bicicleta, ele faz a curva contornando uma bota descartada no meio da rua, parece uma das botas cor de cereja que ela tem no armário e nunca usa, uma moça quase correndo leva um saco de arroz num carrinho de bebê, uma velhinha de tornozelos inchados empurrando um carrinho de feira, um velhinho alto apoiado numa bengala, um cachorro trotando sem coleira. Ela chega até a bota cor de cereja com seu salto de três centímetros e vê que ela saiu do pé da dona sem que o zíper tenha sido aberto.

Simon está xingando a TV na sala da frente enquanto ela esvazia a mochila de mantimentos na mesa da cozinha, ela entra e para diante do pai e coloca as mãos nos quadris. Deixa eu fazer a sua barba, ela diz, a gente pode fazer aqui se você quiser. Eilish vai até o andar de cima e pega uma toalha, abre o armário do banheiro, a espuma de barbear em uma lata e um barbeador azul, uma carteira de cigarros pela metade sobre a prateleira que ela coloca no bolso. Simon à espera na poltrona com as mãos no colo, os dedos espraiados e com pedaços de capim grudados, ele exala ruidosamente enquanto ela ergue seu queixo e estuda o rosto, dois campos de neve caída sobre a terra antiga, ela jamais barbeou um homem antes. Não vai durar, sabe, ele diz, esse cessar-fogo, você ouviu o noticiário, as mentiras que eles estão inventando, devem achar que somos todos uns idiotas, hoje estão dizendo que os rebeldes violaram o cessar-fogo com vinte e oito ataques registrados na cidade nas últimas vinte e quatro horas, sei lá quantos tiros de morteiro e de artilharia contra nossas posições, blá, blá, blá, você mesma pode ouvir que os rebeldes estão quietos faz dias sem contar um tiro de rifle de vez em quando, o governo está preparando outro ataque, espera só, você vai ver... Pai, ela diz, segurando o queixo dele com a mão, não consigo fazer a barba se você não parar quieto, eles não vão romper o cessar-fogo agora com a ameaça de mais sanções, todo mundo quer que isso pare. A barba luta contra a lâmina, a trilha macia que ela abriu cresce a uma taxa infinitesimal. Aquele sujeito alto veio aqui ontem, remexeu em tudo lá em cima. A lâmina parou na mão dela, ela solta o barbeador sobre uma vasilha com água e pega o braço do pai. Pai, que sujeito alto é esse? Você sabe quem. Simon olha para ela de esguelha como se ela estivesse esquecendo. Pai, como é que eu vou saber de quem você está falando? Aquele cara alto, um dos seus. Dos meus?, ela diz, você está falando de um dos seus netos, acho que não. Isso, ele diz, era isso aí mesmo, veio aqui lá pelas três horas. E o que ele queria lá em cima? Ela vê Simon fechar os olhos, o olhar dela em busca de algo para além da pele translúcida de suas pálpebras, procurando algo na mente dele, ela quer sacudir o velho, fazer com que se lembre. Ela mergulha a lâmina na água e depois a força demais, a mão de Simon se erguendo em protesto enquanto o sangue escorre pelo queixo. Você está falando do Mark?, ela diz, a voz deslizando, ela olha em volta na sala sem ver, seu olhar repousa nas cadeiras em torno da mesa. Então como é que você soube que era o Mark?, ela diz, espere um segundo pra eu pegar um pedacinho de papel. Quem mais podia ser, ele diz, eu disse você é um dos filhos da Eilish e ele disse que era e entrou e disse que estava aqui pra ajudar. Que estava aqui pra ajudar, ela diz, ajudar com o quê? Não sei, isso e aquilo, disse que ia ajudar com o jardim. Ela entra na cozinha e deixa água escorrer sobre as mãos, joga água no rosto, para na porta dupla vendo o jardim, a cerca viva podada e bem aparadinha na parte de cima, os canteiros de flores recém-semeados, vendo Mark como ele estava no verão anterior no jardim em suas roupas de trabalho ajudando. Ela coloca um pedacinho de papel higiênico no rosto do pai e continua a barbear em volta do meio sorriso enquanto ele fecha os olhos. Ela está falando quando percebe que ele dormiu, o queixo suave na palma da mão dela enquanto ela limpa a pele rosada com a toalha. Eilish vai até o vestíbulo e apanha o casaco dele e o abre na altura da gola, volta até a sala e se senta na cadeira da mãe, tira do bolso uma etiqueta branca onde está escrito o nome e o endereço dele e o telefone dela e a costura na lapela. Ouvindo os sons da casa vazia, escutando as vozes de outros tempos no andar de cima e a mãe chamando todo mundo para o jantar, os pés ribombando na escada, a chama no fogão estalando, uma espécie de relógio insano, como se a lenha cuspisse o tempo armazenado na madeira, pensando, o tempo é soma e subtração, o tempo acrescenta um dia ao anterior e sempre leva o que restou, a lenta respiração adormecida diante dela. É o corpo que respira pela mente, eis o que ela pensa, é o coração que bate pelo homem até o homem estar batido e quando percebe ela está estendendo a mão para tocar na mão dele, sussurrando, eu nunca quis que você fosse outra pessoa.

Com passos leves ela vai até a porta da frente e a tranca, atravessa a varanda queimando um cigarro. Crepúsculo tardio tendendo para a noite, chuva leve salpica o caminho, uma figura sobe a rua desconsiderando o toque de recolher. Ela vê o andar encurvado do rapaz enquanto os dois tragam seus cigarros, o garoto com a mão sobre a boca em forma de copo. Ele já passou faz um instante quando ela ouve um veículo dobrar a esquina, ela se encosta na parede vendo passar uma 4×4, vendo dois policiais rebeldes nos bancos da frente, vendo as luzes de freio colorirem as janelas da vizinhança enquanto o carro para. Ela vai até o portão sussurrando para que o menino corra, mas em vez disso ele se vira e olha para a 4×4, dois sujeitos descendo do carro para cercá-lo, ela vê o menino dar de ombros, um dos policiais rebeldes o pega pelo braço e faz o rapaz se virar, empurra o garoto na direção do veículo para algemá-lo. Ela arregaça as mangas enquanto sobe a rua gritando, o que vocês estão fazendo com o meu filho? Ela está ao lado deles no momento em que eles hesitam, o par de mãos sobre o garoto se abriu e o policial dos rebeldes se vira e olha para ela de um jeito que ela não consegue ler no escuro. Eilish já não está na rua, entrou em alguma parte de si mesma onde ela é absoluta, levando uma espada na boca, esse garoto é filho dela, ela puxou o garoto pela manga e o está sacudindo, já te disse para não sair depois do toque de recolher, ela diz, volta já pra casa. Ela se pôs entre o rapaz e os dois homens, se vira e manda o rapaz rua abaixo com um empurrão, parada com as mãos abertas diante deles. Mil desculpas, ela diz, sei que tem um toque de recolher, o meu bebê está com os dentinhos nascendo e não consigo ficar de olho em todos eles, ele acha que pode sair quando quiser, essa vai ser a última vez, prometo. O falso silêncio da rua quando um olhar gelado pousa sobre ela e a lê, um rádio soando no jipe. Ela se vira, com medo de que o rapaz passe da casa, chamando o garoto, fique aí que eu já vou. Os homens já não veem o menino e ela cruza os braços diante deles, um dos dois pigarreia, ele fala com um sotaque suave da cidade. Dessa vez você deu sorte, se eu pegar o seu filho de novo na rua depois do toque de recolher vou levar embora, entendeu? Ela encara o homem com um olhar amargo. Você está perguntando se eu entendi, sim entendi, mas quero que vocês também entendam uma coisa, meu filho mais velho saiu de casa pra combater o governo com vocês e aqui estou eu no meio da rua sendo ameaçada, a gente queria que o governo caísse, mas não que fosse substituído por mais do mesmo, é só isso que tenho a dizer pra vocês. Ela está descendo a rua ouvindo o motor do carro parado, os dois sem dúvida olhando pelo retrovisor enquanto ela pega o rapaz pelo cotovelo e o leva para casa. A porta da frente trancada enquanto ela o leva para a cozinha, Molly e Bailey tirando os olhos de um laptop, querendo saber o que se passa. Ela diz para o rapaz se sentar numa cadeira, na verdade não passa de um menino, de cara fechada e hesitante, encolhido como se fosse levar uma surra. Agora ela vê que ele jamais poderia ser seu filho, os olhos agitados e os modos selvagens de um menino do subúrbio, ela entra na sala e olha pelas persianas. Espere um pouco aqui antes de sair, ela diz, eles vão dar uma volta na quadra e aí você pode sair correndo. Algo desagradável surge no rosto do garoto, ele vai até a pia e cospe, se vira com um olhar ressentido. Por que você foi fazer isso, moça?, ele diz, eu ia fugir.

A urgência das explosões enquanto ela escova os dentes na pia da cozinha, o choque de cada projétil estilhaçando o silêncio da noite, uma mão desliza em torno do coração dela e se fecha num punho. Quando olha para baixo, ela vê a escova de dentes na pia, vê a esperança desaparecida de suas mãos, a esperança contida como água nas mãos de um tolo que investiga uma vasta imensidão, ela sabe que é Bailey quem se aproximou da porta de vidro atrás dela. Esse último foi um foguete, ele diz. Ela se vira ouvindo o prazer do conhecimento na voz dele, vendo o filho sem cabeça em meio à escuridão, um mero par de longos e pálidos braços e pernas de cueca e camiseta. E como você sabe disso?, ela diz, sacudindo a cabeça, se virando outra vez para a janela, um sino de igreja soando as horas no verão azul, escuro e esmaecido, mais além outro campanário que soa fora de tempo como se fosse apenas um eco do primeiro sino e então ela escuta o baque surdo de mais uma explosão. Essa raiva que ela não pode espremer das mãos, essa tristeza que se apossa dela enquanto ela fecha a janela e se volta para a sala de estar, um peso foi posto sobre o peito a ponto de ela mal poder andar, ela repousa uma mão sobre o balcão da pia e fecha os olhos e inspira profundamente, os pés frios, não sabe o que fez com os chinelos, estava com eles agorinha mesmo. Eles se abraçam debaixo de um edredom enquanto os explosivos continuam a cair na cidade com o ritmo lento e constante de um tambor militar. Ela diz para os filhos que eles estão a salvo, que o governo está alvejando postos rebeldes, nem ela acredita nisso, Molly fazendo um barulho estranho na garganta a cada vez que soa uma explosão. Ben está acordado e não aceita ficar no moisés. Ela liga o rádio e espera o noticiário internacional, não há notícia alguma sobre o que está acontecendo. Eilish diz aos filhos que isso vai parar, de manhã vou atravessar para o lado do governo e comprar mais comida, pode ser que eu consiga um pouco de chocolate pra gente. Um morteiro explode por perto e depois mais um e Molly faz de novo aquele barulho com a garganta mas dessa vez por mais tempo, como se pronunciasse a nota de abertura de um grito austero e primordial, a filha procura a mão da mãe debaixo do edredom e Eilish agarra a mão sabendo que está sendo falsa diante das crianças, uma falsidade que nada tem a oferecer, nem conforto, nem socorro, apenas mentiras, distração e fuga, contando a eles histórias de sua infância que eles já ouviram antes, a vez que a irmã caiu de uma árvore e em vez das costas quebrou a bunda e teve de se sentar numa almofada de borracha em forma de anel por semanas, a vez que a avó dela foi atingida por um raio durante a gravidez e foi arremessada para o outro lado do quintal mas ficou incólume e o avô de vocês nasceu com uma cicatriz atrás da orelha. Às duas da manhã o bombardeio aparece no noticiário internacional, os militares deram início a uma ofensiva estratégica contra as posições rebeldes, deram início a uma ofensiva contra o sono, contra o refúgio da noite, esse desejo agora de fechar os olhos e buscar uma porta que levasse até a manhã mas em vez disso ela vê a escuridão de um túmulo e a noite desabando sobre eles, vê a casa desmoronando sobre a cabeça deles. Começa um constante martelar que não cessa, a mão direita dela começou a tremer, ela a segura com a mão esquerda e a esconde sob o edredom, vendo o rosto dos homens que disparam foguetes e morteiros sobre eles, sabendo que enviam a morte na direção de amigos e parentes, sabendo que são homens que passaram por ela na rua. Ben acorda com um grito e é impossível acalmá-lo, a respiração raivosa na mão dela enquanto ela passa o dedo sobre a boquinha dele em busca da gengiva, o pobrezinho está com um dente descendo, ela não tem nada para dar a ele contra a dor. Eilish esfrega o polegar pelo queixinho imaginando o que pode uma criança dessa idade saber sobre o mundo, o cheiro do medo no corpo dela, o bebê crescendo com o conhecimento de um odor que não se pode eliminar por força de vontade nem pode ser suprimido, o bebê absorvendo o trauma da mãe e o estocando no próprio corpo para uso posterior, o bebê se tornando um adulto afetado pelo medo e por uma ansiedade cega, descontando nas pessoas a seu redor, ela tem nos braços um homem traumatizado. Constante o martelar do tambor militar, constante a marcha das explosões, o ruído dos tiros se afastando por um tempo como se fosse uma nuvem de tempestade passando em direção ao mar, o rádio sem informar novidade nenhuma até ela desligar. Eilish pensa que Molly e Bailey dormem, as sirenes na escuridão e cães latindo, Ben trêmulo como se para dormir mais profundamente seu corpinho precisasse expelir o medo dela. Ela fecha os olhos e vê o pai sozinho em casa com o cachorro arranhando as portas, o pai deitado sob as escadas e dormindo de boca aberta, o pai deitado sobre o solo como pedra, vendo a terra, o mar, as montanhas, os lagos todos apagados, o mundo tornado uma espécie de vácuo escuro à exceção dessa morte que desce dos céus, essa morte que tenta entrar no sono por meio da explosão e que a deixa com medo de fechar os olhos.

Ela não sabe que horas são quando escuta o assobio de explosivos que passam por cima, durante o sono ela seguiu ouvindo os sons, duas explosões próximas a ponto de sacudir a casa e algo se espatifa no chão. Um ruído animalesco escapou de sua garganta enquanto Molly se senta aos gritos. Eilish não consegue achar a lanterna, Molly a perdeu sob o edredom, e quando ela encontra a lanterna e a acende eles veem gesso do teto despedaçado em frente à lareira. Bailey vomitou no chão. Não sei o que aconteceu comigo, ele diz, devo ter pegado uma virose ou uma coisa assim, pode ser intoxicação alimentar. A luz da lanterna treme nas mãos de Eilish quando ela entra na cozinha à procura de desinfetante e um pano, parando por um momento em frente à janela para observar a luminescência crescente da fumaça branca. Ela não pode desperdiçar água, coloca uma bacia ao lado de Bailey e manda ele vomitar ali, esfrega as tábuas do chão com golpes brutais e depois volta para a cozinha e percebe que o tremor da mão parou. Ela estica os dedos por um instante e depois deixa a mão descansar, uma explosão de morteiro traz o tremor de volta, ela varre o gesso do chão da sala e começa a limpar o balcão da pia, a área em torno, o peitoril da janela atrás da pia, a área em volta do fogão, uma explosão por perto estremece o chão e é preciso se agarrar à pia com as duas mãos, pensando na gordura da tampa do fogão que é preciso limpar, ela vem ignorando essas coisas há tempo demais, a quantidade de sujeira que se espalha pelo balcão da pia chegando até atrás do micro-ondas, os restos de comida que caem nas gavetas e repousam entre facas e garfos, as migalhas da cesta de pão e da torradeira que se espalham por toda parte, você corta uma fatia de pão e metade da fatia acaba no chão, as migalhas rolam para debaixo da chaleira, caem na gaveta de talheres que acabou de ser limpa. Mãe, o que você está fazendo, Bailey está vomitando de novo. Ela agarrou a mão de Molly, sacudindo-a para cima e para baixo, mas é a si mesma que ela voltou a encontrar. Quando houver luz lá fora, ela diz, precisamos passar fita nas janelas para o vidro não entrar, que horas são agora, vamos torcer para o Ben continuar dormindo.

Os dedos dela remexem nos botões do casaco enquanto ela fica parada diante do espelho no vestíbulo. Sem se pentear há dias, ela deixa os cabelos soltos e passa seus dedos por eles. Esse tremor na mão direita como se algo estivesse entocado sob sua pele para viver de seus tendões e ossos, ela pega o pente e logo o solta e em vez disso prende os cabelos. Pega o telefone torcendo para ter sinal e depois sai da casa olhando para o céu, tentando localizar uma fonte para a fumaça que sobe à deriva, as sirenes soando, Gerry Brennan guindando um saco de lixo sobre uma pilha de detritos escuros e tumescentes que se estende ao longo da rua. Ratos, ele diz, apontando com o dedo para a rua, tem ratos grandes como gatos, nunca vivi numa imundície dessa. Ela não sabe o que dizer, já nem liga mais para as lixeiras, mal dormiu uma hora em cinco dias e noites e essa sensação no corpo de que as coisas estão diferentes agora, esse medo escuro que vive no sangue, essa sensação de que não há como escapar. Gerry Brennan ergue uma mão como se fosse falar, mas os dois olham para o alto ao ouvir o som de um avião militar que já passou, um eco estrondoso que soa como se o céu fosse uma caverna e então a explosão vinda do lugar onde a bomba caiu a poucos quilômetros de distância. Devem ser sete da manhã, ele diz, daria pra ajustar o relógio por esses jatos assassinos, você não ouve nada até que eles estejam prestes a atacar ou quando já atacaram. Ela observa o rosto imberbe de Gerry Brennan, vendo-o todos os dias durante cinquenta anos diante do espelho com uma lâmina de barbear e agora as faces cintilam com sílica, a camisa e a gravata substituídas por um colete sujo, os braços magros e os cotovelos de galinha. Precisa de alguma coisa, Gerry?, ela diz, vou tentar atravessar no ponto de bloqueio, posso tentar reservar um espaço na minha sacola. Ele não responde, fica parado encarando perdido enquanto ela olha para o jardim atrás dele, vendo o quanto a vida do homem foi perturbada, e que ele escolheu para sua aposentadoria os vasos com plantas que passam sede à espera da mangueira, que escolheu as ervas daninhas que saem pelas rachaduras da calçada curvadas perante a lâmina da enxada, que escolheu erguer o restante de seus dias sobre tarefas frívolas, escalpelando calcanhares de meias em sandálias de jardinagem, revolvendo a gordura flácida dos cotovelos sobre os canteiros elevados nos fundos cheios de repolhos ressecados e cenouras de entressafra, beterrabas e nabos para o inverno, entrando e saindo da casa num silêncio devocional a cada vez que a esposa chama. E agora o olhar feroz no rosto em busca de ratos nas ruas. É muito claro o que eles estão tentando fazer, ele diz, estão tentando expulsar a gente como vermes, é isso que estão tentando fazer, querem exterminar a gente como ratos, é mera questão de tempo e esforço, eu trabalhava como urbanista, você sabe, existe um número finito de ruas e de casas nesta cidade, despeje artilharia suficiente e depois de um tempo você vai ter esburacado todas as ruas, vai ter atingido todos os blocos de apartamentos, todas as lojas e casas, aí você continua com isso noite e dia, continua despejando cada vez mais explosivos até ter devastado todas as estruturas e aí você continua até transformar os tijolos em pó e não ter sobrado nada exceto as pessoas que se recusam a ir embora. Ele se vira, olhando feroz para o céu por um instante. Por que a gente devia ir embora?, ele diz, me conte, eles não vão tirar a gente daqui, a gente vai morar no subterrâneo se for preciso, vou cavar um buraco na porra do meu jardim, se você morou no mesmo lugar a vida toda a ideia de morar em outro lugar é impossível, como é que se diz mesmo, é neurológico, aquilo está gravado no cérebro, a gente vai simplesmente cavar, é isso que a gente vai fazer, até porque o que mais a gente poderia fazer, eu não sei pra onde ir, eles vão ter que me arrastar pra fora daqui num caixão. Ela não sabe o que fazer com o próprio rosto e se afasta, pisando no concreto. Agradeça a Betty de novo por ter me emprestado a bicicleta, ela diz, as marchas continuam escapando e deixei meu filho dar uma olhada e agora piorou. É uma bicicleta velha, ele diz, pode ser um problema nos dentes da roda traseira, leva pro Paddy Davey, ele tem uma bicicletaria na alameda Emmet do lado da lojinha de peixe com batata frita, eu levava as bicicletas das crianças pra ele consertar, diga que eu mandei um abraço, ele vai fazer um preço bom pra você.

Ela murmura pedindo a Larry que atenda o telefone e não consegue se libertar do sono, o braço está preso sob o peso e quando acorda ela ouve o telefone tocando no vestíbulo, sirenes soando perto, o braço está debaixo de Molly. Eilish corre até o vestíbulo pensando que deve ser quase de manhã, ela está falando com Mark antes de chegar ao telefone, claro que você perdeu o meu número, quem é que lembra número de celular hoje em dia, mas do telefone de casa você sempre lembra, eu não fiz você decorar quando era criança... Ela reconhece o pai pelo jeito de pigarrear, a assinatura que é o modo de ele respirar e depois um tremor de voz. Você está aí?, ele diz, ela foi embora, você está me ouvindo, dormi e quando acordei ela tinha sumido. Pai, ela diz, que horas são, a linha estava muda há dias, você está falando do cachorro? Você precisa me escutar, ele diz, estou falando da sua mãe, procurei na casa toda mas ela não está, levou todas as coisas dela, o guarda-roupas dela está vazio, eu devia ter percebido que isso ia acontecer, devia ter percebido que ela ia embora. A voz alta se transforma num sussurro medroso e em seguida ele tenta recuperar o fôlego. Não consigo respirar, ele diz, não consigo respirar... Pai, ela diz, ai meu Deus, por favor, pai, quer que eu chame um médico? Não, ele disse, me deixa, aquela mulher está tentando me destruir. Eilish belisca a pálpebra de um olho com o indicador e o polegar, belisca a parte cartilaginosa do nariz, vendo um homem que acordou dentro de um sonho, sabendo que não se pode contar a ele que a mulher morreu quando ele não tem memória da morte dela. Um calafrio de emoção passa pelo corpo dela e Eilish olha para cima e vê Molly perto da porta, faz um gesto para que ela volte para dentro. Percorrendo a linha telefônica escura e empoeirada ela busca o rosto do pai, quer abraçá-lo, vendo-o parado na entrada com todas as luzes da casa acesas, ele deve ter esquecido o roupão e os chinelos. Ela pede que ele respire e quando abre os olhos Eilish vê dois rostos pálidos circunspectos observando da porta. Pai, ela diz, sussurrando agora, dando as costas para os filhos. Pai, realmente preciso que você me escute, por favor, respire e escute, a mãe não sumiu, daqui a pouco ela volta, eu garanto, ela só... Você está mentindo pra mim, ele diz, você sempre fica do lado dela, choramingando atrás dela igual uma cadelinha, esta casa fica numa paz só sem vocês todos. Ela escuta uma inspiração ruidosa e depois ele deixa escapar o choro. Não consigo respirar, ele diz. Papai, ela diz, ah, papai, por favor me escuta, vai ficar tudo bem... Eu devia ter me tocado que isso ia acontecer, ele diz, eu devia saber mas preferi não ver, teve um tempo em que fui apaixonado por ela, sabe, eu realmente amava a sua mãe, ainda amo, ah... diz pra mim, pra onde foi o amor, me conta, não consigo mais lembrar pra onde as coisas vão, pra onde vai todo o seu amor se teve um tempo em que a gente guardava ele apertadinho entre as mãos. Papai, por favor, papai, me escuta, não é o que você está pensando, por favor, me escuta, eu vou aí quando amanhecer, assim que estiver claro, assim que eu puder. Não, ele diz, não quero você aqui, não quero que você seja boazinha, não estou a fim de bondade agora, a sua mãe me abandonou, ela afastou todos vocês, ela é assim, me deixa em paz. Ela escuta um ruído abafado, como se ele tivesse coberto o fone com a mão. Não consegui ouvir, pai, o que você disse? Ela gesticula loucamente para que as crianças fechem a porta. Ai meu Deus, ele diz, o que foi que eu fiz, eu não ouvi, não ouvi nenhum de vocês, vou ter que sair atrás dela, eu sei aonde ela está indo, se sair agora acho que consigo impedir que ela vá… Pai, ela diz, por favor preste atenção, você não pode sair de casa, são cinco e pouco da manhã, a cidade está sendo bombardeada e o ataque aéreo começa daqui a duas horas, por favor fique onde está e vou dar um jeito de atravessar mais tarde, também vou ligar para um médico. Ela ouve o telefone sendo posto sobre o console e só ouve silêncio enquanto fala o nome dele.

Eilish liga para o telefone da sra. Tully para pedir que ela dê uma olhada em seu pai, mas ninguém atende. No consultório do médico a ligação cai numa secretária eletrônica que a redireciona para uma caixa de mensagens, o serviço que você deseja não está mais ativo, o médico abandonou o país com a família, talvez nunca mais volte, levou os pais junto, se você precisar de atenção urgente, procure o pronto-socorro mais próximo. O olhar de pânico no rosto de Molly quando ela conta que precisa ir até o outro lado da cidade, Molly seguindo a mãe até o vestíbulo enquanto ela pega a capa de chuva, ela se vira e Molly está parada diante da porta de casa com os braços cruzados. Mãe, ela diz, você não pode ir assim, não tem como você esperar um pouco, o vô vai ficar bem, ele deve ter voltado a dormir, nem vai lembrar o que aconteceu, ele está sentado na cozinha a uma hora dessas resmungando enquanto lê um jornal velho, está tomando chá com leite azedo, os óculos pendurados no pescoço e ele está procurando pelos óculos mesmo assim, você sabe como ele é. Eilish está olhando para o rosto de Molly acreditando por um momento que aquilo que ela diz é verdade, ela vê a mão da menina pegando seu pulso, Molly sussurrando, implorando. Ok, Eilish diz, tomara que você esteja certa, vou esperar a hora que der uma parada, parece que o bombardeio diminui por um tempo depois do almoço. Essa sensação de ter entrado num quarto escuro com a porta trancada atrás de si enquanto as bombas e o ataque aéreo prosseguem sem pausa, o dia escapando de suas mãos, a tarde virando noite. Eles jantam comida fria enquanto ela ouve a BBC, o ataque do governo se intensificou apesar da desaprovação da comunidade internacional, ela escuta a rádio estatal, o governo insiste que está bombardeando terroristas. Ela desliga o rádio, mas não consegue dormir, fica deitada com a mente girando em círculos, é acordada por Ben que enfim fecha os olhos segurando o rosto da mãe com suas mãozinhas. De manhã ela se posta decidida diante das crianças, a voz séria enquanto ela veste a capa de chuva. Não posso esperar nem mais um minuto, ela diz, preciso ir agora, volto assim que puder.

Os pássaros vão sempre habitar a Terra, os pássaros anunciando a manhã nas árvores dilaceradas e destruídas enquanto ela atravessa a cidade pedalando. Há luz agora onde antes não havia, os prédios vergados em destroços, paredes e chaminés solitárias, a escadaria que sobe até uma súbita queda. O pneu de trás fura e ela precisa esconder a bicicleta atrás do muro de uma escola e continuar a pé, bombardeios no sudoeste da cidade e uma paisagem de fumaça cinza, ouvindo tiros esporádicos, sussurrando para Larry, a fronteira entre os rebeldes e o governo mudou ou pode ser que agora não haja fronteira alguma. Ela passa apressada por ruas residenciais silenciosas e poeira indolente, os pontos de checagem pertencentes aos soldados rebeldes foram abandonados e crianças rolam pneus e os queimam em buracos que jorram fumaça preta para cegar os aviões militares. As ruas no entorno da casa do pai estão quietas, quase não há carros circulando. Ela chama Spencer ao ver o cachorro sentado no capacho em frente à porta, ele se ergue de um salto e anda em círculos à espera de que ela o deixe entrar e depois para quando ela dá um tapinha em sua cabeça. O que você está fazendo sozinho aqui fora? Ela bate à porta e fica com o ouvido atento por um instante, depois a destranca, é preciso dar duas voltas na fechadura, ela entra e sabe que a casa está vazia, o casaco não está no cabideiro, as luzes estão apagadas, o telefone sem fio sobre o console foi devolvido à sua base. As cortinas do quarto de Simon estão abertas, a cama malfeita, os chinelos diante do guarda-roupas. Ela manda o cachorro para o jardim e checa o telefone, mas a linha está muda. Eilish fecha a porta da casa e vai até o fim da rua e depois segue o percurso diário do pai pela rua principal até o parque, as lojas todas fechadas, parando todo mundo que encontra, ninguém viu o homem que ela descreve e um rapaz vesgo andando de bicicleta simplesmente ri da cara dela. As persianas fechadas na casa da sra. Tully, tudo trancado, as plantas secando na varanda. Gus Carberry demora a atender a porta depois repousa uma mão de papiro no batente e inclina o bigode branco para fora, olhando para os dois lados da rua enquanto faz que não com a cabeça. Eilish atravessa a rua até a casa da sra. Gaffney, que pede a ela que respire e entre, pot-pourri incensando o corredor e ela segue na direção de uma cozinha à meia-luz e se senta à mesa. Você vai tomar uma xícara de chá e aí a gente vai ver o que faz. A mulher acende um fogão a gás e enche uma velha chaleira com água que tira de uma vasilha. Não sei o que fazer, Eilish diz, não tem como ligar para a polícia ou os bombeiros, a Guarda Nacional parece nem existir mais no sul da cidade, vou tentar ligar para os hospitais. Ela olha para a chaleira aquecendo no fogão. Talvez você possa ficar de olho até que ele volte, ela diz, ele deve voltar a qualquer momento, deixa eu te dar o meu número, você pode me ligar se conseguir sinal, enquanto isso, não sei o que fazer com a droga do cachorro, sabia que ele só ia causar transtorno. A chaleira começa um apito crescente e a sra. Gaffney se levanta e tira duas xícaras do armário com um tilintar. Eu posso ficar com o cachorro, ela diz, se você tiver um pouco de comida, mas não tenho nada aqui pra dar de comer a ele. Ela está vendo os vincos no rosto da outra e tentando se lembrar do rosto dos filhos dela correndo pela rua, agora são adultos com filhos que moram em fotos dispostas no parapeito da janela. E seus filhos?, ela diz. Ah, já foram embora faz tempo, os dois na Austrália, estão tentando me fazer sair do país faz tempo mas eu não quero. Mas por que, sra. Gaffney, por que a senhora ficou? A mulher fica em silêncio por muito tempo. Coloca uma mão manchada no queixo e vai falar, mas em vez disso suspira e olha para longe. Por que é que alguém fica?, ela diz. Eilish percorre as ruas procurando o pai, se encolhe na soleira de uma porta e depois corre para casa. Está atravessando uma rua quando ouve atrás de si o bater de cascos, se vira e vê três cavalos galopando pela rua, dois cinzentos e um malhado que passam com um olhar alucinado e furioso.

Os dias escapando pelos dedos dela, a casa à noite em meio ao bombardeio vendo o pai como se ele fosse um fantasma parado diante de seus olhos, Simon se afastando rumo ao silêncio. Ela atravessou a cidade outra vez e parou numa casa vazia e ficou encolhida nas ruas e não vai mais sair de perto das crianças, sussurrando para Larry, eu devia ter imaginado que isso ia acontecer, o que é que eu podia fazer, sim, eu sei, eu devia ter imaginado, a culpa é toda minha. A rede telefônica volta e ela recebe uma ligação da sra. Gaffney para contar que o cachorro fugiu. A irmã tenta ligar do Canadá e ela desliga por saber como Áine vai reagir às notícias sobre o pai, vendo o seu fracasso e a sua vergonha postos diante de seus olhos, ela mentiu para os filhos na esperança de que Simon volte, mentiu para si mesma tantas vezes, Áine mandando múltiplas mensagens pedindo que ela ligue. Não consigo falar com você, a gente precisa conversar, por favor, me diz que você está bem. O sul da cidade sitiado, bombardeios noite e dia, a BBC diz que os militares usam helicópteros para lançar bombas colocadas dentro de barris com estilhaços e petróleo, as crianças tentando dormir debaixo das escadas enquanto Ben geme por causa da dor nos dentinhos, os caninos superiores e inferiores nascendo. Algo dentro do corpo dela formou um nó que não pode ser desfeito, o corpo alerta em tempo integral, esse corpo que ouve enquanto dorme e os olhos que observam tudo ao redor quando ela está na fila do caminhão-pipa ou dos suprimentos. Ela está parada na fila quando vê um homem que conheceu nos tempos de escola e há algo no sorriso esquálido dele que a faz pensar por um momento no que é ser abraçada, se deitar ao lado de um amante, fugir por completo da própria mente e entrar no corpo, se perder integralmente por um feitiço. Eilish se vira envergonhada de sua aparência, ela parou de se pentear por medo de que os cabelos caiam. O homem toca no pulso dela e conta que um contrabandista abriu uma venda em uma loja de materiais elétricos na alameda Crumlin, talvez lá ela consiga algumas coisas que quer. Ela anda pelas ruas semidemolidas passando por voluntários da defesa civil com seus capacetes brancos varrendo os detritos num bloco de apartamentos, é escoltada até a loja de materiais elétricos por um guarda armado e fica numa fila. Máquinas de lavar de segunda mão e secadoras de roupa, lava-louças e fogões e nada de eletricidade para ligar esses aparelhos, ela está com os sapatos errados de novo, os mocassins de verão apertando os pés, ela descalça um dos pés e olha para os dedos pensando no quanto ela adorava esses sapatos, os pés mudaram depois que Ben nasceu, agora não há dúvida, as curvas caíram, os ossos cresceram, aqueles já não são os pés dela, o telefone apita dentro da bolsa. Ela lê a mensagem e encara a tela e depois lê a mensagem outra vez. Quero que você saiba que ele está seguro. Ela responde para a irmã, quem está seguro? Olhos insones e um rosto sem barbear olhando do outro lado do balcão. Eilish quer leite em pó e paracetamol para o bebê, o sujeito vai até uma salinha nos fundos enquanto um rapaz faz a conta numa calculadora. Ela faz um cálculo rápido de cabeça, estão cobrando doze vezes o preço normal pelo paracetamol, ela olha para o celular esperando que Áine responda, logo ela vai estar sem dinheiro e vai precisar implorar para a irmã. Áine está demorando demais para responder, ela escreve de novo, quem está seguro? Ela está indo apressada para casa amaldiçoando os sapatos quando Áine responde e ela para e lê a mensagem duas vezes. O pai está seguro, Áine diz, nossos amigos tiraram ele daí, estou tentando falar com você faz um tempão.

8

A roda traseira segue com seus estalidos enquanto ela carrega a bicicleta atravessando a porta de entrada e a encosta na parede, o timer do micro-ondas apitando na cozinha. Ela grita para alguém desligar o alarme e olha em volta em busca dos chinelos, chama de novo e entra em casa descalça. Cadê o Bailey?, ela diz, passando por Molly estendida num colchão com a cara enfiada num laptop e fone de ouvido, Ben cochilando no moisés segurando uma colher de pau. Ela tirou o pão integral da forma e pôs sobre a grelha, deu uma batidinha embaixo para testar e ver se saía um som oco antes de pensar em desligar o alarme, a eletricidade vai acabar a qualquer momento, ela vai tentar bater mais uma leva de roupas na máquina. A imobilidade quentinha do pão com casca, ela pensa em Carole Sexton com aquela boca amarga dela, quando vê está parada diante de Molly agitando a luva térmica, você não podia tirar o pão do forno como eu pedi? Os olhos magoados que se erguem da tela são de Carole e não da filha dela, Eilish indo para a cozinha quando para com um olhar de quem tenta escutar algo que vem da direção do teto e num instante ela cobriu a cabeça com as mãos, o som do mundo se desfazendo, um tremor passando sob a casa e o som de uma chuva de cimento. Ela está correndo na direção de Ben e tira o bebê do moisés rugindo para que Molly vá para baixo das escadas, Molly tirando os fones, os olhos alucinados de Eilish percorrendo a sala. Cadê o Bailey?, ela berra, aonde é que o seu irmão foi? O olhar de pânico no rosto de Molly, a boca que abre para palavras que não soam, mas que fugiram antes dela para debaixo da escada, a mão apontando para a porta. Ele saiu, ela grita, disse que ia comprar leite. Eilish coloca Ben no colo de Molly e a empurra para o vão embaixo da escada, ela está indo na direção da porta da frente com o nome de Bailey na boca, a mão deslizando a porta que dá para o pátio, os olhos tentando chegar à rua pensando que não existe leite para se comprar quando sem nenhum ruído seus pés saem do chão e ela é arremessada para trás pelos ares com os braços abertos em uma espécie de descompasso entre luz e escuridão com a boca cheia de pedaços de cimento. Ela está deitada numa escuridão muda debaixo de um silêncio imenso e esmagador. Há algo dentro de sua boca que não é sangue, sangue subindo em torno da língua mordida, o sangue circundando o que está na boca, não é cimento é outra coisa, os olhos dela se abrem na direção do corredor nublado por vidro e pó e Molly debruçada sobre ela para tirar a bicicleta de cima do corpo enquanto segura Ben no colo, Molly gritando com uma boca silenciosa e Eilish não consegue entender enquanto é puxada pelo pulso para que se sente. Do silêncio vem um som apressado que dá lugar a vozes que berram e pedidos de ajuda em meio ao som de alarmes das casas como se todo mundo tivesse sido despertado para a manhã, Molly limpando o rosto da mãe, Eilish vendo o próprio sangue escuro na manga da blusa de Molly, ela pegou a filha pelo pulso, mas não consegue moldar a própria boca, tenta se erguer, mas o peso do seu corpo está todo no crânio e ela tonteia contra a parede. Com o peso inclinado sobre a mão, faz força para se levantar, imprimindo a parede com sangue, Ben choramingando e agarrado à irmã enquanto Molly manda a mãe se sentar. É preciso forçar a boca para falar, tentando levar a língua a soar a palavra que chapinha em sangue sob a língua mordida, o nome, só há um nome que precisa tomar forma em sua boca, a boca uma caverna silenciosa depois que ela o sussurrou. Bailey. Ela passa cambaleando pela porta e não há como impedi-la, algum odor fétido de amálgama vindo na direção dela, penetrando o nariz, os olhos, a boca, aquilo queima a garganta enquanto ela sai da casa e entra em um vácuo de fumaça e pó suspenso que ocupa o espaço entre as casas. Eilish anda gritando o nome do filho enquanto homens e mulheres tomam forma saindo do pó, vidro e cimento sendo esmigalhados sob pés que correm, os capacetes brancos da defesa civil gritando uns para os outros enquanto se movem no ponto em que ocorreu o ataque aéreo. Através do pó ela consegue ver o repentino destroço das casas à direita dos Zajac, o pó de cimento suspenso no ar e a fumaça girando numa brisa suave que se espalha como para fazer companhia à fumaça que sobe do primeiro ataque aéreo perto do fim da rua. Ela depara com um mecanismo de raciocínio disfuncional, não consegue lembrar quem morava do outro lado da rua, não consegue lembrar o rosto de ninguém que conhece enquanto caminha solitária em um mundo de silêncio com olhar feroz em meio ao pó, alguém agarrou seu ombro, um rosto falante sob um capacete branco pergunta se ela está ferida, um cobertor é posto sobre seus ombros e ela é levada para a calçada e a fazem sentar. Vocês não entendem, ela diz, tentando forçar um sorriso contrariando a dor na boca, meu filho está voltando da loja, meu filho saiu para comprar leite. Molly chegou ao lado dela apertando Ben contra o peito, os cabelos e os rostos deles pálidos de poeira e os lábios do bebê brancos até que ele abre a boca e chora e ela vê o rosado surpreendente de sua língua, Molly implorando que ela volte para casa, Eilish tentando ver rua abaixo enquanto pisca para tirar o pó dos olhos. Ela olha para o outro lado da rua e vê um par de cortinas balançando para fora da janela de um quarto. Eilish retoma a caminhada em direção ao ponto do primeiro ataque segurando a coberta nas mãos, uma náusea que vem em ondas enquanto ela anda, o cheiro insidioso de gás, alvenaria e madeira e cabos destruídos e transformados em uma demolição fumegante e cheia de arestas onde antes havia uma fileira de casas, gente se aglomerando sobre os detritos e remexendo-os com as mãos, enquanto um homem carrega pelas axilas uma mulher com pés descalços que se arrastam, um homem ergue a mulher pelos tornozelos, ela é levada até um carro com o porta-malas aberto enquanto um homem baixa o banco traseiro. É nesse momento que Eilish vê o filho, que reconhece imediatamente embora ele esteja encurvado de costas em meio aos capacetes brancos e civis que removem os destroços com as mãos, os cabelos e as roupas dele brancos de pó e a voz dela presa na garganta. Ele só ouve quando ela o pega pelo braço e o puxa de volta para a rua, dá um abraço, o pó cobrindo os longos cílios dele enquanto ele pisca e depois tenta se libertar. Está tudo bem, mãe, ele diz, será que dá pra você ficar calma, preciso voltar e ajudar. Ela grita de amor e dor e olha para ele com orgulho ferido e alisa os cabelos dele e depois retira a mão olhando para ela, Eilish faz Bailey se virar e vê os cabelos num emaranhado de sangue. Ela está gritando com uma voz rouca, os olhos percorrendo o entorno enquanto ela grita para que Molly encontre um médico, uma mulher em trajes civis com uma máscara cirúrgica e uma bolsa pendurada nos ombros vai na direção deles e faz Eilish silenciar com um toque no pulso, a eficiência experiente das mãos dela enquanto faz Bailey se sentar na calçada e inclina o tronco do menino para a frente, despeja água mineral sobre a nuca, Bailey erguendo os olhos para a mãe. Está vendo, ele diz, eu te disse, estou superbem. A médica que estava de cócoras se levanta. Tem um estilhaço alojado no crânio dele, ela diz, acho que ele vai ficar bem, mas vai precisar de cirurgia para remover, o hospital infantil na Crumlin foi atingido hoje de manhã, mas vocês deviam ir lá mesmo assim e se eles não puderem atender vocês deviam tentar o hospital da rua Temple, se estiverem dispostos a atravessar o front, ache alguém aqui que te leve de carro. Uma fumaça rançosa parece girar no ar e voar direto para a boca de Eilish e por um instante ela se torna desabitada, não há como exalar a fumaça, aquilo que existe dentro do cheiro de queimado. A médica já seguiu em frente para atender um homem sentado sozinho na calçada com as mãos em volta dos joelhos olhando o vazio. Ela não consegue pensar, a rua cheia de gente gritando e acenando e apontando outras pessoas que deviam ser levadas para carros, Molly é quem consegue falar, é Molly quem olha para os pés da mãe e diz, mãe, você esqueceu os sapatos, seus pés estão cobertos de sangue.

*

O bolor de folhas e resina de árvore, uma escuridão envolvente no furgão do paisagista no momento em que a porta de correr é fechada. Ela consegue ver o rosto de Molly antes de as duas serem separadas na rua por uma falange de homens que carregam uma mulher sobre um lençol rumo a um táxi, o medo que se empoçou nos olhos da filha e depois um súbito olhar de força quando ela concordou em levar Ben para casa, vendo a filha agora como se ela estivesse no pó esfumaçado fora do tempo, sabendo que aquilo que ela viu nos olhos da filha foi o instante em que ela se tornou adulta. Ferramentas chacoalham e tilintam no chão do carro enquanto os passageiros na parte de trás tentam abrir espaço em torno de um rapaz colocado inerte sobre uma jaqueta. Ele chama alguém com uma voz aguda e débil e ela não consegue ver quem está com ele, Bailey tenta ver à frente por entre os bancos e ela sussurra para que ele se sente, manda o filho manter a coberta encharcada na cabeça. O pescoço vermelho e dobrado do motorista quando ele se inclina para fora da porta na hora de dar ré no furgão, ele pisa no freio e depois fecha a porta e se inclina sobre o volante botando o câmbio para frente, o furgão avançando até que ele volta a frear, Eilish segurando o cobertor na cabeça de Bailey enquanto o motorista baixa o vidro e começa a gritar e agitar o braço. Vai um pouquinho pra trás, amigão, pra eu poder tirar esse pessoal daqui. A carcaça nua do furgão transmite aos ossos cada sacolejo da rua, ela tenta encontrar uma linha clara de pensamento, mas a dor no crânio comprime o raciocínio e ela não lembra onde fica o hospital nem como se chama, não se pronuncia uma palavra exceto pelos xingamentos que o motorista solta contra tudo que encontra no caminho, ele enfia a mão na buzina e grita com os carros à frente, baixa o vidro da janela e abre caminho na base do aceno em uma esquina. Ela fecha os olhos se vendo carregada adiante no escuro, vendo a si mesma transformada em passageira da própria vida, este momento presente na parte de trás do furgão e somente este momento vem a existir em relação àquilo que agora é passado e o futuro não existe, o futuro se recolhendo ao silêncio de uma ideia morta e no entanto ela busca um pedacinho a que possa se agarrar, persuadindo o futuro a voltar do nada a que ele se recolheu, a romper seu silêncio avançando sobre a lógica dos acontecimentos computando o máximo de variáveis que ela pode, vendo que o furgão vai parar em frente às portas da emergência do hospital e vendo as pessoas entrarem, vendo Bailey ser forçado a esperar um pouco e depois finalmente dar entrada e ser levado para a cirurgia, ou então ir para a rua Temple, vendo os dois saírem do carro, vendo o filho ser forçado a esperar e depois finalmente dar entrada, sentindo o futuro outra vez em suas mãos. O nome do hospital vem à cabeça, as características do prédio, murmurando o nome para si mesma como se aquilo pudesse mais uma vez escapar da mente, Crumlin, sussurrando o nome para Larry, vendo o vidro na recepção e os funcionários que fazem a documentação da entrada dos pacientes atrás do computador e as muitas horas que ela e Larry passaram no pronto-socorro esperando que o nome de um dos filhos fosse chamado. Ela está olhando para o rosto de Larry, mas não o vê, vasculha a memória e tenta tocar os cabelos dele, mas o rosto de Larry segue obscuro, ela abre os olhos e vê Bailey inclinado tentando ver o que há pela frente. Ela se move para puxá-lo para trás pela camiseta quando o furgão passa por uma lombada e Bailey é arremessado para trás sobre ela, o garoto no chão arfa de dor e ouvem-se resmungos, ela grita para que o motorista vá mais devagar e vê uma mão penitente subir ao ar, as pontas das unhas dos dedos enegrecidas pela terra. Desculpa aí, querida, ele grita, a gente vai chegar num instante. Ela não consegue se lembrar do rosto dele, que enxerga obliquamente pelo retrovisor, o pescoço vermelho brilhante de suor, uma cabeça de cabelos pretos ficando grisalhos em meia hora, num instante você está podando árvores e no momento seguinte virou motorista improvisado de ambulância, perguntando a si mesma o que o sujeito vai pensar disso tudo quando tentar dormir à noite, vendo a criança pequena com o rosto todo cheio de estilhaços que ele ajudou a carregar até o furgão, vendo aquilo se repetir em sua mente pelo resto da vida.

O furgão para na rua em frente à rampa do hospital e não segue em frente, o motorista batendo na buzina e depois descendo e abrindo a porta lateral e ela vê um rosto diferente do que havia imaginado, os tristes olhos abalados de um homem cujas certezas desapareceram. Parece que o hospital foi atingido outra vez, ele diz, talvez não esteja tão ruim, ainda tem gente tentando entrar. Um homem com uma criança no colo se abaixa e sai do veículo e vai na direção da rampa e os olhos o seguem enquanto o motorista grita pedindo ajuda para levar o menino que está no chão. Ela está de pé na rampa com Bailey vendo a fumaça subir dos fundos do hospital, o saguão um caos, gente gritando e se aglomerando na entrada enquanto dois seguranças e uma enfermeira ficam na porta pedindo que as pessoas se afastem, duas ambulâncias bloqueadas na rampa de saída soam sirenes num pedido urgente para que os veículos à frente recuem. Ela não consegue ter um único pensamento, pega a mão de Bailey e fecha os olhos para a dor em seu crânio e quando volta a abri--los vê uma fila de enfermeiros e porteiros e civis carregando crianças sobre roupas de cama ou levando-as em cadeiras de rodas rampa abaixo rumo a um micro-ônibus vermelho que parou na calçada, um garoto parado em frente à garagem de uma casa do outro lado da rua observa a evacuação enquanto gira uma laranja nas mãos. Um palhaço corpulento com uma peruca verde neon veio na direção deles com pés enormes e jaleco de médico fazendo gestos para que o sigam, ela olha para trás para ver quem está sendo chamado enquanto a boca pintada grita para que eles se apressem, Bailey puxando o braço dela até que os dois se sentam no banco de trás do Corolla todo detonado do palhaço. Ela aperta a mão de Bailey e fecha os olhos para se proteger da náusea que começa na base do crânio, vendo que tudo isso aconteceu sem que houvesse pensamentos, vendo que ela foi sendo levada em frente como se capturada por uma força tremenda, o corpo já não mais nadando, mas sim sendo carregado pela torrente de água, o carro saindo do terreno do hospital para entrar em um pequeno comboio atrás do ônibus. Bailey se senta no banco do meio enquanto ela dobra mais uma vez a coberta e a segura encostada à cabeça do filho, vendo que eles passam pelo velho shopping center, passam pelas fileiras de comércios fechados em direção ao canal, vendo o velho palhaço no retrovisor, o olho esquerdo dele puxado para baixo numa espécie de melancolia enquanto ele usa um lenço umedecido para tirar a maquiagem do rosto.

A peruca sobre o banco, a cabeça que agora é careca suando e a verdadeira boca escondida dentro da boca pintada e ele diz que não vai demorar muito para chegar à rua Temple, eles me conhecem lá, ele diz, vai ficar tudo bem. Uma sensação de quietude enquanto o comboio de crianças se aproxima do canal, as pilhas de sacos de areia e o arame farpado, os soldados rebeldes acenando para que o comboio passe rumo à terra de ninguém onde o ônibus e os carros diminuem a velocidade até parecerem que estão se arrastando e mãos emergem do ônibus agitando lenços brancos de papel e algo que parece uma página arrancada de um livro enquanto o palhaço pega um lenço branco que agita lentamente para fora da janela. Não vai demorar pra gente atravessar, ele diz, e depois é só seguir em linha reta, nem me ocorreu perguntar os nomes de vocês, aliás, eu sou o James, ou o Palhaço Jimmy, como vocês preferirem, nem deu tempo de tirar os sapatos, é difícil dirigir com isso. Ele ergue um dos joelhos revelando um sapato de verniz vermelho que tem laços no lugar do cadarço e depois baixa o pé e coloca o punho sob a boca e assopra uma nuvem de glitter vermelho na parte dianteira do carro de modo que por um instante o mundo explodiu em sangue bruxuleante, a chuva vermelha caindo sobre a caixa de câmbio e sobre os itens de maquiagem e sobre os cabelos da peruca no banco da frente e agora ela vê que o sujeito é louco e que eles precisam sair do carro, Bailey puxando a manga dela, mãe, ele diz num sussurro, o que está acontecendo? Isso sempre irrita as enfermeiras, Jimmy diz, alguém tem que limpar tudo depois, certo, pessoal, lá vamos nós, arriba, arriba. O palhaço baixa o vidro e é aí que ela se toca que saiu de casa sem documentos, começa a apalpar os bolsos da calça, ela não tem nem uma bolsa com dinheiro, sussurrando isso para Jimmy, que finge não ouvir enquanto exibe sua credencial do hospital e mostra sua identidade, aponta para Bailey no banco traseiro, este garoto está com um estilhaço no crânio e precisa ir para a rua Temple. Olhos se debruçam sobre a janela e estudam Bailey e Eilish e então pedem que eles mostrem seus documentos, o palhaço dá início a uma reclamação sorridente, aponta para o ônibus e os carros que já seguiram em frente passando pelo ponto de checagem. Olha só, não vamos demorar à toa, o menino precisa urgente de cuidados... Ela passa o braço em torno de Bailey, quando o soldado manda Jimmy descer do carro. Quero ver o que tem no porta-malas. O palhaço debruçado gorducho sobre a porta, ele faz a volta enquanto o soldado exige que ele tire o estepe e quando dá partida outra vez ele está sem os sapatos de palhaço e parece desanimado, passa as mãos pelo rosto semipintado, tateia às cegas com a mão esquerda tentando encontrar os lenços. A rua está vazia à frente, o comboio se foi. Não se preocupem, ele diz, já vamos alcançar os outros. Ele se inclinando para a frente no banco quando dá uma pancada no volante e começa a frear. Puta que pariu, ele diz. A sinalização azul de um bloqueio da Guarda Nacional, dois guardas na rua fazendo sinal para que o carro pare. O palhaço baixa o vidro e já está se explicando, segurando a credencial do hospital, apontando para o comboio que foi na frente. A cabeça careca suarenta, os pelos espetados para fora das orelhas, o agente da Guarda se debruçando enquanto faz que não com a cabeça. Tenho ordens de não deixar passar mais ninguém, ele diz, faça meia-volta agora. Pelo amor de Deus, o palhaço diz, só estou levando o menino para o hospital, não dá pra ver que esse menino precisa de cuidados médicos. O palhaço murmurando para si mesmo enquanto faz a meia-volta, limpa a boca com a manga que fica horrivelmente manchada pela tinta. Bando de filhos da puta, ele diz, e desculpa pelo palavrão. Ele está olhando pelo retrovisor e faz uma curva fechada, repentina numa rua estreita. Não posso levar vocês até a rua Temple, ele diz, eles têm a minha carteira de motorista e a minha identidade, mas não se preocupem, o Hospital St. James é por aqui, dá pra você dizer que ele tem dezesseis anos e eles vão aceitar dar entrada nele e depois que já tiverem operado o menino o que é que eles vão poder fazer, ele passa por dezesseis, você pode mandar todo mundo à puta que pariu e ir embora.

Ela não consegue lembrar qual dia da semana é, não tem a menor noção de noite ou dia na luz clara do corredor do hospital, Bailey recostado na mãe quase dormindo enquanto ela está sentada encostada na parede vendo se encontra vidro na sola do pé. O departamento de emergência transbordante, pacientes em vários estágios de nudez ensanguentada em bancos e cadeiras de rodas ou deitados no chão, duas enfermeiras pararam no corredor para conversar e uma risada abafada escapa delas, Bailey endireitando o corpo com um bocejo. Ele cruza os braços e direciona um olhar fixo, magoado, forçado para Eilish enquanto ela tira os cabelos da frente dos olhos do menino e arruma a roupa dele. Estou morrendo de fome, ele diz, pra mim já deu, como é que a gente vai comer se você não trouxe dinheiro, por que a gente não pode ir pra casa e voltar depois? Ela está vendo um homem magro deitado que está morto ou dormindo sobre uma coberta ali perto vestido com um terno marrom amarrotado cheio de sangue que descolore as mangas, a mão agarrando um saco plástico cheio de pãezinhos, um único sapato preto no pé. Outro homem que ela viu ser carregado para o pronto-socorro estava apenas com um pé de tênis, tantos pés de sapato perdidos, ela pensa, tantos sapatos caindo enquanto seus donos são carregados pelos braços e pelas pernas ou arrastados pelos sovacos para bancos de trás de carros ou caminhonetes e arrastados para prontos-socorros que não têm macas, os sapatos órfãos jogados para o lado em meio à pressa ou deixados na rua ou na calçada como um olho que não pisca à espera do retorno de seu dono. Bailey cutucando as costelas da mãe com o cotovelo quando uma enfermeira gorda com um sorriso cansado passa pelas portas de vaivém chamando o nome dele, o sorriso afetado no rosto quando ele se senta na cadeira de rodas e bate com as mãos nas pernas. Você está com uma carinha boa, a enfermeira diz, já, já vai estar bonzinho. A enfermeira faz um aceno de cabeça para que Eilish a siga e depois olha para os pés dela. Meu Deus, ela diz, deixa eu ver se arranjo alguma coisa pra você no andar de cima. Uma cadeira cinza empilhável ao lado da cama separada do resto da enfermaria por uma cortina e uma sensação de prazer toma conta dela, vendo que o futuro chegou de uma maneira que ela não esperava, Bailey deitado sobre um travesseiro com um avental de papel, o pó e o sangue lavados de seu rosto, a cabeça com um curativo e esperando a lâmina de barbear antes da cirurgia, repetindo para si mesma o que disse o exame de imagem, que não haverá danos internos para os vasos sanguíneos nem para os tecidos.

Ela quer segurar a mão do menino, é preciso ligar para Molly de alguma maneira, vendo o rosto impaciente de Bailey, as mãos inquietas em busca do que fazer, ele parece ter catorze, no máximo quinze anos e quando ela olha de novo já mudou, ele parece um menino que completou treze anos durante um dia de bombardeio constante. É terça-feira, ela diz, batendo com a palma de uma mão na outra, e ele olha para a mãe intrigado. Não ligue, ela diz, você tem tanta sorte, sabia, pensar o que podia ter acontecido caso o estilhaço fosse um pouquinho maior. Você já disse isso, mãe, o fato é que não era, então não faz sentido continuar com isso, pergunta pra enfermeira se ela me deixa comer um pedaço de torrada ou alguma outra coisa, vou morrer de fome, diz pra eles que eu não comi nada o dia todo. A enfermeira do andar de baixo coloca em suas mãos lenços com anestésicos e emplastros e pantufinhas de hospital numa sacolinha transparente. A enfermeira-chefe acabou de pedir que você passe no posto quando sair, ela diz, é a mesa no fim do corredor. Eilish limpa o corte e aplica os emplastros nos pés e anda pela enfermaria com as pantufas de hospital preparando a expressão facial para a enfermeira, lembrando a mentira que contou na recepção, a flor venenosa pendendo de sua boca, pensando, eles vão ter ligado pro nosso médico ou vai ver descobriram a idade dele de outro jeito, por que a senhora mentiu, sra. Stack, o seu filho não tem dezesseis anos, este aqui não é um hospital pediátrico, como a senhora sabe, é contra as regras receber uma criança, ela vai pôr a mão na nuca e fingir surpresa. Ela para diante da mesa vendo a enfermeira falar no telefone e recebe um olhar vago, ligeiro, a enfermeira desliga o telefone e mexe a boca como se fosse cuspir, ela está passando um doce de um lado para outro da boca. Me disseram que a senhora queria falar comigo, meu nome é Eilish Stack, a mãe do Bailey Stack que está na enfermaria. A enfermeira puxa uma gaveta e começa a procurar algo, tira uma pasta da pilha. Ah, sim, temos uma anotação aqui do pessoal da recepção, estamos esperando informações sobre o seu filho, só temos o nome e um endereço e a data de nascimento, mas não temos o número da identidade dele e o número da carteirinha do plano de saúde, infelizmente o protocolo é bem rigoroso. Sei, Eilish diz, já expliquei lá embaixo, não sei de cor o número da identidade do meu filho, não sei nem a minha, não estou com a bolsa nem nada, a gente não planejou vir pra cá... Sim, claro, isso acontece o tempo todo, olha só, não se preocupe com isso hoje, você pode dar os detalhes quando voltar amanhã. Eilish está fazendo uma careta, dizendo que não com a cabeça. Desculpa, ela diz, mas não tenho como deixar meu filho sozinho, quando ele deve ir para o centro cirúrgico? Sra. Stack, o horário de visita terminou faz tempo, a senhora nem deveria estar aqui a esta hora, realmente não tem como saber quando o seu filho vai ser operado, este lugar está um caos, a equipe de trauma está trabalhando sem parar, o melhor que a senhora pode fazer é ir para casa e dormir um pouco, vou mandar uma enfermeira ligar para a senhora de manhã quando o seu filho já tiver saído do centro cirúrgico e aí a senhora pode voltar. Eilish está olhando para os próprios pés calçados com pantufas. Não sei como vou pra casa, ela diz, vou ter que atravessar o front sem identidade, provavelmente vou ser presa. A enfermeira revira a boca para o lado. Deixa ver se consigo um passe hospitalar para a senhora, ela diz, o documento vai dizer que a senhora foi trazida aqui pelos serviços de emergência, as pessoas fazem isso o tempo todo, a senhora pode usar isso pra atravessar para o outro lado. Ela está olhando para as mãos da enfermeira sem as ver, vendo em vez disso o espaço interior de sua mente, um brilho repentino causado por uma sensação que percorre seu corpo, essa sensação de que Bailey vai ficar bem, vendo a vida de repente se deformar completamente e depois em um momento voltar ao formato antigo, ela fecha os olhos e sente seu corpo se libertar da tensão como se ela tivesse deixado o estresse escapar de suas mãos, uma rápida fadiga tomando conta dela, a vontade é de se sentar e fechar os olhos, ao olhar para a frente ela vê a enfermeira com uma cara de preocupada. Desculpa, o que foi que você disse? A senhora parece pálida, sra. Stack, tem certeza de que a senhora está bem, quer usar o telefone para falar com o seu marido, pode ser que a senhora dê sorte e consiga linha. Ela para diante do telefone e não consegue lembrar o telefone de casa, e se Larry também não conseguir lembrar, ela pega o telefone e o que disca não é a memória mas um padrão armazenado em seus dedos.

Ela é examinada à luz de uma lanterna na barreira militar e precisa explicar por que está tentando atravessar o front cinco horas após o toque de recolher, a carta do hospital retirada de suas mãos, ela aponta para os pés sem sapatos, as pantufas de papel em frangalhos, é obrigada a esperar antes de ter permissão para atravessar sozinha em meio à escuridão na direção da ponte, cada passo dura uma vida, os ônibus sem janelas estacionados ao longo da rua e os olhos sem rosto observando sua aproximação. Ela não tem carta nem documentos para apresentar ao soldado rebelde que está de guarda e tenta explicar, é impossível ver o rosto por trás da lanterna, achando que ele soa jovem demais para entender, jovem demais para conhecer o mundo além do preto e do branco e do comando do regimento, ele baixa a lanterna para os pés feridos dela e observa outra vez os olhos como se perguntasse a si mesmo qual é a aparência da loucura, a aparência é esta, não alguém balançando os braços e clamando pelos deuses, mas uma mãe tentando voltar para casa e ver os filhos. O soldado liga para um superior que pede que Eilish vá até ele, um homem mais ou menos da idade dela, barba por fazer e uniforme escuro, vou te levar pra casa, ele diz, é perigoso demais ir sozinha. Ele aponta um Land Rover para ela e esfrega o queixo e boceja, dirige com os faróis apagados. Acho que não preciso te lembrar que você está arriscando a vida por conta própria estando aqui depois do toque de recolher. Ela sabe pela voz onde ele passou a infância, sabe qual escola de rúgbi e qual universidade vieram a seguir e seria capaz de adivinhar a carreira que ele seguiu na vida vivida uma vida atrás. Ela está em silêncio e não consegue abrir a boca, explicar tudo de novo subitamente se torna algo além de suas capacidades. A rua já não é rua, o motorista diminui a velocidade e depois para e se inclina e leva a Land Rover até a calçada e vai costurando um caminho. Quando para na esquina da rua St. Laurence ele deixa o motor em ponto morto, se vira e procura os olhos dela. Estou pensando aqui comigo, ele diz, por que você escolheu ficar, não tem nada aqui pra você. E você, ela diz, por que está aqui? Estou aqui porque tenho uma missão a cumprir, ele diz, e vou continuar aqui até completar essa missão ou sair num caixão. Ela prepara a boca para falar, mas não consegue responder, gira o trinco da porta, mas não se move. Eu tenho um filho que entrou para o exército rebelde, ela diz, não sei dele faz muito tempo, ela diz, você acha que ele pode estar morto? Difícil saber, ele diz, pode ser que esteja escondido, pode ter sido preso ou então é só inteligente o suficiente pra não mandar e-mails nem ligar, eles rastreiam essas mensagens e encontram as famílias, você sabe, eu mando dizer pra minha mulher que estou bem, mas não vejo minha família faz meses. Ele vê Eilish descer do carro e diz para ela ficar em segurança. Não é tarde demais pra sair do país, sabe, ele diz, esse lugar vai virar um inferno de novo, o governo está prestes a concordar em deixar a ONU abrir um corredor humanitário do estádio na alameda Lansdowne até o túnel do porto no norte, vocês vão ter permissão para sair como ratos enquanto o flautista tocar a melodia, se cuide, certo? Os curativos ainda na mão dela enquanto Eilish caminha pela rua vendo que a poeira e a fumaça sumiram, meia casa resistindo em pé do outro lado da rua como se partida por uma faca de açougueiro, a esquadria de uma janela num andar superior que continua dentro da parede da alvenaria dando para o nada, a outra metade da casa e as duas casas ao lado sumiram numa avalanche de caliça e madeira, um carro na rua incendiado. Ela para diante de casa vendo a janela da frente coberta por saco de lixo, a varanda em ruínas, Molly indo até a porta com uma lanterna nas mãos quando Eilish a abraça, Ben dormindo debaixo da escada. Molly aponta a lanterna para o teto danificado. O andar de cima está pior, ela diz, mostrando o lugar para onde ela varreu o vidro, o pó de cimento ainda suspenso no ar, o pó sobre o aparador e as prateleiras de livros e as molduras das fotos, Eilish pega as fotos e as coloca sobre seu colo na poltrona de Larry, os sacos de lixo na janela sugados suavemente pela brisa. Você vai precisar buscar água amanhã de manhã com o Ben, ela diz, preciso ir ver o Bailey e tirar ele do hospital bem cedo, tive que mentir a idade dele pra que ele fosse aceito no St. James. Ela está cansada demais para comer o que Molly esquentou e cansada demais para dormir. Descansa na poltrona limpando as fotos com a blusa, vendo o passado em exibição num arremedo de desfile, sussurrando para Larry sobre o ataque aéreo, vendo o rosto ceder sobre o peso da incompreensão dele, as mãos dele puxando a própria barba, mãos que se tornam punhos subjugadas por uma raiva tornada impotente pelo escárnio do mundo, esta casa já não é uma casa.

Ela vai até o filho debaixo de um guarda-chuva, cantos de pássaro invocando o amanhecer e depois os tiros forçam o mundo ao silêncio, esse medo que vive no abdômen dela se esticando, percorrendo as pernas quando um avião militar passa no alto. Chegando à barreira ela vê que mais ônibus foram estacionados ao longo do canal e colocados em fila indiana atravessando a ponte Camac até a terra de ninguém formando uma barreira protetiva. Mandam esperar atrás dos sacos de areia, o soldado da noite passada não está mais lá. Ela vê um guarda-chuva de ponta-cabeça no meio da rua na bifurcação depois da ponte, o asfalto pontilhado de vidro e mais ou menos uma dúzia de pessoas paradas atrás do último ônibus do outro lado da ponte à espera do comando do soldado rebelde para seguir em frente. Um rapaz está apontando para além dos sacos de areia.

O atirador está no alto daquela torre no Dolphin's Barn, ele diz. Ouve-se um grito e os soldados rebeldes atiram para dar cobertura, e as pessoas à espera no último ônibus começam a correr, uma mãe com um buquê de flores do campo puxando pela mão uma menininha que não consegue acompanhar o passo, um menino correndo com a cabeça enterrada entre os ombros, o som de um disparo do atirador ecoa como alguém batendo palma e a mãe se encolhe e puxa a mão da menina enquanto um sujeito grisalho cobre a cabeça com um jornal. Uma senhora idosa corre desajeitada pela ponte em direção aos rebeldes com a mão no peito. Segue-se um longo silêncio preenchido pelo lento giro do motor de um ônibus dirigido por um soldado rebelde que dá ré para ampliar a extensão da barreira, ele põe o ônibus atrás do último da fila enquanto o atirador tenta a sorte, um som de palma atrás do outro enquanto uma janela estilhaça e o ônibus deixa escapar um exalar pneumático como se a bala tivesse penetrado um pulmão. As portas se abrem e um soldado rebelde sai e volta andando na direção da ponte. Eilish enfia seu guarda-chuva no bolso e se comprime contra o tremor da mão. Ela vai atravessar, ela sabe disso agora, ela vai esvaziar a mente e se tornar um objeto em disparada sem nem pensar, pensando, tudo parece estar ok afinal, é só um trecho curto desde o último ônibus até a segurança das lojas. Ela anda em fila indiana atravessando a ponte atrás de um soldado que manda todos eles ficarem o mais perto possível dos ônibus enquanto as pessoas continuam correndo em direção à barreira dos rebeldes, um projétil rompe o ar e todos se contraem e mesmo assim as pessoas conseguem chegar incólumes ao outro lado, um rapaz com um cachorrinho no colo corre enquanto uma mulher vai em disparada com uma sacola de compras, o rosto dela fazendo uma careta como se estivesse se tensionando em preparativo para a chegada de uma bala, para o estraçalhamento de ossos e uma hemorragia, para a liberdade trazida pela escuridão. É aí que Eilish vê a bolsa de remédio intravenoso enrugada caída no meio da rua, vê o resíduo de sangue diluído pela chuva, um jovem atrás dela tenta a sorte e sai numa arrancada e consegue atravessar, a mão do soldado rebelde continua no ar mandando todos ficarem onde estão. Ele olha com binóculos através do ônibus na direção da torre, e ela se pergunta se o atirador ao disparar revela onde está, uma fumaça que saia ou um movimento borrado, o soldado se virando na direção deles com o rosto inclinado. Há um trecho de mais ou menos cinquenta metros antes de ficarem perto demais do alcance do atirador, continuem correndo enquanto estiverem na ponte e fiquem perto daqueles prédios, é muito difícil mirar num alvo móvel e aquele atirador está só tentando dar sorte. Um homem atrás dela está dizendo para a esposa que ela veio com os sapatos errados, do canal vem uma explosão de fogo de cobertura e ao comando do soldado ela passa correndo pelo último ônibus chegando à rua atrás de um sujeito com uma capa de chuva preta que fica esvoaçando, à direita uma mulher agarrada com uma bolsa cor-de-rosa, ela corre olhando para baixo e vendo no asfalto escorregadio a forma das sombras das pessoas que correm como se na verdade não estivessem correndo, mas sim tivessem voado rumo a algum submundo, dizendo a si mesma para não erguer os olhos enquanto ela rapidamente dá uma olhada para cima tendo talvez um vislumbre do atirador em uma espécie anômala de contrato, é impossível saber se ela o viu ou não, ela corre olhando para a bifurcação à frente, corre olhando para o restaurante indiano e o supermercado com as portas baixadas, os dois carros passando pela esquina e depois com um bater de palmas o sujeito com a capa de chuva tropeça e a capa dele voa e ele cai e a mulher que está mais perto dele estende um braço ao som de mais uma palma e a bolsa cai de suas mãos enquanto ela mergulha bruscamente diante dos pés de Eilish, o mundo girando enquanto ela é jogada no chão. Quando abre os olhos está deitada na rua com as mãos cobrindo a cabeça, pernas de gente correndo passam e rumam para o silêncio enquanto uma dor aguda rói o cotovelo dela, ela acha que não foi atingida. É preciso se erguer e correr, o homem com a capa de chuva continua parado e a mulher ofegante atrás dela emite um som congestionado enquanto os soldados rebeldes começam a gritar e em seguida uma saraivada pesada de tiros vem da ponte, de repente lá vem o rugido de tiros do outro lado disparados de algum lugar ali perto, ela está deitada pressionando o nariz na rua trêmula com o barulho, é a boca de uma besta feroz que voa acima dela, ela não consegue se mover e então começa a ver que não há modo de escapar disso, o tiroteio continua a correr acima dela numa troca intermitente porém incessante e do coração vem um sentimento frio e triste de que ela vai morrer, ao abrir os olhos ela sabe que atravessou um limite de algum tipo, luz úmida sobre o asfalto e verde enferrujado no corrimão que acompanha a calçada até as lojas e ela sabe que está deitada não contra o asfalto mas contra algo extremo e fica perplexa com a própria calma, a morte está à espera e ela não estava preparada, a morte parou diante dela em um aviso escancarado e ela não olhou, só correu para seus braços sem pensar nos filhos, e é uma tristeza que toma conta dela quando ela imagina os filhos abandonados, percebendo que as pessoas avisaram, mas ela não deu ouvidos, era seu dever livrar as crianças desse perigo, mas em vez disso você bateu pé, que tremenda tolice e cegueira diante dos fatos, você devia ter tirado eles daqui, ter ouvido todas as vezes que seu pai avisou, ter deixado o país para começar uma vida melhor, vendo as oportunidades perdidas se assomarem diante dela e os modos pelos quais teria sido possível fugir, tudo isso é pó, tudo isso um nada em um passado falso e ela se vê em um buraco na terra e vê as melhores partes de seu amor, vê que uma coisa leva à outra e que sua vida foi consumida por alguma lei da força que tudo governa e ela dentro disso é um nada, um grão de poeira, uma pequena marca de resistência, e em seu lamento ela vira os olhos e vê o sangue do homem viajar em lenta fuga de seu corpo, o sangue ainda vivo em sua vida celular, as células vermelhas e brancas num estranho oblívio tentando fazer o seu trabalho enquanto o sangue segue a curvatura da rua como se acreditasse que a sarjeta o levará até as águas subterrâneas onde se diluirá e de onde voltará, ela cerra os punhos e põe a ponta dos dedos dos pés no asfalto, ela quer viver e ver os filhos, um profundo silêncio se abrindo no alto quando os tiros param e um soldado rebelde grita para eles e ela tem medo de acenar e mostrar que está viva, e fica deitada inerte em absoluto contato com o mundo e depara com o sentimento de que ela vai sobreviver, observando os paralelepípedos mantidos no lugar pelo betume, as pedras do planeta formadas pelo calor e pela pressão eras atrás mas só existe este momento e ela precisa aproveitar, alguma força interior percorre seu corpo e ela fecha os olhos e consegue ver os anos de sua vida que já passaram e o tempo que ainda resta para viver e de repente algo a ergueu e a pôs em movimento e ela se tornou um corpo que corre.

Ela passa discretamente pela entrada do hospital sem ser detida pelos seguranças e vai até o elevador e vê um rosto diferente no posto de enfermagem, olhos azul-claros que se erguem de uma tela. Posso ajudar? Meu filho foi para a cirurgia ontem à noite, pode me dizer onde eu encontro ele? A enfermeira se permite um pequeno sorriso e depois abana a cabeça. Lamento, ela diz, o horário de visita é entre duas e quatro da tarde, ou das seis e meia até as oito e meia da noite, a senhora vai ter que voltar mais tarde. O telefone está tocando na mesa e a enfermeira olha para o aparelho e depois olha para Eilish, que permanece parada diante dela. Dá licença um momento, preciso atender. Eilish cruza os braços e olha para o corredor, três pacientes em macas com rodinhas esperam por um lugar na enfermaria, e ela pensa no homem com o terno marrom deitado no chão com a mão agarrando o saco de pão enquanto a enfermeira desliga o telefone. Desculpe, Eilish diz, olha, só quero saber como ele está, ele foi operado ontem à noite para remover um estilhaço do crânio. A ponta amarelada dos dedos da enfermeira remexendo delicadamente em uma caneta esferográfica e depois a mão vai na direção da gaveta de pacientes internados e a puxa em sua direção. Posso dar uma olhada no prontuário dele e te falar antes de você ir, você devia ter recebido um telefonema de qualquer jeito. Boa sorte em tentar fazer o telefone funcionar, Eilish diz, e a enfermeira sorri sem erguer os olhos. Sim, eu sei, ela diz, tudo anda um pesadelo, como a senhora disse mesmo que era o nome do seu filho? Eilish está olhando o rosto da enfermeira enquanto ela vasculha a gaveta, a camada de maquiagem sob a luz do teto, um problema de pele que se estende da parte de trás da orelha até a clavícula, parece eczema, a enfermeira puxando outra gaveta, ela chega ao fim dos arquivos com uma careta e volta à primeira gaveta. Desculpe, ela diz, Bailey Stack, é esse o nome dele? Sim, esse mesmo. Parece que não tem nenhum Bailey Stack aqui, a senhora tem certeza de que está na enfermaria certa, esta é a Ala Anne Young, as pessoas sempre se confundem, as alas parecem todas iguais. Sim, ela diz, Ala Anne Young, fiquei aqui a noite passada e falei com a chefe de enfermagem, não me lembro do nome, meu filho estava num quarto neste corredor esperando para ser operado, ela disse que alguém ia me ligar de manhã. Os olhos da enfermeira deslizam pela mesa. As coisas estão caóticas por aqui neste momento, ela diz, me deixa falar com a enfermeira-chefe. O telefone começa a tocar na mesa, mas a enfermeira passa por uma porta e a fecha, outra enfermeira aparece e atende o telefone e diz um sim e um não e depois se afasta. Eilish vendo a maçaneta girar lentamente embora a porta não abra e depois abre só uma frestinha e outra enfermeira olha para fora e fecha a porta de novo. Ela quer uma xícara de café e um cigarro, quer entregar roupas limpas para Bailey e levar o menino para casa, a chefe de enfermagem passa pela porta e não olha na direção dela, só anda pelo corredor enquanto a outra enfermeira continua lá dentro. Eilish se vira e anda em direção ao quarto com múltiplas camas onde Bailey estava na noite anterior, um homem idoso com um rosto fundo dorme no lugar onde Bailey ficou, ela olha para os outros rostos e abre a cortina, um enfermeiro entrou atrás dela. Com licença, ele diz, posso ajudar? Ela passa por ele rumo ao corredor e vê a chefe de enfermagem indo na direção dela franzindo a boca. Sra. Stack, sou a enfermeira responsável por esta ala, sinto muito pela confusão, esperava que o pessoal do arquivo fosse falar com a senhora, o seu filho foi transferido ontem à noite para outro hospital, saiu daqui pouco depois da meia-noite, infelizmente isso acontece às vezes. Desculpe, Eilish diz, não estou entendendo, como assim ele foi transferido para outro hospital? Como eu disse, acontece o tempo todo, a gente precisa usar os hospitais de retaguarda durante a crise, o seu filho ia ser operado, mas em vez disso foi transferido, a ordem veio de cima e a gente não tem como interferir, tenho todos os detalhes para passar para a senhora no posto de enfermagem, enquanto isso, a senhora precisa assinar uns papéis. Espera um minuto, Eilish diz, realmente não estou entendendo, você está me dizendo que o meu filho não está mais neste hospital mesmo estando à espera de uma cirurgia e tendo um leito ontem à noite? Sim, é isso, sra. Stack, sem dúvida nós tentamos entrar em contato com a senhora, mas... Desculpe, isso é ridículo, nunca ouvi falar de uma coisa dessas, o meu filho é menor de idade, não dei permissão para que ele fosse transferido, dei entrada neste hospital e não em outro lugar, quero falar com o seu superior e quero que meu filho volte para cá. Infelizmente não tem nada que a gente possa fazer quanto a isso, sra. Stack, a decisão não foi tomada aqui no hospital, vieram buscar o seu filho pouco depois de meia-noite. Quem veio buscar o meu filho pouco depois de meia-noite? A boca diante dela se retorce novamente e o que começa a se mover nos olhos parece o brilho do medo e depois o olhar se desvia, a enfermeira olhando de relance para o posto como se estivesse em busca de ajuda, ela cruza os braços e depois os descruza. Olha, não sei quem toma essas decisões, não tem nada a ver com a gente aqui, ele foi transferido para o Hospital St. Bricin pouco depois da meia-noite. Realmente não entendo isso, Hospital St. Bricin, você está inventando isso, nunca nem ouvi falar de Hospital St. Bricin. É o hospital militar em Smithfield, pertence às Forças Armadas. Algo desliza por toda a extensão do corpo dela e deixa em seu rastro uma camada de mal-estar, ela está tentando limpar a garganta. O que o meu filho está fazendo em um hospital militar, por que o meu filho está num lugar desses? A boca continua a falar porque a boca não sabe e sendo assim a boca pergunta e espera uma resposta enquanto o corpo fala como se soubesse o tempo todo, ela acha que vai vomitar, se vê sentando numa cadeira com um copo de água na mão, bebe um pouco e depois se levanta à procura de um cesto de lixo onde jogar o copo, ela estende a mão para que alguém o pegue, mas eles têm medo de se aproximar, ela faz um movimento rápido de raiva com a mão. Alguém pode anotar, ela diz, escrevam o endereço da merda do hospital, e alguém por favor pode pegar este copo?

Tem algo de errado na rua logo adiante, gente sentada debaixo do toldo em frente a um café comendo e bebendo, um sujeito enfiando um garfo num sanduíche aberto ao lado de duas meninas que se debruçam sobre canudinhos, duas senhoras conversando enquanto tomam chá com seus andadores estacionados ao lado da mesa e ela passa por eles desprezando o que vê e depois se corrige, pensando, as pessoas têm o direito de continuar a vida, as pessoas têm direito a pequenos momentos de paz. Ela entra na fila diante do portão de segurança em frente ao hospital militar sob o olhar de uma câmera, ensaiando o que vai dizer, procurando as palavras e o tom certos, dizendo as palavras várias vezes, alterando um pouco, vendo a si mesma diante de um indivíduo sem rosto, houve um engano, o meu filho foi transferido para cá, mas ele tem só treze anos, ele foi mandado para um hospital geral, mas na verdade devia ter sido mandado para um hospital infantil... Eilish é revistada e o celular é retido, ela pode recuperá-lo na saída. Um prédio austero de três andares com alas de tijolo aparente cresce diante dos olhos à medida que ela anda pelo caminho ladeado por árvores, militares das Forças Armadas e gente da Guarda Nacional à paisana parados no pátio enquanto um socorrista fecha a porta traseira de uma ambulância. Há uma pequena fila depois da entrada diante do balcão da administração, uma câmera esférica observando do alto, as pessoas estão recebendo permissão para passar por uma porta mais à frente onde um soldado monta guarda. Ela mostra sua identidade e tenta falar as palavras que ensaiou, mas se atrapalha, parece que aquilo não importa, o funcionário da administração digita o nome de Bailey e o endereço e o número do documento, mas quando o rosto dele se levanta da tela os olhos parecem ter algo de estranho. Lamento, mas seu filho não está registrado aqui como paciente, talvez a senhora tenha cometido um erro. Ela olha com a testa franzida para o rosto como se aquilo fosse ininteligível, as mãos se tornando punhos enquanto ela se debruça sobre a mesa. Mas acabei de vir do Hospital St. James, ela diz, disseram que meu filho foi retirado de lá ontem à noite para uma cirurgia, eu mesma vi o documento de transferência. Sim, mas aqui diz que ele não é paciente nosso, além disso não fazemos cirurgias neste hospital, esta ala foi reservada para servir como retaguarda quando os hospitais da cidade ficam lotados, talvez seu filho esteja detido e sob custódia na ala militar do hospital, às vezes acontece de as pessoas detidas nos hospitais da cidade serem trazidas para cá. O funcionário está clicando na tela, os olhos chicoteando de um lado para o outro. Isso que você está dizendo não faz o menor sentido, ela diz, o meu filho tem treze anos, por que um menino de treze anos ia ser detido, teve um ataque aéreo e o meu filho foi levado para o Hospital St. James por engano, tenho uma cópia dos documentos de transferência na bolsa. Por favor, se a senhora sair e virar à esquerda, vai encontrar a entrada da segurança e pode perguntar sobre o seu filho. Ele está olhando para a mulher atrás dela na fila, faz um gesto com a mão para que Eilish se afaste, mas ela não consegue mexer os pés, mais uma vez pedem que ela se afaste e ela vai falar, mas as palavras fugiram de sua boca. Eilish se vê andando rumo à saída, se vira e olha para o balcão sem ver, ela está murmurando algo, se pega parada do lado de fora observando o céu, essa sensação de peso dentro dela, o peso crescendo momento a momento de modo que ela incha de novo como se estivesse com o filho na barriga, essa sensação de massa e fardo que é ao mesmo tempo seu próprio tecido e seu próprio corpo, a criança que nasceu do corpo permanece sempre sendo parte do corpo. Ela anda em direção à ala militar do hospital com a identidade em mãos, é informada que civis não têm autorização para entrar, pedem que ela vá embora, mas ela se recusa, um segundo policial militar sai da guarita e diz, lamento, mas se a senhora continuar aqui vai ser presa, não tenha dúvidas. Ela se vira e volta até a entrada pública do hospital e vai até o balcão e se coloca à frente de uma mulher que fala com o funcionário. Desculpe, ela diz, mas realmente houve um engano, talvez o seu computador tenha cometido algum tipo de erro, você precisa conferir mais uma vez o registro de entradas, o meu filho foi transferido para este hospital à meia-noite e cinco da noite de ontem, é o que diz aqui no documento de transferência, então ele não pode estar em outro lugar, tem que estar aqui, por favor veja você mesmo, esta é uma cópia do documento que me deram no St. James. O sujeito retorce a boca num pedido silencioso de desculpas para a mulher que está de pé diante dele e depois olha para Eilish, pega o documento e o lê. Sim, ele diz, mas receio que este documento não se refira a esta ala do hospital especificamente, só diz Hospital Militar St. Bricin e posso afirmar categoricamente que o seu filho não está internado como paciente na ala de retaguarda. Um sorriso estranho escapa da boca de Eilish e leva o terror para dentro dela, ela se apoia com as duas mãos no balcão e olha para o computador. O meu filho tem treze anos, você entende isso, como é que um garoto de treze anos pode desaparecer, você pode me explicar? O rosto detestável diante dela, e ela bateu na mesa com o punho e todo mundo está em silêncio e ela não sabe o que disse, palavras, palavras, todas elas palavras erradas se empilhando diante dos olhos frios e da boca pequena que se viram para chamar o policial militar e ela cruza os braços e se recusa a se mover, vendo os passos do policial que se aproxima, vendo um faxineiro de meia-idade com seu macacão azul recuar rumo ao vestíbulo numa espécie de letargia privada, o escovão úmido em círculos que se sobrepõem, ele se curva para ajustar uma placa amarela que diz cuidado enquanto o policial pega Eilish pelo cotovelo e a encaminha porta afora. Ela fica parada olhando para o céu se dando conta da loucura, se vira e olha para as janelas e as vê como se estivesse olhando para algum precipício árido, parada sozinha sem ter para onde ir, ela vai voltar agora ao Hospital St. James, vai voltar lá e descobrir o erro. É noite quando ela volta a pé para o Hospital Militar St. Bricin, ficando inerte diante da entrada da ala militar, vendo os carros sem identificação irem e virem, uma sensação pesada crescendo dentro de si, uma voz fraca que tenta falar, mas que ela não quer ouvir, pensando, o que é saber algo sem os fatos, é mera especulação, adivinhação e vidência, palpites estão tantas vezes errados, estão errados na maior parte das vezes. Eilish vai fazer uma terceira tentativa na ala de entrada do hospital, escuridão e luzes no céu, ela fica parada vendo o prédio do hospital como se encarasse o rosto do governo, o faxineiro de macacão azul saiu do prédio colocando um cigarro apagado na boca, o olhar dos dois se encontrando por um momento, ele desvia os olhos e acende o cigarro e depois vai na direção dela tirando o maço do bolso, o tremor nas mãos enquanto ela aceita a oferta de um cigarro, o cheiro de desinfetante na mão tatuada que leva a chama até a boca de Eilish. Eu ouvi você mais cedo, ele diz, ouço a mesma coisa aqui todo dia e é sempre a mesma coisa. Ele baixa a cabeça sobre o cigarro e dá uma longa tragada depois ergue a cabeça e exala todo o ar que havia em seu pulmão. O mais provável é que o seu filho tenha sido detido, eles levam pra ala militar pra interrogar e depois que a porta está fechada e eles se recusam a contar algo, olha, não tem outro jeito de te dizer isso, mas você devia pedir pra ir até o necrotério, se eu estivesse no seu lugar era pra lá que eu ia, nem que fosse pra descartar essa ideia por hoje. Ela está parada franzindo a testa para o homem. Descartar o quê?, ela diz. O olhar de agonia no rosto do faxineiro e depois ele se vira e se afasta e ela fica chamando por ele, por que eu deveria ir até lá, ela diz, o que eu ia querer fazer lá?

Ela está deparando com a loucura pela privação de sono, vendo o filho engolido pelo sistema, voltando dia após dia ao hospital só para ouvir a mesma coisa, parada no pátio onde ela aborda os funcionários das Forças Armadas, os Guardas à paisana, implorando com a boca de uma pedinte, por favor, me ajuda a achar o meu filho, você tem que ajudar, por favor, ele é só uma criança, essa sensação agora de que ela não pertence mais ao corpo e de que vai se desfazer em cinzas. Ela vê os outros indo e vindo e lê as notícias em cada rosto, é impossível fazer o que o faxineiro disse que ela devia fazer, é impossível fazer o que os outros estão fazendo até que alguma força obscura a leva para dentro do hospital, ela está parada diante do funcionário da administração falando as palavras que disseram que ela devia falar, um telefonema é feito, dois oficiais militares conversam perto da porta interna e ela é escoltada do saguão até o prédio principal, seguindo atrás de um policial militar que percorre um corredor levando a uma porta e depois a degraus, e desce uma escada sombria até chegar a uma fria escuridão, seguindo o policial militar até outra porta e uma área de recepção onde um sujeito com um jaleco branco desliza uma prancheta sobre o balcão, a mão dela tremendo enquanto ergue a caneta. Ela vê o homem ler o formulário e ela pronuncia o nome do filho e o funcionário diz, aqui não há nomes, só números, infelizmente, não temos o nome deles quando entram, se o seu filho estiver aqui vai ser como um número, a senhora vai ter que fazer a identificação. Ela recebe uma máscara facial e luvas e olha para as próprias mãos, algo dentro dela se desprendeu e está chacoalhando, não é a Eilish de verdade seguindo este homem, este guardião dos mortos, é uma falsa versão dela, outra Eilish que passa por uma porta. Ela diz, não sei o que estou fazendo aqui, isso tudo é um engano. O homem não responde e só aponta para ela seguir em frente. Não é uma sala refrigerada cheia de aço inoxidável, mas sim um depósito com corpos deitados lado a lado no concreto dentro de sacos cinzentos com zíperes, a sala não chega nem a ser fria, fede a desinfetante. Uma breve oração escapa da boca de Eilish e ela não tem uma fé que sirva como base para essa oração porém a prece mais uma vez é dita e ela está sussurrando para Larry, dizendo a si mesma que ela precisa sair deste lugar, vendo a si mesma como se estivesse descorporificada, seguindo em frente, se debruçando sobre o primeiro corpo e abrindo o zíper para encontrar um rosto magro sem dentes e algo que lembra o furo de uma broca na bochecha e um olho que não fecha, ela se levanta abjeta, contorcendo as mãos, olha para o guardião como se quisesse dizer que cometeu um erro, que ela entrou por equívoco na terra dos mortos e que precisa voltar, mas o guardião simplesmente manda que ela feche o zíper e siga para o próximo corpo. Ela se ajoelha diante do saco cinza seguinte e abre o zíper e sussurra este não é o meu filho, vai de corpo em corpo, vendo que o governo deixou sua marca em cada rosto e pescoço, o assassino cheira a antisséptico, e a cada vez a boca murmura, este não é o meu filho, este não é o meu filho, este não é o meu filho, este não é o meu filho, e ela olha para o guardião que está checando as horas no relógio de pulso e ela abre o zíper de outro saco dizendo, este não é meu filho antes mesmo de ter lido o rosto, este não é o meu filho, este não é o meu filho, este não é o meu filho, este não é o meu filho, vendo diante dela o rosto de Bailey serenamente fraturado, a pele cheirando a alvejante, e aquilo que havia se dobrado dentro dela quebra a ponto de um uivo de tristeza escapar de seu corpo e ela põe o rosto dele entre as mãos, encara o rosto da criança morta vendo apenas a criança viva, e ela deseja poder morrer no lugar dele, alisando com as mãos o rosto macio, o cabelo ainda úmido de sangue. Ela sussurra, minha criança linda, o que fizeram com você? A pele diante dela nublada por feridas, os dentes desaparecidos e quebrados, ela abre mais o zíper e vê as unhas arrancadas das mãos e dos pés, vendo o furo de uma broca no joelho, as queimaduras de cigarro no torso, e ela pega a mão dele e beija, o corpo lavado de modo que não há sangue exceto pelo sangue que cria manchas escuras sob a pele e que não podem ser lavadas. Ela não ouve o que o guardião diz enquanto a ajuda a fechar o zíper do saco de cadáver, leva Eilish através da porta falando baixinho. Número 24, ele diz, a senhora pode fazer uma identificação positiva do seu filho, sra. Stack? E ele diz, depois que a senhora preencher o formulário, seu filho vai ser transferido para a morgue municipal. E ele diz, só para constar, diz aqui que o seu filho morreu de parada cardíaca. Ela dá as costas para o homem vendo apenas escuridão, fica parada e perdida na escuridão, parada em um lugar onde não é possível encontrar lugar nenhum.

9

Ela acorda com a cabeça encostada no vidro e olha para fora sem ver, fechando os olhos ela viaja até uma escuridão como se estivesse se movendo em meio à água com o coração dolorido, comprimindo com força as mãos. Molly chama de algum lugar distante e sacode o braço da mãe. Mãe, ela diz, acorda, vai, o motorista acabou de dizer alguma coisa, não sei o que ele disse, a gente não sai do lugar faz mais de uma hora, vou ver o que está acontecendo. Ben é entregue em seus braços e Molly segue os passageiros em direção à frente do ônibus. A porta dianteira solta um silvo e o motorista desce para a estrada e ajeita a calça jeans, coloca um celular no bolso da camisa enquanto as pessoas se aglomeram ao seu redor. Ben sacudindo no colo dela com um sorrisinho malandro, ele agarra o nariz da mãe, bip bip, ele diz, bip bip, bip bip, e ela tem que buzinar várias e várias vezes, tentando sorrir enquanto ele belisca o nariz dela, ele se vira e bate com a mãozinha no vidro. Carro, ele diz, carro, carro, carro, carro. Ela olha para fora e aponta cada palavra para ele, ônibus, carro, caminhonete, caminhão, mulher, criança, passarinho, uma gralha robusta dando um rasante com um pedaço de papel-alumínio no bico, o pássaro se livra do que estava carregando para bicar um pedaço de comida jogado da parte de trás de uma caminhonete onde há crianças demais sentadas em colchões empilhados do lado de dentro. As pessoas estão paradas do lado de fora do carro lendo seus celulares, o porta-malas lotado com itens enormes ou com eletroeletrônicos, o teto com pilhas de pertences cobertos enquanto a estrada contorna uma colina apontando para o norte embora nada se mova exceto por aqueles que usam os próprios pés, uma silenciosa procissão no acostamento de gente andando com casacos de frio ou enrolada em cobertas, crianças presas ao peito da mãe ou empurradas em carrinhos ou levadas sobre os ombros de homens que puxam sua bagagem ou carregam a vida nas costas. Um menininho andando à frente dos pais cai na estrada e se vira agitando os bracinhos estendidos, e Eilish não sente nada ao ver essa criança a não ser que está morta por dentro e então uma dor repentina se infla dentro do peito e ela fecha os olhos. Ben está saltitando no colo dela, ele agarra outra vez o nariz da mãe, bip bip, bip bip, e ela tenta sorrir mas em vez disso faz uma forma esquisita com a boca, Molly voltando ao banco, as bochechas emagrecidas cheias de notícias. Ferrou tudo, ela diz, o motorista acabou de dizer que o corredor humanitário fechou e eles isolaram a fronteira depois de Dundalk porque está tendo um combate pesado ali, ele quer fazer meia-volta, o trânsito não tem pra onde ir, ele diz, a gente vai ter que ficar parado aqui por dias, ele diz que vai pegar a próxima saída da estrada assim que o trânsito voltar a andar, as outras estradas pelo jeito estão igualmente ruins e seria melhor seguirmos a pé, a fronteira fica a uns cinquenta ou sessenta quilômetros daqui, tem uma fila agora porque as pessoas estão pedindo o dinheiro de volta, mas ele diz que não tem. Eilish olha para o banco do lado e vê um senhor idoso que está mostrando um mapa no celular para a mulher ou talvez seja a irmã dele, quem é que vai saber, eles são tão parecidos, Ben batendo com as mãos no vidro, passarinho passarinho passarinho passarinho, ele diz, e ela se volta e vê um menino passando com um passarinho verde numa gaiola pequena e ela fecha os olhos e não consegue pensar no que fazer, o coração tomado por um mal-estar grande demais para pensar, o coração agora em uma gaiola.

O dia aponta rápido para a noite, o corpo do céu pleno de ferimentos e Ben choramingando para ganhar um lanche, um passo se segue a outro enquanto ela carrega o bebê preso ao peito, os olhos fixos num espaço vazio, um vácuo entorpecido no centro do ser dela. O ar vai esfriando, mas Ben se recusa a colocar um gorrinho, ela tenta colocar o gorro de volta na cabecinha dele, mas o menino dá um tapa na mão da mãe e grita não não não. Eles pegam uma saída da estrada e seguem os sinais que indicam onde fica a estação de serviços, a mão esquerda dela segurando a cabecinha de Ben, a direita estendida para baixo dividindo com Molly o peso de uma sacola. O pátio está cheio de gente em pé ou sentada no asfalto com comida e bebida enquanto uma fila se estende para fora da porta. A fralda de Ben está cheia, ela faz a troca sobre o próprio colo acocorada na fila em frente aos banheiros, os bolsos do casacão cheios de fraldas e lenços umedecidos. Eilish entra na fila das comidas quentes enquanto Molly se senta na bagagem deles perto da entrada com Ben no colo. Não há onde sentar e portanto eles continuam sobre as malas enquanto Eilish enxerga uma tomada onde um homem está dando carga no celular, ela pede a Molly que envie uma mensagem para Áine, um segurança para perto delas e pede que elas saiam, vocês estão bloqueando a saída, ele diz. Elas colocam as malas no asfalto e se sentam e comem enquanto Eilish vê um rapazinho com cara de rato andar como um mendigo em meio às pessoas, ele para diante das duas e oferece um lugar para passar a noite, Molly quer saber que tipo de lugar e quanto custa enquanto Eilish avalia os olhos dele, as roupas desmazeladas, as unhas com pequenas luas de terra. Por que você disse que não?, Molly diz, vendo o sujeito ir em direção ao próximo grupo. Onde a gente vai dormir? Uma mulher numa capa de chuva amarela se inclina na direção de Molly e dá um tapinha no braço dela. Fique atenta com tipos como esse, ela diz, eles te atraem e depois roubam você, é isso que andam fazendo. A mulher empurra um pacote de biscoitos na direção de Molly e por um tempo elas conversam enquanto Eilish não ouve, ela está vendo Bailey sentado no asfalto em frente ao pátio com as pernas estendidas, o cabelo raspado dos lados, uma orelha e parte do rosto na luz âmbar. Ele toma algo de uma latinha e depois se levanta e esmaga a lata com o tênis e chuta o que restou na direção das bombas de gasolina.

Fogo num campo escuro, mulheres embrulhadas em cobertas com crianças sentadas no colo e os rostos iluminados por celulares enquanto as pessoas catam lenha perto das árvores e montam tendas. Espaço é aberto para elas duas perto da fogueira, um sujeito barbado beliscando linguiças dentro de um embrulho de papel-alumínio, ele assopra nos dedos e insiste que elas aceitem enquanto em algum lugar em meio à escuridão uma mulher chama uma criança, Molly espetando uma linguiça num galho, soprando para esfriar e cortando um pedacinho para Ben, que segura o pedaço de carne com as duas mãozinhas e começa a roer. O mais escuro dos azuis no céu pairando sobre a escuridão ao redor, o escuro ainda mais obscuro em torno da fogueira que desfaz cada um dos rostos e depois os refaz, o que leva uma moça a perguntar com olhos destruídos de onde elas são e para onde estão indo enquanto um homem arranha as sombras sobre seu rosto enquanto fala. É melhor vocês atravessarem a fronteira em algum outro lugar, ele diz, Crossmaglen provavelmente seria a melhor aposta a partir daqui, é pra lá que a gente está indo, minha prima atravessou a fronteira ontem sem ninguém incomodar, ela diz que a polícia de fronteira está deixando as pessoas passarem desde que você molhe a mão deles. Andam falando de gente se arriscando a ser presa atravessando a fronteira à noite, andam falando de gangues violentas que perambulam pela área de fronteira, de patrulhas armadas ao longo das estradas de fronteira e de quanto você precisa pagar para passar. Ela olha as chamas como num transe, vê a dança do fogo diante dos olhos deles, a luz do fogo alcançando os olhos que permanecem na escuridão, e quem são aquelas pessoas sem seus olhos e quem são aquelas pessoas com olhos cegados para o futuro, essas pessoas presas entre o fogo e a escuridão? Ela fecha os olhos e vê o quanto foi devorado, vê o seu amor em sua integralidade e o pouco que restou, só existe um corpo, um corpo sem coração, um corpo com pés inchados para levar as crianças em frente. A mulher com os olhos destruídos pergunta se elas querem dormir na barraca dela. Está frio hoje e vai chover, ela diz, você não pode deixar um bebê dormindo ao ar livre e além do mais é uma barraca para oito pessoas, ontem a gente dormiu em doze lá dentro.

Ben vira o rosto da mãe com sua mãozinha e os dois ficam deitados respirando um de frente para o outro no saco de dormir e quando o bebê dorme ela fica deitada ouvindo o longo silêncio da noite, vendo a morte seguir pela estrada, entrar nos sonhos daqueles que estão cansados demais para dormir e que precisam sonhar de olhos abertos, a respiração ofegante e os gritos que escapam da boca como se a morte desfilasse diante dos olhos infinitas vezes todas as noites, cada morte revivida múltiplas vezes, e ela fica deitada ouvindo os que dormem murmurarem morte em meio à escuridão, fica deitada sentindo a terra fria em suas costas, ouvindo a chuva na barraca como se fosse uma chuva que caiu há milênios e lá fora não existe nada exceto um mundo inabitado, o mundo lá fora uma escuridão indolor, e parar de sentir dor seria entrar totalmente naquela escuridão mas não haveria como voltar, ela sabe disso agora, não haverá como escapar para a escuridão depois de seu filho embora ela desejasse poder segui-lo, ela vai ficar olhando o filho mas não vai escapar para a escuridão porque ela precisa ficar e só existe essa possibilidade para ela no momento, ser um barco que leve as crianças para longe da escuridão e não haverá paz e não haverá como fugir da dor e nem mesmo a escuridão de fechar os olhos em paz. Ben se vira, estende a mãozinha em direção ao rosto da mãe e começa a chorar e se acalma quando ela faz carinho na bochecha dele. Ela sussurra para ele embora não haja palavras para um bebê dessa idade, não há explicação para o que foi feito e no entanto aquilo de que o bebê jamais terá memória vai sempre estar com ele e ele levará aquilo como veneno em seu sangue. Ela olha para Molly e vê o coração adormecido bombeando o veneno pelo corpo todo dela e no entanto há uma luz que vem de dentro, a pele da menina azul pelo brilho da aurora que clareia a barraca mas há uma luz que irradia também de dentro do corpo dela, uma luz que traz consigo um acréscimo de força, e ela não sabe de onde vem essa luz que sai de Molly, essa luz que brilha na escuridão. Pegadas na terra fofa lá fora e fumaça de cigarro esvoaçando na direção da barraca, um homem tosse e vozes de crianças anunciam o novo dia ao mesmo tempo que um rapaz passa por cima deles para sair. Molly se senta e ajeita os cabelos e depois começa a esfregar os pés. Mãe, ela sussurra, deixa eu pentear você. Eilish olha para o rosto da filha e vê que ela chorou enquanto dormia. Ela abre seu saco de dormir e calça os tênis e sai da barraca. Um céu cinzento baixo e frio e a fogueira reduzida a cinzas, lixo espalhado pelo campo não cultivado. Ela coloca Ben sentadinho sobre sua mochila e descasca uma banana e serve leite no copinho do bebê enquanto Molly dá tapas nos braços e no torso para se manter aquecida, Ben perambulando pela terra e depois indo em direção às árvores. Eilish diz para o bebê voltar, mas ele continua indo em direção ao bosque que fica na borda do campo batendo os pezinhos na terra e Eilish segue atrás dele ignorando a dor nos ombros e nos pés. Ben de pé sobre a grama cheia de musgos, ele agita no ar um graveto e bate com ele numa árvore e depois se vira com os olhinhos brilhando e traz o graveto para atingi-la. Não, ela diz, fazendo uma negativa com o dedo, não não não, e ela pega o graveto e o agita diante dos olhos dele e diz, não pode bater, não pode bater nos outros, e ela joga o graveto longe e se vira para o bebê e o manda de volta pelo campo não cultivado, o campo morto coroado de ervas daninhas e debaixo dele as minhocas revirando o solo e dentro do solo os resquícios da última safra, matéria morta se decompondo para dar nutrientes para o que vier a crescer depois e Ben está correndo pelo campo com os punhos apontados para o céu e ela olha por um momento para trás na direção das árvores e vê a grama cheia de folhas caídas, vê as folhas caindo insepultas sobre a grama, seus rostos amarelos em meio ao marrom moribundo.

O micro-ônibus chega por trás e pigarreia com uma redução de marcha que manda para as margens as pessoas que andam por ali, o ônibus reduzindo a velocidade e depois parando ao lado deles enquanto o motorista com o rosto vermelho como quem levou um tapa se inclina para fora. Estou indo para a fronteira e tem dois lugares aqui dentro se alguém quiser uma carona, cinquenta libras por cabeça. Alguns dos que andam por ali se viram e olham uns para os outros e abanam a cabeça enquanto Molly solta sua sacola sobre a grama. Mãe, ela diz, você precisa de um descanso e a minha mão está acabada de carregar isso aqui. Eilish olha para o micro-ônibus, os olhos à deriva como se à espera de que alguma resposta tomasse forma em sua cabeça, não há nada a não ser silêncio e escuridão, ela exala o ar contra o peso da criança enquanto sobe os degraus e o motorista não olha nos olhos dela. Eilish coloca o dinheiro da irmã na mão dele e ele olha para a mão e abana a cabeça. O preço é cinquenta libras por cabeça. Sim, ela diz, mas somos só nós duas e um bebê. Cinquenta por pessoa foi o que eu disse e estou contando três. Mas o bebê vai sentado no meu colo, ela diz, não vai ocupar espaço. O motorista suspira e continua abanando lentamente a cabeça. São cinquenta por cabeça ou vai a pé se quiser, mas você está mais segura neste ônibus do que aí fora por conta própria, você é quem sabe. Ela se sente exposta enquanto os outros passageiros assistem à conversa, uma criança chorando no fundo do ônibus, Molly cutucando a mãe por trás quando ela enfia a mão na bolsa e pega mais uma nota e a joga no colo do sujeito, forçando os olhos de leitão a olhar para ela, a boca magra e ávida. Deixe as malas do lado de fora, Molly, deixe que ele coloque as malas no bagageiro. Ben quer andar pelo corredor estreito, quer ficar de pé no colo dela e pular e brincar de esconde-esconde com as pessoas do banco de trás, ele está com fome e precisa dormir, ela vira o rosto na direção do vidro vendo que o sol sumiu do céu, a estrada cheia de andarilhos que abrem caminho para deixar o ônibus passar, uma mulher empurrando um bebê num carrinho ergue os olhos na direção da janela e Eilish se pega retribuindo o olhar. Molly diz algo sobre o pai e Eilish se vira vendo o rosto da filha no espelho de maquiagem enquanto ela pinta os olhos. Não escutei o que você disse. Eu estava falando do pai, ela diz, logo vai ser aniversário dele, em que ano ele nasceu mesmo? Eilish se vira para a janela e fecha os olhos. Não que ela tenha se esquecido dele, é que quando ela pensa nele agora resta tão pouco, ele se tornou uma sombra, uma ausência no lugar onde antes ficava o amor, ou quem sabe algum amor menor permaneça em uma câmara do coração soterrada por tanto peso. Ben dorme nos braços dela quando o ônibus reduz a velocidade e depois para e o motorista baixa o ombro para puxar o freio de mão e se levanta do seu assento para abrir a porta. Ele desce para a estrada e fala com um soldado que usa uma boina preta e depois acende um cigarro enquanto um segundo soldado sobe no ônibus com uma arma presa ao quadril. Eles recebem ordens de sair do ônibus, tenham seus passaportes à mão e tirem as malas do bagageiro para inspeção. Eles descem e não há fronteira, apenas um campo aberto, a fronteira está a trinta quilômetros, um homem diz, quase uma hora se passou antes de eles voltarem a subir no ônibus. É fim de tarde e depois é noite, o ônibus passando por uma série de bloqueios, Land Rovers militares ou SUVs civis atravessados na pista, soldados das Forças Armadas ou de milícias com uniformes militares, cabeças raspadas e mãos com luvas sem dedos segurando rifles automáticos apoiados no ombro e apontados para o chão, rostos diferentes a cada vez repetindo os mesmos comandos, o motorista se afastando do ônibus com um cigarro na boca contando o dinheiro que precisa pagar. É preciso mostrar as identidades, eles precisam explicar aonde estão indo, são forçados a abrir as malas e a colocar seus pertences na estrada e depois põem tudo nas malas de novo e às vezes as malas ficam um pouco mais leves e a cada vez há um preço diferente, uma taxa de saída como alguns chamam, uma contribuição à causa que você está deixando para trás. As estradas fechadas se sucedem, um posto de gasolina assoma brilhante na escuridão e eles param para usar o banheiro e comprar comida e bebida. Eilish consegue sentir a fronteira perto no escuro, consegue sentir que ela se afasta como se uma maré deixasse a praia sob o luar estéril. Ela precisa dormir, mas não consegue, precisa acordar

Molly de novo e levar Ben adormecido em seus braços quando elas descem do ônibus pela quinta vez, Molly arrastando os pés, é quase uma da manhã, um muro de pedras e árvores encapeladas, o ônibus no foco dos faróis de um SUV enquanto fachos de lanterna leem cada rosto. Um militante barbado acena com uma arma na mão e grita para todos formarem uma fila, ele está trajado com vestes civis numa calça jeans dobrada sobre o cano das botas. O homem puxa um sujeito de meia-idade para fora da fila e joga a luz da lanterna na cara dele. Então do que você acha que está fugindo, careca, por que você não fica e luta pela sua pátria, seu covarde de merda? O sujeito permanece imóvel com o rosto afastado da lanterna, olhos semicerrados e depois pisca lentamente como se tentando entender o que foi dito para ele. Eilish afasta o olhar quando o militante chuta a parte de trás das pernas do sujeito. De joelhos e mostre a sua identidade. Ela olha de novo para o rosto do militante e não vê nada além da malignidade dele vestida do avesso, exposta abertamente, ela pega Molly pelos braços e procura os olhos dela pedindo que ela não veja, olha para o motorista e o vê esfregar os olhos de exaustão e entende agora o seu preço, melhor dirigir em círculos a noite toda indo de bloqueio em bloqueio do que estar aqui sozinha no escuro encontrando tipos como esse, o sujeito ajoelhado remexendo nos bolsos do casaco, os dedos fugiram deixando para trás dois punhos inúteis, enfim ele apresenta uma identidade. O militante joga o documento para outro homem, que o cata do chão e lê os detalhes num rádio, o barbado cutucando o ombro do sujeito ajoelhado com a arma, ele leva o cano da arma até a têmpora do homem e desliza lentamente pescoço abaixo, depois levanta uma bota que pousa sobre o ombro. Então com que você trabalha, seu calhorda? O sujeito murmura algo com o rosto voltado para o chão. Não ouvi o que você disse. O sujeito diz quase gritando. Sou técnico. Técnico de quê? O sujeito pigarreia e começa a chorar, o militante jogando a luz da lanterna no rosto das pessoas paradas em fila ao lado do ônibus, fala com estática no rádio e depois a bota desce e a identidade do sujeito é atirada diante dele no chão. O preço pra você é diferente dos outros, o preço pra um covarde de merda como você é o dobro. Ela vê o sujeito permanecer de joelhos enquanto o militante se afasta, vê quando ele carrega sua humilhação até o ônibus com ombros caídos, as mãos tremendo sobre o colo quando ele toma seu assento. Sem pensar ela pôs uma mão sobre o braço dele e o aperta e o sujeito ergue os olhos e tenta sorrir, mas algo nos olhos dele está destruído.

Não devia haver nada do outro lado exceto a borda de um desfiladeiro que dá início à longa queda rumo ao nada, mas em vez disso a estrada continua depois da fronteira, as casas pré-fabricadas tornando mais cinza a aurora, os fios elétricos atravessando sem interrupção a linha internacional, um caminhão articulado reduzindo a velocidade até parar enquanto um soldado boceja cobrindo a boca. Eles entram numa fila para aqueles que estão a pé, gente tentando dormir ou se manter aquecida apoiada em suas bagagens ou uns nos outros enquanto Molly se encosta no braço da mãe e cai no sono. Ela começa a murmurar e depois solta um gritinho, senta-se esfregando os olhos e Eilish consegue ver nos olhos dela o terror tentando estender suas garras para fora do sonho. A fila enfim começa a andar quando o posto de controle finalmente abre e as duas arrastam suas malas uns poucos passos adiante e voltam a se sentar. Vendo o último vestígio da noite ir embora, o posto de controle britânico mais adiante na estrada ficando mais definido, as barreiras corrugadas e o arame farpado continuando à frente e ela sabe que depois que elas atravessarem essa linha o peso vai começar, que aquilo que ficou para trás não vai nem de longe ser deixado para trás e na verdade vai ficar cada vez mais pesado e que elas o carregarão nas costas para sempre. Elas ficam numa sala de espera de uma casa pré-fabricada onde todas as cadeiras plásticas foram ocupadas por gente que preenche formulários sobre as pernas, o chão vibrando enquanto as pessoas se movem em grupos rumo ao guichê, e ela não consegue achar sua caneta, tem que pedir uma emprestada a um velhinho parado ao lado, ele olha nos olhos de Eilish e sorri, mas ela não consegue retribuir e olha para o chão, vê que ele calça pés de sapatos diferentes, um marrom e o outro cinza. Quando vai até o guichê ela entrega os formulários e os documentos e fica parada à espera de que lhe digam quanto vai custar, a taxa muda a cada vez, eles olham para as suas roupas e inventam um preço, olham e veem se gostam do seu sorriso, depende da hora do dia, da lua e da maré. Informam que ela preencheu o formulário errado, que se ela está tentando atravessar a fronteira com uma criança sem documentos é preciso preencher outro formulário e esperar por uma entrevista, ela deve sair pela porta à direita e ir até a casa pré-fabricada ao lado. Não há ninguém na sala fria e sem aquecimento e a única coisa para se ver é uma janela com o vidro congelado e uma mesa com um computador e uma caneca vazia, ela tenta esconder o tremor das mãos quando elas ouvem passos rápidos lá fora e uma tosse abafada, Molly segurando a mão dela e apertando forte enquanto o oficial entra na sala e puxa uma cadeira diante delas, um sujeito angular com um nariz romano, uma camisa clara com o botão do pescoço aberto, ela não sabe o que ele é, se policial ou se oficial militar ou se um burocrata de baixo escalão, ele digita rápido no computador e exala forte depois olha para Eilish como se enxergasse através dela. Ele pede documentos e se vira para o monitor e digita, Ben se debatendo para sair do colo, ela tenta puxar o menino de volta para o colo, mas ele grita e esperneia e Molly solta os cabelos e dá o elástico que usava para prendê-los para ele brincar, o funcionário virando a cabeça como se para avaliar a criança, ele está encarando Molly enquanto ela passa os dedos pelos cabelos. Ele faz perguntas e abana obscuramente a cabeça a cada resposta de Eilish, coçando a ponta do nariz com uma unha, digitando rápido no computador, ela acha que está sempre dando a resposta errada e começa a cerrar os dentes. Eilish olha para os olhos azul-acinzentados do homem e ouve a boca dele falar, mas os olhos dizem uma coisa diferente das perguntas que a boca faz, o dedo passeando pela seta que rola a tela para baixo enquanto os olhos medem quanto ela vale, vendo um sorriso rápido e sutil repuxar os cantos dos lábios como se ele tivesse lido os pensamentos dela, e é nesse ponto que ela entende e deixa de acreditar na essência da entrevista. Eilish olha a seu redor a sala vazia vendo tudo como um jogo, pega a certidão de nascimento do bebê que mantinha nas mãos e deixa sobre a mesa e se recosta na cadeira e tenta sorrir quando volta a se inclinar para a frente. A gente pode falar francamente, ela diz, quanto dinheiro você quer? O sujeito se permite um olhar de surpresa com a testa franzida, olha para Molly e parece soltar uma inaudível exclamação de revolta enquanto se recosta na cadeira. Vai haver um custo para atravessar a fronteira, ele diz, uma taxa de saída, se a senhora preferir, mas também vai haver um custo adicional, a senhora quer sair do país com uma criança que não tem passaporte, e embora esta certidão de nascimento comprove a cidadania dele, não dá o direito de sair do país e nega a ele a proteção de que gozaria como cidadão deste país enquanto viaja por outras jurisdições, o que a senhora precisa fazer é comprar um passaporte temporário para a criança, o passaporte terá validade legal por apenas um dia e mais tarde a senhora terá de pedir um passaporte pleno quando estiver em seu novo lugar de residência, claro que isso tem um preço, essas coisas sempre têm preço. O sujeito pega uma caneta e escreve rapidamente em uma folha de papel que empurra na direção de Eilish, ela lê o papel de ponta-cabeça depois o vira e começa a chorar, olhando de novo para o papel, ela abana a cabeça e fecha os olhos, vendo todos eles forçados a atravessar o corredor polonês para cruzar a fronteira à noite, as patrulhas militares e os cachorros latindo, Molly segura mais uma vez a mão da mãe, mas Eilish retira sua mão. Eu não tenho todo esse dinheiro, ela diz, ninguém disse pra gente que ia custar tudo isso. O sujeito exala alto pelo nariz enquanto rabisca com uma caneta, ela olha para a mão que encontrou tempo para dar forma a algo do inconsciente dele, um padrão geométrico que aos poucos se transforma numa bola de capim seco que voa pela estrada, um pensamento começa a abrir a boca dele enquanto ele ergue os olhos. Vai sair bem mais caro pagar alguém pra fazer uma travessia clandestina à noite e metade do que você pagar pro guia vai voltar pra cá. Ela olha para o homem e não consegue falar e ele suspira mais uma vez e se levanta como se fosse embora. Espera, ela diz, e o funcionário fica parado diante delas e quando ela volta a falar ele passa a língua no canto da boca e declina abanando lentamente a cabeça. Isso vai cobrir o custo do passaporte temporário do seu filho e o seu visto de saída, mas não cobre os custos da sua filha. As vozes soando lá fora, as vozes e o som dos passos atravessando continuamente a fronteira e ela está mordendo a própria língua e não há nada nos olhos dela, um sorriso agônico se arrastando pelo rosto. Mas, por favor, ela diz, tenho certeza de que a gente pode encontrar um preço possível, dou tudo que eu tenho. O funcionário olha para ela por um bom tempo e depois olha para Molly e faz um aceno de cabeça na direção dela. Vou querer entrevistar você a sós, ele diz. Eilish olha para a filha e depois para os olhos do homem, mas ele está clicando algo na tela, talvez procurando os resultados do futebol, alguma informação inútil, ela olha para a janela congelada sentindo uma súbita náusea. Ela entrega Ben para Molly e diz para a filha sair da casa. Eu disse pra levar o bebê lá pra fora agora, Molly se levanta olhando com a testa franzida e leva Ben para fora e fecha a porta enquanto Eilish estuda o funcionário. Você quer fazer uma entrevista a sós com ela, ela diz, por que você quer fazer uma entrevista a sós com ela? Algo ficou preso no final da voz dela enquanto ele olha para a porta, sem dizer uma palavra ele sacode de leve a cabeça de um lado para o outro, depois coça a ponta do nariz. Há inconsistências no relato que a senhora fez sobre a sua família, seria melhor falar a sós com ela. Eilish se inclina de lado na cadeira e olha para a tela, vê que ele está jogando Paciência. E por quanto tempo você quer falar a sós com ela, ela diz, você não quer me entrevistar a sós, posso passar batom se é o que você quer, posso arrumar o meu cabelo, mas não sou o que você quer, não é mesmo, talvez o que você queira seja algo que você só possa tirar de uma criança. O rosto diante dela fica absolutamente imóvel e depois a boca vai falar, mas tropeça, a mão tateando às cegas atrás da caneta enquanto Eilish começa a abrir o zíper de uma pochete presa a seu abdômen, ela coloca um maço de notas sobre a mesa. Olha aqui, ela diz, isso é tudo que eu tenho, evidente que isso basta se você está tirando tudo de nós. O rosto do funcionário fica vermelho de raiva e ela vê debaixo daquela raiva a chegada talvez da vergonha, o homem exalando forte enquanto coloca as duas mãos na mesa. Não tenho tempo pra isso, ele diz, você acha que eu posso ficar sentado aqui o dia todo, esta entrevista está encerrada, deixe o dinheiro sobre a mesa e volte para a sala de espera.

Ela diz a si mesma para não olhar para trás ao cruzar a fronteira, e se vira e uma pedra se forma em sua boca o que a obriga a sussurrar quando fala, a pedra deslizando garganta abaixo forçando-a a respirar em torno dela enquanto mostra os documentos, o soldado do outro lado é firme, porém educado e pede que elas sigam até o centro de registro em um barracão do tipo Nissen. Ela fica à espera do homem que deveriam encontrar, há carros estacionados ao longo da borda que fica depois do posto de controle e um punhado de gente fica à espera ali perto de olho em quem passa, ela passa os olhos pelos rostos esperando ver um aceno rápido de cabeça ou um sorriso, mas não obtém resposta, olha para Molly, que carrega Ben preso ao peito, ela não sabe o que deve fazer, as instruções não foram nem um pouco claras, outro soldado reúne todos eles e quando ela vê está sendo levada adiante. Alguém apareceu ao lado dela e dá um toque de leve com o cotovelo, uma voz forte e sorridente diz, você não quer entrar ali. Ela se vira e um rapaz com uma blusa de lã puxa o corpo dela num abraço e ela deixa cair a mala e fica com as mãos paradas ao lado do corpo tentando não recuar até que o homem a solte, a intrusão de outro corpo, o cheiro de suor e colônia, o homem sorri para Molly e Ben. Eilish, ele diz, que bom ver vocês, vem comigo rapidinho, o carro está pra cá. Ele pega a mala de mão e anda com o peso forçando seu ombro enquanto as duas o seguem até um Ford marrom estacionado perto da vala. Este não é o homem que disseram que iria se encontrar com ela, o nome dele é Gary e ele abre a porta para as duas, indicando para Molly colocar Ben na cadeirinha infantil. Gary coloca a bagagem no porta-malas e depois se senta no carro vasculhando o bolsão da porta e o organizador entre os bancos, encontra os óculos e os coloca, se vira e sorri para Ben. Certo, ele diz, desculpe, não vi vocês chegando. Ele se vira para ajustar o cinto de segurança e seus olhos param em Eilish, que está sentada muito pálida e imóvel com as mãos sobre o colo, a pedra cresceu a ponto de ela não conseguir respirar, ela acha que seu coração parou. Qual o problema?, Gary diz, mas ela não consegue falar, o homem olhando para Molly em busca de ajuda enquanto ela se inclina para a frente e puxa a mãe pelo ombro. Mãe, ela diz, qual o problema? Eilish balança a cabeça e respira e exala lentamente enquanto Gary toca de leve na sua mão. Não se preocupe, querida, vocês estão fazendo a coisa certa, errado seria entrar naquele galpão de registro e entregar a sua vida na mão deles, eles iam colocar vocês no ônibus para a limbolândia, vocês iam ficar presas no campo sabe-se lá por quanto tempo sem direito a sair da Irlanda do Norte, pode ser que vocês passassem o resto da vida numa dessas barracas com a chuva pingando na cabeça o dia todo, pelo menos quando a gente terminar vocês vão ser livres para fazer o que quiserem, vocês estão fazendo a coisa certa, então relaxe, está tudo organizado.

Ela fica sentada entorpecida vendo a estrada, a linha que divide o céu e a praia e a espuma das ondas, Ben berrando que quer leite, mas ela não tem nada para dar a ele, Gary se oferece para parar no meio do caminho. Eilish fecha os olhos sem conseguir pensar ou sentir, procurando dentro de si algum caminho que leve adiante, nas sombras Bailey vai até ela e ela toca o rosto do menino e faz carinho nos cabelos dele e o entorpecimento do corpo dela cresce e se torna uma dor que a força a abrir os olhos, vendo pelo retrovisor Molly escovar os cabelos e depois abrir o espelho de maquiagem para delinear os olhos, de repente Eilish enfia a mão entre os bancos, arranca o espelhinho das mãos de Molly e o fecha com força, aponta para um posto de gasolina do outro lado da estrada. Se você não se importa eu queria parar ali. Ela enfia dois dedos no forro do casaco e tira um rolinho de cédulas de dinheiro. Compra frutas e leite, volta para o carro com a chave do banheiro. Ben olhando furioso enquanto ela enche a mamadeira. Eilish vai até o porta-malas e abre a bolsa e tira um estojo oval, bate na janela e faz sinal para Molly ir com ela. O banheiro pálido fede a urina e a desinfetante cítrico, e ela se enxerga no espelho vendo o fantasma de seu futuro, vê no rosto de Molly uma inquietação líquida quando ela tira do estojo uma tesoura. Mãe, ela diz, o que está acontecendo? Fique parada e não se mexa, Eilish diz, vou garantir que ninguém mais olhe para você. O rosto de Molly se encolhe ao ver a tesoura se aproximar, ela recua contra a parede e empurra Eilish, que agarra os cabelos da menina e começa a cortá-los, Molly estapeando a mãe, ela grita e seu corpo fica mole, cobre o rosto com as mãos. Depois que terminou, Eilish se vira para o espelho e começa a cortar os próprios cabelos, com golpes alucinados de tesoura até ver diante de si um corte torto e malfeito, Gary batendo na porta. Vocês estão aí?, ele diz, vocês estão demorando um tempão, a gente precisa voltar pra estrada. Ele está recostado na porta lateral do Ford mexendo no celular quando Molly sai com o rosto coberto pelas mãos, ele ergue os olhos e diz, mas que merda é essa. Olha para Eilish enquanto balança a cabeça, vendo-a jogar o estojo de maquiagem de Molly no lixo. Gary não se vira para Eilish quando ela se senta no banco do carro e só dirige em silêncio, vendo Molly ocasionalmente pelo espelho, Eilish sentada com os braços cruzados olhando em frente. Agora não há vontade, não há soberania, nem força, só um corpo oco refletido no espelho, um corpo levado adiante pela estrada em meio a pastos e terra arável, árvores e cercas vivas ocasionais, casas adjacentes à estrada com paredes cobertas de seixos e cachorros latindo lá dentro porque querem sair, o carro se movendo suavemente na direção dos Montes Sperrin. Gary confere o relógio, a mão dele busca o celular no organizador, ele põe um fone no ouvido e faz uma ligação. Estamos chegando, parceiro, me dá mais uns quinze minutos. O carro faz uma curva e eles sobem uma ladeira e logo não há mais nada exceto o céu e abetos inclinados de um dos lados da estrada, o carro reduzindo a velocidade para uma curva entrando na mata e escurece dentro do Ford, Gary olhando no espelho onde vê o rosto angustiado de Molly. Não se preocupem, ele diz, está tudo tranquilo, a gente chega num instantinho. A estrada escavada leva a uma clareira onde um caminhão-baú branco está estacionado, um rosto com uma barbicha no queixo observando intensamente detrás do para-brisa. Chegamos, Gary diz, deixa só eu trocar uma ideia com esse camarada e aí vocês estão quase lá. Eilish vê Gary ir até o caminhão, ele se vira e faz um sinal para que as duas desçam do carro. Ela tenta acordar Ben, pega o bebê no colo, mas ele se encosta no pescoço da mãe e volta a dormir, o sujeito com a barbicha descendo do caminhão com uma cara sacana, Eilish vendo-o trotar de cabeça baixa até a traseira do caminhão e fazer a porta de trás rolar para cima com um ruído. O interior está cheio de gente e ela não quer subir, o motorista pega as malas das duas, põe a bagagem para dentro e faz um sinal com o polegar para que subam, mas ela é incapaz de se mover, Molly observando enquanto o sujeito da barbicha fica parado diante delas com uma expressão irritada, ele limpa a boca com a manga da camisa e grita, vamos com isso, porra. Ela já não é uma pessoa é uma coisa, é isso que ela pensa, uma coisa subindo no caminhão com uma criança no colo, Molly em seguida, ouvindo atrás delas quando as portas se fecham um estranho som de choro vindo das árvores.

Da escuridão do caminhão elas saem para um pátio de fábrica, prédios cinzentos grafitados com janelas quebradas e ervas-daninhas esverdeando o cimento enquanto um sujeito magro de jaqueta impermeável fala ao celular sem se virar, os olhos escondidos por um boné de beisebol. Ben esperneia para se libertar do colo e começa a gritar e quando ela solta o bebê ele sai correndo e ela o pega e precisa levá-lo de lado debaixo do braço. O motorista sobe na caçamba do caminhão e chuta uma mala até a beirada e depois salta, aponta para o sujeito ao celular. Aquele ali é o Patrão, é só fazer o que ele disser e vocês vão ficar bem. Elas seguem o Patrão, atravessando uma porta de metal e percorrendo um corredor de tinta descascada até chegar a uma sala industrial nua, o cheiro de umidade e imundície, estrados de papelão sobre um cimento frio com cobertas marrons e três vidraças novas com barras dando para um pátio. Molly pegou um lugar debaixo de uma janela e ela larga a mala e estende os braços para Ben enquanto uma mulher sem forma manda dois garotos adolescentes para os estrados atrás deles, a mulher olhando para Eilish, se apresenta como Mona e Eilish olha para os olhos dela e sabe a história de vida da mulher sem que uma só palavra tenha sido dita. O Patrão ao lado da porta mexe no celular, ergue dois dedos e faz uma contagem silenciosa das pessoas e depois pigarreia. Beleza, pessoal, olha só, a coisa funciona assim, vocês vão ficar uns dias aqui e enquanto estiverem aqui ninguém pode ir lá fora e essa porta vai ficar trancada o tempo todo, tem um banheiro naquela sala com um chuveiro improvisado e tem duas latas no canto, vocês têm direito a três refeições por dia até chegar a hora de ir embora, pra quem está com criança pequena, façam uma lista do que vocês querem, fralda e fórmula, esse tipo de coisa. Eu volto com tudo daqui a pouco. Um sujeito com um paletó de tweed dá um passo adiante com uma criança no colo enquanto aponta para o banheiro. Você está de brincadeira?, ele diz, este lugar não foi feito para as pessoas morarem, dá uma olhada pra ver o que tem de bebê e criança pequena aqui e não tem aquecedor e só uma piazinha pequena pra todo mundo, você só pode estar louco. O Patrão para imprevisível diante do homem, ergue a mão em direção ao próprio rosto e passa as costas da mão pela barba por fazer sem tirar os olhos do homem. Deixa de ser babaca, ele diz, e o sujeito baixa os olhos e começa a murmurar e depois se afasta. Eilish observa o Patrão, ela sente seu peito apertar enquanto busca o olhar dele sob a sombra do boné e imagina que não há olhos ali enquanto ele sai e tranca a porta. Ela sente um pânico súbito, se vira na direção das janelas gradeadas e põe uma mão no vidro, olhando do outro lado do pátio o canto de um prédio e mais além contêineres marrons e ainda mais longe um campo com plantas espinhosas, colinas e céu. Vinte e três pessoas na sala e quando chega a noite são quarenta e sete, uma chuva forte caindo sobre a escuridão, uma grávida precisa de ajuda para se sentar no chão e as pessoas já começaram a formar pequenos grupos. Ela não quer falar com ninguém, não há tomadas suficientes para carregar os celulares, Áine vai querer saber como a gente está. Um rapaz com uma mecha de cabelos brancos está no primeiro lugar da fila do banheiro com as mãos entre as pernas enquanto o pai dele fala e bate na porta. Ben choraminga para ganhar o jantar, mas só restou uma bolacha, ninguém sabe a que horas vem a comida. Um homem mais velho bate na porta principal e grita pedindo que apressem o jantar, ninguém responde, são oito e quinze quando eles ouvem a porta destrancar e um rapaz tristonho com um rabo de cavalo entra vestido com uma jaqueta do exército, as muitas sacolas de comida como anéis em suas mãos, uma expressão de pânico no olhar enquanto as pessoas começam a se aglomerar em volta dele. Jesus do céu, ele diz, será que dá pra vocês se afastarem. Ele coloca as sacolas sobre a mesa e volta com mais. É Mona quem ergue as mãos e pede ordem na sala. Há um acordo para que se forme uma fila tendo à frente um membro de cada grupo. Molly vai e volta com arroz frito chinês e o serve em pratos de papel. Eilish só consegue comer um pouco, fazia tempo que ela não via Molly comer assim, Ben jogando um punhado de arroz no chão e ela varre com a mão. A escuridão lá fora se adensa contra o vidro enquanto a sala continua com uma luz forte, uma reunião decide sobre o uso do banheiro, há um acordo para que os grupos se revezem, ninguém consegue concordar sobre o horário de apagar as luzes, as crianças choram e não conseguem dormir. Já são mais de nove horas, diz um homem em pé. Se vocês não apagarem a luz agora pros meus filhos dormirem vou apagar essas luzes pra sempre.

Os dias passam, e ela assiste à luz da chuva em sua corrente fluvial, o inverno tirando de cada dia que passa aquilo que os dias sabiam e no entanto o coração continua sabendo, esse coração que bate como um tambor no luto dela. Nada se ouve dizer do Patrão sobre o momento em que sairão dali, as pessoas se aglomerando em grupos e alguns deles dormem durante o dia enquanto ela tenta entreter Ben com uns brinquedos, ele quer ir lá fora e ela não tem como explicar. Ela se pega olhando para

Molly mas vendo Bailey, o cabelo curto e os olhos sardentos, a falha entre os dentes na boca estreita, apenas o nariz fino virado para cima não encaixa e no entanto abaixo do nariz fica o sulco que ela moldou na boca dele na hora do parto. Ela o vê e está presente com ele e ela tenta permanecer com ele nesse nulo espaço do olhar, Molly dirigindo a ela um olhar estranho antes de virar o rosto. Quando fecha os olhos agora Eilish vê apenas o passado, um passado que pertence a outra pessoa e ela é o vazio olhando a partir de uma fria escuridão sem fundo e depara com a sensação do mundo se tornando intolerável, vendo o marido e o filho mais velho levados por um silêncio impossível de penetrar, é como se houvesse uma porta aberta para o nada e cada um deles tivesse ido até lá e desaparecido. Todos os dias ela fica com o celular lendo os certificados de óbito publicados diariamente pelo governo, à espera de que o nome de Larry apareça e o alívio quando o nome não surge só acresce ao seu luto. Chuva inclinada contra as janelas, pão branco fatiado e potes de margarina para o café da manhã com linguiça assada fria. Eles ficam na fila do banheiro enquanto um rapaz sentado de costas para a parede traga um cigarro e exala para cima e uma mulher se vira com uma criança no peito e grita para ele apagar o cigarro enquanto o rapaz bufa, se levanta e se junta a um grupo de homens. Não há tranca na porta do banheiro, o chuveiro é improvisado preso a uma torneira na parede e a água fria solta uma garoa sobre um ralo aberto, ela tem só um pedacinho de sabonete e uma toalha de mão para se secar, Molly se recusando a se lavar, ela segura Ben se debatendo no ar enquanto Eilish o ensaboa com água fria. Tem uma criança doente na sala e é a mesma criança que tem chorado toda noite,

Mona voltando do grupo reunido em torno dos pais e das mães. Aquela mulher que está segurando a criança agora é enfermeira intensivista, ela diz, a criança precisa ir para o hospital, mas os pais não sabem o que fazer. Quando o garoto passa pela porta dá de cara com a enfermeira que aponta para os pais e para a criança, as mãos dele estão cheias de sacolas plásticas e ele não teve tempo de tirar o capuz. Ele faz uma careta quando a enfermeira o segue até a mesa. Depois das três da tarde o Patrão entra na sala chacoalhando chaves em suas mãos. Ele se agacha ao lado do casal e levanta o boné revelando olhos estreitos e a cabeça raspada, ele é mais velho do que ela tinha imaginado, ele se levanta e olha de soslaio para baixo enquanto sacode a cabeça. Não posso trazer um médico aqui, ele diz, assim que o tempo melhorar vocês vão embora de qualquer jeito, aí vocês podem falar com todos os médicos do mundo. A enfermeira vai na direção do Patrão e o pega pelo braço, mas ele se livra dela com um olhar irritado. Se eu levar vocês para o hospital não tem como voltar, vocês estão me ouvindo, também não tem como devolver o que vocês pagaram, isso está completamente fora de questão, o dinheiro nem é meu pra eu devolver, então se vocês quiserem ir, vocês estão decidindo por conta própria e vão estar sozinhos nessa, arranjo alguém pra deixar vocês em um hospital, me digam o que vocês querem fazer. Música nas chaves tilintando na mão do Patrão e os jovens pais não conseguem decidir, a mãe abaixa a cabeça e começa a chorar. Pelo amor de Deus, o Patrão diz, vou dar uma hora pra vocês se decidirem. Eilish vendo a criança mole no colo do pai e ela pensa, é só um bebê, qual é a perda que pode representar para eles, eles mal tiveram tempo de viver com ele, e ela olha para as mãozinhas e começa a chorar e Mona avança de joelhos na direção dela e estende a mão se oferecendo para pegar Ben, nina-o em seu colo. Você é um menininho lindo, não é, tão grande e forte, vai ser um ótimo atleta, aposto. O rosto dela fica imóvel e por um momento ela olha para o vazio e sacode a cabeça. Tanto sofrimento, ela sussurra, meu marido, ele saiu pra ir a uma loja e não voltou, nunca mais vi ele, meu irmão, meu primo e a mulher e os filhos deles, todos desaparecidos. Por um momento a impressão é de que a musculatura do rosto dela vai derreter e depois com esforço ela volta ao normal. Ofereceram vistos pra gente, sabe, pra Austrália, mas a gente recusou, meu marido disse não, simples assim, ele disse que era impossível ir naquela época e acho até que ele estava certo, e como é que ele podia saber, como é que alguém podia saber o que ia acontecer, acho que outras pessoas pareciam saber, mas nunca entendi como elas tinham tanta certeza, quer dizer, não dava pra imaginar, nem em um milhão de anos, tudo que ia acontecer, e eu nunca conseguia entender as pessoas que iam embora, como elas podiam simplesmente ir embora assim, deixar tudo pra trás, a vida toda, tudo aquilo, era completamente impossível pra gente fazer isso na época e quanto mais eu olho mais parece que não tinha nada que a gente pudesse fazer, o que eu quero dizer é, nunca houve chance real pra agir, naquele momento dos vistos, como é que a gente podia ir embora tendo tantos compromissos, tantas responsabilidades, e quando as coisas pioraram simplesmente não havia espaço de manobra, acho que o que eu estou tentando dizer é que teve um tempo em que acreditei no livre-arbítrio, se você me perguntasse antes disso tudo eu ia ter dito que era livre como um pássaro, mas agora não tenho mais toda essa certeza, agora, não vejo como o livre-arbítrio pode ser possível quando você se vê no meio de uma monstruosidade dessas, uma coisa leva à outra até que a desgraça ganha ímpeto e não tem nada que você possa fazer, agora consigo ver que aquilo que eu entendia como liberdade na verdade era simplesmente a gente esperneando e na verdade nunca houve liberdade, mas olha, ela diz, pegando Ben pela mão e fazendo o menino dançar, a gente está aqui agora, não é mesmo, e tanta gente desapareceu, nós somos os sortudos em busca de uma vida melhor, agora só resta olhar pra frente, não é verdade, talvez haja um pouco de liberdade a ser encontrada nessa ideia porque pelo menos você pode construir o futuro por conta própria na sua cabeça e se a gente continuar olhando pra trás a gente vai morrer em um certo sentido e ainda tem algo pra se viver, meus dois meninos, olha só pra eles, os dois são a cara do pai, eles têm a vida deles pra viver e vou garantir que eles possam fazer isso, os seus filhos também, eles precisam viver... ah, por favor, não chore, desculpa, Eilish, se eu disse alguma coisa que te chateou, olha, deixa eu arrumar o seu cabelo, estou vendo isso desde que você chegou e é evidente que você cortou sozinha, só precisa ajeitar um pouco, só isso, eu fazia bico num salão de beleza no verão quando estava na faculdade um zilhão de anos atrás, consigo ajeitar o cabelo da sua filha também.

Eilish fica parada na janela olhando para fora enquanto a mãe segue o Patrão com o filho no colo e o pai vai atrás dos dois com a bagagem, a chuva batendo no concreto, caindo em contas na janela e ela vê o próprio reflexo no vidro e vê a sombra de um rosto envelhecido, o rosto dela agora o de uma outra pessoa. Ela olha para o céu vendo a chuva cair em meio ao espaço e não há nada para se ver no pátio destruído além do mundo que insiste em ser o que é, o cimento calmamente se desintegrando e cedendo lugar para a seiva que se ergue abaixo, e quando o pátio for passado ainda permanecerá a insistência do mundo, o mundo insistindo que não é um sonho e no entanto para o observador não há como escapar do sonho e do preço da vida que é o sofrimento, e ela vê seus filhos trazidos para um mundo de dedicação e amor e os vê condenados a um mundo de terror, desejando que este mundo acabe, desejando para o mundo a sua destruição, e ela olha para seu bebê agora, essa criança que permanece inocente e vê que ela não obedeceu a si mesma e fica horrorizada, vendo que do terror nasce a compaixão e que da compaixão nasce o amor e que pelo amor o mundo pode ser novamente redimido, e ela consegue ver que o mundo não acaba, que é uma vaidade pensar que o mundo vai acabar durante a vida dela em um acontecimento súbito, que o que acaba é a sua vida e apenas a sua vida, que aquilo que é cantado pelos profetas é meramente a mesma canção cantada através dos tempos, a chegada da espada, o mundo devorado pelo fogo, o sol mergulhado na Terra ao meio-dia e o mundo jogado nas trevas, a fúria de algum deus encarnado na boca do profeta troando contra a perversão que será lançada para longe, e o profeta canta não sobre o fim do mundo, mas sobre o que foi feito e sobre aquilo que virá a ser feito e sobre o que está sendo feito para algumas pessoas, mas não todas, que o mundo está sempre acabando várias e várias vezes em um lugar, porém não no outro e que o fim do mundo é sempre um acontecimento local, ele chega ao seu país e visita a sua cidade e bate na porta da sua casa e se torna para os outros nada além de um alerta distante, um breve relato no noticiário, um eco de acontecimentos que entraram para o folclore, o riso de Ben atrás dela e ela se vira e vê Molly fazendo cócegas no bebê que está sobre seu colo e vê o filho e vê nos olhos dele uma intensidade radiante que fala sobre o mundo antes da queda, e ela está ajoelhada chorando, pegando a mão de Molly. Desculpe, ela diz, e Molly olha para ela com a testa franzida e ela sacode a cabeça e depois puxa a mãe para um abraço. Mas você não tem que pedir desculpas por nada, mãe, e Eilish está tentando sorrir enquanto Molly seca os olhos da mãe. Que horas são?, Eilish diz, preciso mandar uma mensagem para a Áine. Ela pega Ben nos braços e se vira e lança um olhar implacável para um adolescente que toca música techno em volume alto no celular, diz para Molly, você acha que um dia ele para?

As luzes estão apagadas quando a porta se abre e o Patrão entra na sala iluminando a parede com uma lanterna. Cadê a merda do interruptor?, ele diz, e um sujeito responde, aqui desse lado. As pessoas que estavam deitadas se sentam e esfregam os olhos se protegendo da luz repentina enquanto o Patrão avança em meio aos corpos adormecidos até o centro da sala. Certo, todo mundo, escutem, vocês vão partir hoje, a gente vem pontualmente às duas da manhã, então vocês têm que estar prontos pra sair e devem manter as crianças em silêncio, não vai ter lugar para as bagagens de vocês, vocês podem levar só uma mochila pequena ou uma sacola de plástico por pessoa e isso inclui uma mochila por criança, se vocês não fizerem como a gente está pedindo, as bagagens vão ser retiradas de vocês e vocês vão sem nada, e isso é tudo que tenho pra dizer. Ele se virou para sair quando uma mulher fala, como é que é essa história das malas, ninguém falou nada sobre isso pra gente, outras pessoas começam a protestar, mas o Patrão ergue as mãos no ar e faz todos pararem. Uma mochila por pessoa, é só o que eu tenho a dizer sobre o assunto. Depois que ele saiu pela porta as pessoas começam a mexer em seus pertences amaldiçoando o homem, Eilish coloca tudo no chão enquanto Ben continua dormindo, Molly sentada de braços cruzados. Mãe, não sei o que levar, não quero ir. Só pegue duas mudas de roupa, roupa a gente sempre tem como comprar mais depois, a gente tem que levar aquilo que não tem como substituir. Ela está segurando nas mãos um porta-retratos que vira ao contrário para abrir e coloca a foto dentro do passaporte, Molly a observa e depois baixa o rosto em lágrimas. Mãe, ela diz, por favor, por que a gente tem que ir, não quero ir, não é seguro, eu sei que não é seguro, essa gente toda... Eilish estende o braço na direção dela e aperta a mão da filha. A gente já falou o suficiente sobre isso, não foi?, ela diz, a gente podia conversar sobre isso a noite toda, a Áine arranjou tudo, não tem outro caminho pra gente, não agora. A porta se abre às duas da manhã e uma mão tateia atrás do interruptor e não é o Patrão, e sim um sujeito com a barba por fazer com um gorro mandando todos ficarem em silêncio com um sotaque escocês, Eilish com Ben dormindo sobre o peito e uma mochila nas costas e na mão uma sacola com tudo que ela precisa para ele, ela se vira para olhar seus pertences, a sala cheia de bagagem abandonada e de lixo e papelão destruído e o ar pesado de suor e fraldas sujas, um ar frio refrescante lá fora e as nuvens sumiram. Elas seguem até os fundos do terreno onde um caminhão basculante está estacionado, um homem com uma lanterna instrui as pessoas a subirem no contêiner e uma criança está berrando enquanto as pessoas começam a subir pela escadinha, Molly fica paralisada e Eilish a cutuca, dizendo que ela deve ir atrás dos outros, empurrando as costas da menina até que Molly cede e sobe os degraus, vendo o caminho a seguir indicado pela luz de um celular e há estrados para sentar e todos estão olhando quando o sujeito de gorro para na porta e diz, não vai demorar, lembrem de ficar em silêncio quando o caminhão parar e mantenham essas crianças quietas. Há um gemido de dobradiças quando as portas são fechadas e uma criança grita quando eles se veem presos no contêiner, em algum lugar lá dentro uma mulher começa a rezar e Molly segura a mão da mãe quando o motor dá a partida. Eilish sussurrando para Larry, dizendo a ele que tudo vai ficar bem e quando ela abre os olhos o contêiner está preenchido pela luz branca de celulares e as pessoas enviam mensagens e acompanham o trajeto do caminhão e depois de um tempo o caminhão reduz a velocidade e faz uma curva e percorre uma estrada lentamente até parar e arquejar. A porta traseira é destrancada e por ela entra uma luz suave e um homem manda todos descerem em silêncio, Molly segurando a mão da mãe enquanto as duas andam pelo contêiner. O desejo de se fundir à aurora, essa sensação do novo dia esperando para emergir e um homem oferece a mão a Eilish, e ela desce reconhecendo a silhueta do Patrão parado com as mãos nos bolsos. Um velho bangalô inerte no escuro, a noite em silêncio e o mundo sem se manifestar a não ser por uma brisa que os apressa. Logo vai chegar o amanhecer e eles andam em grupo ao longo de um caminho estreito com crianças no colo passando por um campo de gado silencioso e nem uma palavra é pronunciada e por um momento a luz da lanterna do Patrão acende e depois volta a se apagar. É nesse momento que o mar se torna visível, o som do oceano entrelaçado com o de uma brisa veloz enquanto eles atravessam a estrada e seguem por um caminho recoberto de areia em meio a dunas até chegar a uma praia e ela sabe o nome desta praia, esteve aqui tantas vezes antes, e há um homem parado com uma jaqueta clara com o capuz erguido escrevendo uma mensagem em um celular e ela vê dois botes infláveis na beira da água e algo dentro dela é arremessado quando ela vê o oceano escuro e estéril a não ser pelas ondas que quebram brancas perto do promontório. O homem diz algo porém as palavras dele não são ouvidas e ela segue os outros na direção dos coletes salva-vidas empilhados na praia e não há suficientes para todos, ela pega um para Molly, porém Molly se recusa a vesti-lo, ela balança a cabeça e Eilish diz, olha, estou com o Ben preso no peito, nunca ia conseguir usar isso de qualquer jeito, e Molly está chorando abertamente quando o homem de jaqueta aponta um homem para pilotar cada bote, e Eilish consegue ouvir o que o homem diz enquanto entrega um GPS para cada um, direcionem o motor na rota das coordenadas e vocês chegam lá rapidinho. Molly enfrenta problemas com o colete, agita as mãos e Eilish ajusta as tiras e olha para o rosto da filha. Por um instante parece que o mundo foi silenciado, um silêncio que pertence exclusivamente à escuridão murmurante do horizonte mais além e Molly implora com a mãe para não ir, começa a gritar, mãe, por favor, não quero ir, não quero fazer isso, e Eilish para por um momento e observa as pessoas subirem nos botes e vê o vento correr rumo à boca das duas como se para arrancar algo delas e vê o promontório escuro e íngreme e vê em um campo distante um cavalo parado suavemente azul e observa o cavalo azul e algo se torna conhecido para ela. Ela olha na direção dos olhos de Molly e não consegue encontrar as palavras certas, não há palavras agora para o que ela deseja dizer e ela olha para o céu vendo apenas escuridão sabendo que ela já foi parte dessa escuridão e que ficar seria permanecer nessa escuridão quando ela quer que eles vivam, e ela toca a cabeça do filho e pega as mãos de Molly e as aperta como se dissesse que jamais soltará as mãos da filha, e ela diz, para o mar, a gente precisa ir para o mar, o mar é vida.

FONTES
Fakt e Heldane Text
PAPEL
Pólen Bold
IMPRESSÃO
Lis Gráfica

FSC
www.fsc.org
MISTO
Papel | Apoiando o manejo florestal responsável
FSC® C112738